Vom gleichen Autor erschienen
außerdem als Heyne-Taschenbücher

Das Freudenhaus · Band 5013
Die Schwestern · Band 5042
Jakob auf der Leiter · Band 5263
Mensch, Gustav · Band 5328
Unter Anklage · Band 5359

HENRY JAEGER

DER TOD EINES BOXERS

Roman

WILHELM HEYNE VERLAG
MÜNCHEN

HEYNE-BUCH Nr. 5418
im Wilhelm Heyne Verlag, München

Taschenbuch-Erstausgabe

Printed in Germany 1978
Umschlagfoto: Sven Simon, Essen
Umschlaggestaltung: Atelier Heinrichs, München
Gesamtherstellung: Ebner, Ulm

ISBN 3-453-00811-1

1

Ehe er zum Ring ging, sagte Frank zu ihm: »Du mußt auf seinen linken Haken aufpassen. Wenn du das tust, kann dir nichts passieren. Du bist stärker und jünger als er.«

Frank war sein Manager seit drei Jahren. So lange hatte Rudi Zimmermann gebraucht, um ein guter Boxer zu werden. Er hatte Talent gezeigt, schon bei seinen ersten Kämpfen. Frank hatte ihm versprochen: »Ich mache einen großen Boxer aus dir.«

Die Menschen in der Halle jubelten ihm zu. Er kletterte durch die Seile, stand in der Ringecke und lächelte ins Publikum. Es machte ihn stolz, daß sie ihn beim Vornamen nannten. »Rudi! Rudi!« riefen sie ihm zu. Er hatte alle Sympathien auf seiner Seite.

Gonzales, der Südamerikaner, war kleiner als er, aber er war stark wie ein Stier. Er tänzelte in der Ecke. Die Tiefstrahler beleuchteten seinen muskulösen Körper. Er sah aus wie die makellose Statue eines Athleten.

Rudi legte den seidenen Mantel ab. Er machte ein paar Lockerungsübungen. Der Südamerikaner musterte Rudi: Fast einen Meter neunzig war er groß, austrainierte hundertfünfundachtzig Pfund, ein schwerer Brocken.

Als der Gong ertönte, dachte Rudi noch einmal an den linken Haken. Aufpassen! sagte er zu sich selbst.

Er war entschlossen zu siegen – um jeden Preis. Er wußte: Wenn ich diesen Kampf gewinne, werde ich in Amerika boxen.

Gonzales begann vorsichtig. Er tastete mit der Linken die Deckung ab. Und dann schlug er ganz plötzlich eine blitzschnelle Doublette. Rudi konnte abblocken. Die erste Runde war ausgeglichen.

Von der zweiten Runde an diktierte Rudi den Kampf. In der sechsten Runde wurde er von einem linken Haken getroffen. Es war ein Volltreffer. Aber Rudi stand. Er sah rote Kreise vor seinen Augen, aber er stand und trieb sich an: Du mußt kämpfen! Du mußt kämpfen!

Er griff beidhändig schlagend an. Und jetzt zeigte sich, daß er die bessere Kondition hatte. Die Menschen in der Halle brüllten vor Begeisterung.

In der achten Runde ging Gonzales zu Boden. Er kam noch einmal hoch und lief genau in einen rechten Aufwärtshaken. Der Kampf war aus.

Es war der größte Kampf in Rudis Laufbahn. Die Menschen klopften ihm auf die Schulter, schüttelten seine Hände. Das Gedränge war so stark, daß er fast fünf Minuten bis zur Kabine brauchte.

Und dann fiel die Tür hinter ihm zu. Frank sagte nur: »Du warst großartig, Junge. Das werden wir feiern.«

Rudi betrachtete sich im Spiegel. Keine Spur war von dem Schlag geblieben. Nur ein leichter Kopfschmerz erinnerte ihn noch daran. Er dachte: Ums Haar hätte ich verloren. Das muß wirklich gefeiert werden.

Der Trainer kam herein und sagte: »Los, los, zieh dich an, Rudi. Wir haben ein tolles Essen im Hotel ›Nizza‹. Danach fahren wir in die Innenstadt und feiern noch ein bißchen in Eddys Bar.«

Rudi duschte und zog sich an. Er spürte noch immer den leichten Kopfschmerz.

Frank gab ihm eine Tablette: »Die ist stark, darauf darfst du nicht viel trinken. Du solltest überhaupt weniger trinken.«

»Hin und wieder mal ein paar Gläschen. Das macht mir nichts aus«, behauptete Rudi.

»Doch, es macht etwas aus.«

Frank machte sich Sorgen um ihn. Wenn Rudi trank, blieb es nicht bei drei, vier Gläsern. Er trank Bier und Schnaps. Bisher hatte der Alkohol seiner Kondition nicht geschadet. Aber Frank hatte mehr als einen Boxer gekannt, die nach den Kämpfen viel getrunken hatten. Sie waren alle nicht zur Spitze vorgedrungen. Er hatte es Rudi oft vorgehalten.

»Laß ihm doch mal seinen Schnaps«, sagte Fritz, der Trainer. »Er hat sich in den letzten drei Monaten redlich geplagt. Jetzt will er natürlich ein bißchen was vom Leben haben.«

Es war klar, ein Mann von dreiundzwanzig Jahren konnte nicht nur trainieren und wie ein Mönch leben. Frank wußte es, aber er hatte auch eines erfahren: Diese Burschen, die von ganz unten kommen, entwickelten einen gefährlichen Lebenshunger. Die Frauen spielten eine große Rolle. Er hatte oft genug gesehen, daß sie hinter Rudi her waren.

Frank kaute auf seiner Havanna herum und machte ein verdrossenes Gesicht. »Mir gefällt nicht ganz, daß wir in Boxer-Eddys Bar gehen. Es wird da einiges geredet. Außerdem sind mir zu viele Huren dort . . .«

Fritz zuckte nur die Achseln. »Nutten gibt's in jedem Nachtlokal. Und was das andere angeht, da weiß man nichts Genaues.«

»Er ist in ein paar Sachen verwickelt, die mir nicht gefallen. Ich weiß zuverlässig, daß Boxer-Eddy so etwas wie ein Oberzuhälter ist. Dann hat er noch Lokale, in denen falsch gespielt wird. Das ist nicht der richtige Platz für Rudi.«

Als sie aus der Kabine kamen, standen auf dem Gang drei junge Frauen, die sich sofort an Rudi heranmachten. »Ein Autogramm! Bitte, ein Autogramm!«

Da waren sie wieder, die Fans. Rudi lächelte stolz, während er seinen Namen schrieb. Frank kannte die Schrift. Sie war kindlich, mit großen Buchstaben, ungelenk und am Ende mit einem Schnörkel. Rudi, das wußte Frank, war ein einfacher Bursche. Er hatte nicht viel gelernt, aber boxen konnte er.

Die Autogrammjägerinnen zogen ab, nicht ohne herausfordernde Blicke auf Rudi zu werfen. Er merkte es genau, und es gefiel ihm. Er war eitel, wie fast alle jungen Männer, die aus kleinen Verhältnissen plötzlich zu Ruhm und Ansehen kommen.

»Was ist jetzt? Gehen wir nach dem Essen zu Boxer-Eddy?« fragte Fritz.

Frank brummelte nur: »Meinetwegen.«

»Na, heute werde ich mir doch ein paar Bierchen genehmigen können«, meinte Rudi. »Wir haben ganz schön Kasse gemacht.«

»Es ist noch keine große Börse, mein Lieber«, widersprach Frank. »Die großen Geschäfte müssen erst noch kommen.«

Als sie im Hotel ›Nizza‹ am Tisch saßen und ein erstklassiges Menü serviert bekamen, spendierte Frank eine Flasche Sekt. Rudi bestand darauf, auch eine Flasche zu zahlen. Sie tranken drei Flaschen ziemlich rasch hintereinander. Frank musterte Rudi genau. Er war noch in Ordnung. Er sah aus, als käme er aus dem Urlaub: frisch und gesund. Ja, der Junge vertrug schon etwas. Frank hatte den Schlag genau gesehen, den Rudi einstecken mußte. Er war zusammengezuckt. Eine Sekunde hatte er gedacht: Jetzt fällt er. Aber Rudi hatte sich gefangen. Seine Kondition war fantastisch, er war jetzt in Höchstform.

In Eddys Bar gab es eine laute Begrüßung. Eddy hatte vor etwas mehr als acht Jahren ein paar recht gute Kämpfe geliefert. Aber dann war er abgefallen. Er hatte geraucht wie ein Schlot, und die Frauen hatten den Rest besorgt. Aber Eddy sah immer noch gut aus. Er war jetzt sechsunddreißig, trug die teuersten maßgeschneiderten Anzüge und wechselte seine Freundinnen so schnell wie seine Hemden.

Frank war kein Kostverächter, doch die Frauen, die Eddy an den Tisch brachte, waren mit Vorsicht zu genießen. »Paß da auf«, flüsterte er Rudi zu.

Fritz tätschelte mit seiner großen Pranke den Rücken einer Blondine. Rudi hatte den Arm um ein hübsches schwarzhaariges Mädchen gelegt. Er war fröhlich, und er trank viel. Eine Stunde nach Mitternacht begann er, sich Schnäpse zum Bier zu bestellen.

Frank runzelte die Stirn. Er stieß ihn an und sagte leise: »Laß das – mit den Schnäpsen.«

Eddy hatte es gehört. Er winkte nur ab: »Der Junge muß sich mal amüsieren. Ich weiß doch, wie das bei mir war.

Drei Monate Training, dann der Kampf – danach bin ich meistens explodiert.«

»Ja, in die falsche Richtung bist du explodiert. Aus dir hätte ein guter Boxer werden können, aber es hat dir an Charakter gefehlt . . .«

»Ich weiß, daß du mich nicht magst.« Eddy grinste. »Aber du siehst doch, was aus mir geworden ist. Ich verdiene mehr als jeder Boxer in Deutschland. Ich fahre ein Auto, das an die Hunderttausend kostet. Ich habe Häuser, Grundstücke und Lokale . . .«

»Ja, ja, ich weiß. Und morgens kommt dein Friseur zu dir ins Haus. Und mittags der Schneider. Und zweimal in der Woche der Masseur . . .«

»Stimmt!« Eddy lachte und klopfte Rudi auf die Schulter. »Du bist schon in Ordnung. Du wirst es schaffen, auch wenn du mal ein Glas trinkst.«

Rudi hatte keine feste Freundin. Er vertraute es dem Mädchen an seiner Seite an. Er wollte eigentlich mehr sagen, war jedoch zu schüchtern. Von jeher war er befangen bei Frauen gewesen. Er brauchte Zeit, um vertraut zu werden. Nur wenn er Alkohol trank, fühlte er sich gelockert und konnte aus sich herausgehen. Er hatte sich schon oft gefragt: Was ist das nur mit mir? Ich habe doch keine Angst vor Frauen . . .

Eddy sagte: »Ihr seid übrigens meine Gäste. Heute habt ihr nichts zu zahlen.«

»Er hat einen großen Kampf geliefert«, sagte Fritz. Er war schon etwas angetrunken und flüsterte ständig mit dem Mädchen. Fritz war scharf auf Frauen. Er hatte jetzt schon seine fünfundvierzig auf dem Buckel und begann, langsam fett zu werden, aber er war noch immer ein guter Trainer.

Das Mädchen neben Rudi hieß Margit. Sie war hinreißend gewachsen, ein hübsches Gesicht, in dem die großen braunen Augen sofort auffielen.

Rudi sagte leise zu ihr: »Magst du mich?«

»Ja, sehr. Du bist nett. Eddy mag dich auch. Er hat es gesagt.«

»Du machst Striptease?« fragte Rudi.

»Ja«, sagte sie. »Aber ich behalte etwas an. Ich ziehe mich nicht ganz aus. Sie macht es.« Sie deutete mit einem Kopfnicken auf die Frau, die neben Fritz saß.

»Muß das sein? Ich meine . . . Striptease . . .«

Sie schaute ihn aufmerksam an und dachte: Er macht auf Liebe. Das überraschte sie, denn die Männer, die in Eddys Bar kamen, wollten von Liebe nicht viel wissen. Die meisten suchten Sex, und sie waren bereit, dafür zu zahlen. Wenn ihr einer gefiel, ging sie mit ihm, und sie nahm auch Geld.

Rudi tanzte mit ihr. Er spürte sofort, wie sie ihn erregte. Er hatte jetzt längere Zeit keine Frau gehabt. Er fing an zu rechnen. Mehr als zwei Monate war es her.

Als er es ihr sagte, war sie verblüfft. Sie hatte noch keinen Mann kennengelernt, der es so lange ohne Frau ausgehalten hatte. Es interessierte sie, es war eine prickelnde Erfahrung. »Wie schaffst du das?« wollte sie wissen.

Er zog sie eng zu sich heran. Sie ging mit, kam ihm entgegen. Er spürte, wie ihm das Blut zu Kopf stieg. »Es ist kaum zu schaffen«, sagte er. »Aber das Training ist so hart, daß es dann doch geht. In den letzten Wochen habe ich jeden Tag fast zwölf Kilometer Dauerlauf gemacht.

Er wollte ihr von sich erzählen, wollte auch ein bißchen in ihrer Achtung steigen. Er wollte Anerkennung, nicht nur als Boxer, auch als Mensch. Denn er dachte: Das soll mir einer nachmachen. Ich habe mich gequält. Ich habe etwas aus mir herausgeholt.

Später sagte sie: »Ich muß jetzt auftreten.«

Er sah sie gehen, elastisch, federnd. Er dachte: Auch ihr Gang ist schön.

Frank sagte: »Es wird jetzt Zeit für uns. Du hast schon zuviel getrunken.«

»Mein Gott, laß uns doch noch eine Stunde bleiben. Ich finde das Mädchen toll. Und ich glaube, sie mag mich.«

»Willst du sie etwa heiraten?« fragte Frank grinsend.

»Warum nicht? Irgendwann muß ich doch wohl heiraten.«

»Das fehlte gerade noch. Da bekämst du aber schönen Ärger mit mir.«

Rudi sagte nichts. Er saß am Tisch und starrte auf den Vorhang, hinter dem Margit jetzt auf ihren Auftritt wartete.

Ihre Nummer war harmlos im Vergleich zu den späteren Auftritten der Tänzerinnen. Sie zog sich langsam aus, machte dabei einfache Tanzschritte. Kurz nur sah er ihre Brüste. Dann huschte sie wieder zurück hinter den Vorhang. Er war hingerissen. Fritz foppte ihn: »Dir sind wohl die Augen aus dem Kopf gefallen, wie?«

»Ach, laß mich doch in Ruhe!« antwortete Rudi.

Eddy beugte sich zu ihm herüber und sagte leise: »Du kannst sie haben. Ein Wort von mir, und sie geht mit.«

Das gefiel Rudi nicht. Er wollte sie nicht so sehen. Sie sollte besser sein, anständiger. Dabei hielt er sich selber vor: Das ist doch Blödsinn, die sind doch alle so.

Sie kam zum Tisch zurück und fragte ihn sofort: »Es war nicht schlimm, oder?«

»Nein, nicht so schlimm. Aber wenn du mit mir zusammen wärst, würde ich dich nicht gern als Stripperin sehen.«

»Und von was sollte ich leben?«

»Ich werde viel Geld verdienen. Ich werde nach diesem Kampf in Amerika boxen. Ich muß drüben klein anfangen. Ganz unten, verstehst du? Aber ich werde mich durchboxen. Ich komme an die Spitze, du wirst es sehen. Ich werde noch härter trainieren. Ich habe Talent, das sagen alle. Dann wird es die großen Börsen geben . . .«

Er war immer lauter geworden. Die letzten Sätze hatten alle am Tisch gehört. Frank bremste ihn.

»Langsam, langsam, mein Freund! Bis jetzt hast du noch kleine Börsen. Und ein großes Geschäft habe ich mit dir bis jetzt nicht gemacht. Ich habe Geld in dich investiert. Von dieser Börse heute wird dir nicht viel bleiben. Und ich muß wieder investieren . . .«

Eddy mischte sich ein. »Für ihn würde ich auch Geld anlegen. So gewaltig ist dein Risiko nicht. Er hat es hier . . .« Eddy ballte die rechte Faust. Der riesige Brillantring, den er an der rechten Hand trug, funkelte im schummrigen Licht der Bar.

Rudi betrachtete den Ring. Er dachte: So einen möchte ich auch haben. Eddy trägt bessere Anzüge als ich. Er ist überhaupt schlauer als ich.

Er kam sich jetzt ein wenig gedemütigt vor. Frank hätte nicht hier, an diesem Tisch zu sagen brauchen, daß er heute wenig verdient hatte. Er *hatte* nicht wenig verdient. Aber ein Boxer muß aufgebaut werden, das kostete Geld, das er irgendwann zurückzahlen mußte.

Seine Stimmung verschlechterte sich jetzt rapide. Er trank doppelte Schnäpse zum Bier. Frank schüttelte nur den Kopf. Er wußte, jetzt war es zu spät, ihn ins Gebet zu nehmen. Es würde nur Krach geben. Und was konnte das nutzen? Er schwieg verdrossen und wartete ab.

Rudi hielt Margits Hand. Ein paarmal tanzte er noch mit ihr, aber es war nicht mehr das gleiche Gefühl zwischen ihnen. Er merkte es genau und gab sich die Schuld daran. Sie war freundlich wie vorher. Nur er war nicht mehr in der gleichen Stimmung.

Und dann passierte es. Es kam einer herein, der ihm sogleich mißfiel. Ein großer, kräftiger Kerl in einem Anzug, der mindestens so teuer war wie der von Eddy. Er sah Margit, ging auf sie zu und sagte: »Du kommst doch mal rüber an die Bar?«

Der Kerl schlenderte lässig davon, hockte sich auf einen Barstuhl und schaute grinsend herüber.

»Den kenne ich«, erklärte Eddy. »Er gibt immer sehr viel aus für Margit. Stinkreich, der Knabe . . .«

»Ich muß mal zu ihm hingehen«, entschuldigte sich Margit. »Weißt du, er kommt oft hierher und läßt Champagner springen, die Flasche zu zweihundertfünfzig Mark . . .«

Es sah aus wie ein abgekartetes Spiel. Eddy meinte: »Ein paar Minuten kannst du gehen.«

»Ich komme dann wieder«, sagte Margit und stand auf.

Der andere Mann legte den Arm um sie. Er redete auf sie

ein. Rudi begriff, daß mehr dahintersteckte, als sie zugegeben hatte. Dieser Kerl da vorn, der mit dem Geld um sich werfen konnte, war ein Kunde von ihr. Sie hatte mit ihm geschlafen, das war ganz sicher.

Frank mahnte: »Rudi, wir sollten jetzt gehen. Es reicht. Du trinkst jetzt nichts mehr.«

Fritz war besoffen. Er begriff nicht, was sich anbahnte.

Als Margit nach einer halben Stunde noch immer an der Bar saß, sagte Rudi: »Sie soll kommen.«

Frank hörte den Zorn in seiner Stimme. Er sagte: »Nimm dich zusammen. Mach hier keinen Ärger.«

Eddy lachte. »Er wird doch wegen so einer kleinen Nutte kein Theater machen. Von der Sorte kann ich dir heute Nacht noch ein ganzes Dutzend ins Bett legen . . .«

Ohne ein Wort zu sagen, stand Rudi auf. Er ging zur Bar, stellte sich neben Margit und sagte: »Komm jetzt zurück an den Tisch. Du hast lange genug hier gesessen.«

Der andere musterte ihn von oben bis unten und erklärte: »Sie sehen doch, daß die Dame mein Gast ist.«

»Ich sehe nur, daß ich verscheißert werden soll!«

»Bitte, benimm dich«, sagte sie.

»Möchtest du lieber bei diesem Lackaffen sitzen bleiben?« fragte Rudi.

»Nehmen Sie das sofort zurück!« Der andere stand auf.

»Den Teufel werde ich tun! Für mich sind Sie ein Lackaffe.«

Es passierte so schnell, daß Frank nicht mehr eingreifen konnte. Margits Bekannter hatte zu einem Schlag ausgeholt. Aber ehe der Schlag ankam, hatte ihm Rudi einen rechten Aufwärtshaken voll an die Kinnspitze geknallt. Er schickte noch einen linken Haken nach. Der Mann flog durch die Bar und blieb liegen.

Rudi stand mit hängenden Armen da und starrte auf den Bewußtlosen hinunter. Eddy und Frank waren sofort zur Stelle. Frank war weiß vor Wut. Sie bemühten sich um den Mann. Frank betastete sein Kinn und sagte nur: »Der Kiefer ist gebrochen. Wir brauchen die Rettungswache.«

Eddy sagte leise: »Du Idiot. Das ist das Ende deiner Laufbahn. Ich kenne den Kerl. Er wird dich verklagen. Wir müssen die Rettungswache anrufen.«

Rudi stand noch immer an derselben Stelle. Er begriff nur langsam. Was hatte er getan? War er nicht im Recht gewesen? Aber er hätte nicht zuschlagen dürfen. Auf keinen Fall hätte er zuschlagen dürfen!

Die Gäste beruhigten sich wieder. Sie waren durcheinandergelaufen, hatten den Verletzten angestarrt. Jetzt saßen sie alle wieder an ihren Plätzen. Margit kam und sagte leise, ohne Vorwurf in der Stimme: »Komm, setz dich.« Sie führte ihn zu seinem Platz.

Die Rettungswache kam mit heulender Sirene. Der Mann war noch immer bewußtlos. Frank fragte die Sanitäter: »Was hat er?«

Der Mann in dem weißen Kittel machte ein bedenkliches Gesicht: »Der Kiefer ist gebrochen, und ganz sicher hat er eine schwere Gehirnerschütterung. Daß ihm drei Zähne fehlen, sehen Sie ja selbst . . .«

Die Polizei erschien kurz darauf. Es waren drei Mann, die den Funkwagen vor der Tür geparkt hatten. Irgend jemand mußte sie gerufen haben.

Eddy kannte die Beamten. Er setzte sich für Rudi ein: »Kommen Sie doch mal mit in mein Büro. Ich muß Ihnen das erklären . . .«

Eddy überlegte, ob er den Versuch einer Bestechung riskieren könnte. Es war nicht möglich: Sie waren zu dritt, und außerdem würde der Verletzte seine Anzeige machen.

Während er erklärte, daß es sich um einen bekannten Boxer handelte, der nach einem Sieg ein wenig zuviel getrunken hatte, rechnete Frank mit Rudi ab. Margit saß neben ihm und weinte. Sie weint, dachte Rudi. Sie weint um mich.

»Wir sind geschiedene Leute«, sagte Frank. »Das ist das Ende deiner Laufbahn. Ich habe dich aus dem Dreck geholt. Wo bist du denn hergekommen? Dein Vater war ein versoffener Eisenbahner, der schließlich am Alkohol gestorben ist. Deine Mutter war eine keifende Alte, die nichts mit dir anzufangen wußte. Deine Brüder sind Hilfsarbeiter, und du warst auch nichts Besseres. Ich habe etwas aus dir gemacht. Ich habe viel Zeit und Geld eingesetzt. Jetzt ist es aus. Man wird dir die Lizenz nehmen. Du wirst in den Knast marschieren, und wenn du rauskommst, kannst du wieder als Hilfsarbeiter gehen . . . Es ist aus, Rudi!«

Rudi starrte vor sich hin und hatte das Gefühl, als würde das Blut in seinen Adern zu Eis gefrieren. Es war endgültig. Er begriff, daß jedes Wort stimmte. Frank hatte die Wahrheit gesagt, die ganze Wahrheit.

Sie trugen den Verletzten hinaus. Und jetzt kamen auch die Polizisten aus Eddys Büro zurück.

»Wir müssen Sie vorläufig festnehmen«, sagte der Streifenführer zu Rudi. »Sie haben den Mann schwer verletzt. Nach dem Protokoll werden Sie morgen früh wieder entlassen, wenn Sie einen festen Wohnsitz nachweisen können.«

»Festnehmen?« Rudi stand langsam vom Stuhl auf. »Mich festnehmen?« Er starrte sie an, einen nach dem anderen.

»Machen Sie uns keinen Ärger. Wir müßten von der Waffe Gebrauch machen . . .«

In Rudis Kopf jagten sich die Gedanken. Entzug der Lizenz! Anklage und Urteil! Festnahme!

»Ich gehe nicht mit!« brüllte er plötzlich los. »Ich gehe nicht mit!«

Als sie nach seinem Arm griffen, um ihn nach draußen zu führen, schlug er den ersten Polizisten nieder, der zweite konnte sich nur mit einem Sprung in Sicherheit bringen. Dann lag auch der Streifenführer am Boden und blutete aus der Nase.

Rudi tobte in der Bar herum wie ein Verrückter. Sie holten Verstärkung. Mit acht Mann schleppten sie ihn schließlich gefesselt in den Streifenwagen.

Er hockte auf dem hinteren Sitz und schluchzte vor sich hin. »Ich bin betrunken«, sagte er. »Ich war betrunken . . .«

Rudi wurde in eine Zelle des Polizeigefängnisses geführt.

Sie schlossen ihn ein. Er ließ alles willenlos mit sich geschehen. In Kleidern legte er sich auf die Pritsche und schlief ein.

Als er erwachte, war es schon Tag. Er hatte unerträgliche Kopfschmerzen. Allmählich begriff er, was geschehen war. Sein Magen krampfte sich zusammen. Aber es war geschehen, es war nicht mehr rückgängig zu machen.

Sie holten ihn um neun Uhr. Er wurde zum Polizeipräsidium gefahren. Dort saß er einem Kriminalbeamten gegenüber, der nur den Kopf schüttelte und zu ihm sagte: »Herr Zimmermann, Herr Zimmermann, das kommt Sie teuer zu stehen. Wie konnten Sie so etwas machen?«

»Ich war betrunken«, sagte er. »Und ich hatte eine starke Tablette genommen. Die hat sich wohl nicht mit dem Alkohol vertragen. Beim Kampf mußte ich einen schweren Kinnhaken einstecken . . .«

Der Beamte sagte: »Sie haben einen so tadellosen Kampf geliefert. Schade, sehr schade. Sie haben den Mann schwer verletzt. Er wurde heute morgen schon operiert. Niemand wird verstehen, daß Sie so hart zugeschlagen haben . . .«

»Ich wollte es nicht«, murmelte er. »Es tut mir leid. Glauben Sie mir, es tut mir leid.«

Schwere Körperverletzung, tätlicher Widerstand gegen die Staatsgewalt . . . Der Beamte war ihm dennoch wohlwollend gesonnen. »Wenn Sie Glück haben, kommen Sie mit sechs Monaten davon. Sie sind Boxer. Sie hätten wissen müssen, daß Ihre Fäuste gefährlich sind . . .«

Er ging dann nach Hause zu seiner Mutter, traute sich nicht mehr in die Wohnung, die Frank ihm überlassen hatte. Er wollte seine Kleider und alles, was dort in den Schränken war, ein paar Tage später abholen.

Am Abend stand es in den Zeitungen. Er war um die Ecke gegangen, wollte frische Luft schnappen, denn der Schädel brummte ihm noch immer. An einem Kiosk sah er die Schlagzeilen. Sie machten ihn fertig. ›Das Ende einer Box-Karriere!‹

Er las nur einen Artikel. Er fällte sein eigenes Urteil: vernichtend. Es ist aus.

Langsam ging er weiter. Dann las er noch einmal: *Der Boxverband wird Rudi Zimmermann die Lizenz entziehen. Lebenslänglich . . .*

Seine Mutter empfing ihn mit Schimpfworten. Nachbarn hatten ihr bereits die Neuigkeit gemeldet.

»Du versoffener Lump!« schrie sie. »Jetzt kommst du ins Gefängnis. Die Menschen halbtot schlagen! Du bist genau wie dein Vater. Du wirst auch im Suff enden!«

»Das werde ich nicht!« brüllte er, außer sich vor Wut. Er ballte seine großen Fäuste und trommelte damit gegen die Wand. »Das werde ich nicht!« Dann ging er in sein Zimmer, warf sich auf sein Bett und weinte . . .

2

Rudi wußte, daß er jetzt einen schweren Weg zu gehen hatte. Die Gerichtsverhandlung war auf neun Uhr morgens angesetzt. Er war schon um fünf Uhr aufgewacht und hatte dann nicht mehr einschlafen können.

Das ist schlimmer als der Weg zum Ring, dachte er. Vor dem Kampf mit einem schweren Gegner gab es dieses flaue Gefühl in der Magengegend. Das war die Erregung. Diesmal aber war es Angst.

Die Zeitungen hatten große Artikel über ihn gebracht. Sie hatten ihn alle fertiggemacht. Ein Boxer, der in einer zweifelhaften Bar einen Gast zusammenschlägt, hat sich alle Sympathien verscherzt.

Er betrachtete sich im Spiegel. Sein Gesicht war bleich. Er dachte: Ich sehe anders aus als früher. Kein Wunder. Die letzten Wochen waren eine einzige Demütigung gewesen. Seine Mutter hatte ihn so beschimpft, daß er nach ein paar Tagen ausgezogen war. Boxer-Eddy hatte ihm ein Apartment zur Verfügung gestellt. »Du wirst es mir irgendwann zahlen«, hatte Eddy nur gesagt.

Er war überhaupt großzügig gewesen. Einer der besten Strafverteidiger der Stadt würde heute morgen Rudis Sache vertreten. Die Anklage lautete: Schwere Körperverletzung und tätlicher Widerstand gegen die Staatsgewalt.

Rudi ging langsam die Treppe hinunter. Da er jetzt in der City wohnte, hatte er nicht weit zum Gerichtsgebäude zu gehen. Eine knappe Viertelstunde.

Was für ein Weg, dachte er. Ich habe Blei in den Füßen.

Eddy stand bereits vor dem Gerichtssaal. Der Anwalt war bei ihm. Natürlich auch eine von Eddys Freundinnen. Und dann sah er Margit. Sie kam auf ihn zu und sagte: »Ich wollte dabeisein, ich wollte dir ein bißchen Mut machen. Es ist ja schließlich meinetwegen geschehen . . .«

Er küßte sie kurz auf den Mund, hatte das Verlangen, sie in seine Arme zu nehmen, sie an sich zu reißen. Aber er war zu scheu, hier vor allen Menschen reichte es nur zu der Andeutung einer Zärtlichkeit.

Rudi hatte sie in der letzten Zeit oft besucht. Sie hatte ihn mitgenommen in ihre hübsch eingerichtete Zweizimmerwohnung. Sie hatten miteinander geschlafen, und er hatte zu ihr gesagt: »Ich liebe dich . . .«

Auf den Bänken vor dem Gerichtssaal sah er Frank, seinen langjährigen Manager. Fritz, der Trainer, war auch da. Sie winkten zu ihm herüber. Aber Franks Gesicht blieb verschlossen. Er war noch immer böse.

Der Anwalt sagte: »Ich habe Ihren Manager und Ihren Trainer als Entlastungszeugen geladen. Alles läuft, wie wir es besprochen haben. Ich werde das Schwergewicht auf den Schlag, den Sie im Kampf einstecken mußten, und auf die starke Schmerztablette legen. Bleiben Sie ganz kühl und sachlich . . .«

Der Anwalt hatte tiefe Sprechfalten, die von der Nase neben den Mundwinkeln zum Kinn hinabliefen. Es war ein spitzes, intelligentes Gesicht. Eddy hatte gesagt: »Rudi, du kannst keinen besseren finden.«

Rudi stand da wie ein Tölpel, steif, ungelenk. Er wußte, daß er diesem Geschehen nicht gewachsen war. Eddy sah es, Margit wußte es. Alle, die da herumstanden und ihn anstarrten, konnten nicht übersehen, wie schwach er jetzt war, er, fast einen Meter neunzig groß, hundertfünfundachtzig Pfund schwer, ein Boxer, der zu großen Hoffnungen berechtigt hatte . . . Jetzt war er nur noch ein Häufchen Elend.

»Komm«, sagte Rudi zu Margit. Er griff nach ihrer Hand und zog sie zu einer Fensternische. So war er den Blicken etwas weniger preisgegeben.

Eddy und seine Freundin schauten hinüber. Das kesse Mädchen verzog den stark geschminkten Mund. »Er ist zu weich. Er hängt an ihr wie eine Klette. Wenn das nur mal gutgeht.«

»Ich werde ihn in die Mangel nehmen«, sagte Eddy. »Ein Jahr in meiner Schule . . . Du wirst ihn nicht wiedererkennen.« Er grinste. Wie immer trug er einen außergewöhnlich teuren Anzug, dazu eine seidene, dezent gemusterte Krawatte. An seiner rechten Hand glänzte der große Brillantring. Er roch ein wenig nach einem französischen Herrenparfum. Er war das Gegenteil von Rudi Zimmermann, dem gewesenen Boxer. Auch hier, auf diesem Parkett, war er seiner selbst sicher. Er fühlte sich überlegen. Die Menschen hier waren arme Würstchen gegen ihn. Dabei nahm er den Anwalt nicht aus, denn der tanzte nach seiner Pfeife, wenn er ihm genug Scheine hinblätterte. Und genau das hatte Eddy getan.

Er hatte zu dem Rechtsanwalt gesagt: »Tun Sie Ihr Bestes. Lassen Sie alles los, was Sie auf dem Kasten haben. Ich mag den Jungen. Hier sind zweitausend Anzahlung . . .« Mit einer lässigen Geste hatte er die zwei Tausender auf den Tisch fallen lassen.

Eddys Freundin sagte: »Weißt du, was der braucht? Ich glaube, der sucht eine Mutter . . .«

Eddy schaute sie schräg von der Seite her an: »Du bist doch eine kluge kleine Nutte. Du hast nämlich recht. Du solltest einmal seine Mutter sehen. Eine scheußliche keifende Hexe. Männer, die eine solche Mutter haben, gehen von ihr weg und suchen in jedem Weib die Mutter. Davon lebt ihr . . .«

»Na klar«, sagte sie. »Bin ich nicht wie eine gute Mutter zu dir?«

»Halt's Maul«, sagte Eddy. »Sonst kriegst du mal wieder eins drauf.«

Sie lachte, kuschelte sich in ihren Nerz und stöckelte auf ihren hohen Absätzen ein wenig hin und her.

Rudi sah nur Margit. Er hielt noch immer ihre Hand, schaute in ihre großen braunen Augen, redete aber fast nichts.

Sie sagte: »Es bleibt dir keine Wahl. Du mußt mit Eddy zusammenarbeiten. Du kannst jetzt nicht mehr in die Fabrik zurück – als Hilfsarbeiter. Eddy meint es gut mit dir. Du hast es doch versucht in der Fabrik. Es ging nicht gut . . .«

»Ja«, sagte er, »ich weiß. Es ging wirklich nicht. Sie haben mich gefrotzelt. He! Boxer! haben sie gerufen. Bring mal den Werkzeugkasten her! In der Fabrik war ich ein armes Schwein.«

Nein, es hatte nicht geklappt. Die Montagehalle war nicht der richtige Platz für ihn. Vielleicht würde es am Fließband besser sein. Das hatte der Sachbearbeiter auf dem Arbeitsamt vorgeschlagen. Ich werde es noch einmal versuchen, dachte Rudi.

Sein Name wurde aufgerufen. Es war jetzt fünf Minuten vor neun Uhr.

»Ich muß noch schnell Frank und Fritz die Hand geben«, sagte er zu Margit.

Er ging hinüber und begrüßte die beiden. Frank wackelte bedenklich mit dem Kopf und sagte: »Na, dann prost Mahlzeit. Da drin in dem Saal werde ich dir noch einmal einen Gefallen tun . . .«

»Ich auch, ich auch«, sagte Fritz. »Das ist doch klar wie Kloßbrühe.«

Im Saal stand ein Stuhl in dem leeren Raum zwischen Zuschauerbänken und Richtertisch. Es war ein einsamer Stuhl. Er sah verloren aus in diesem großen Gerichtssaal.

Die Zuschauer tuschelten. Rudi achtete nicht darauf. Die Pressebänke waren voll besetzt. Obwohl es verboten war, fotografierten die Pressefotografen, als er Platz nahm.

Der Rechtsanwalt kam noch einmal zu ihm. »Also, wie gesagt: Seien Sie höflich, bescheiden. Zeigen Sie Reue. Verstehen Sie, Sie müssen bereuen.«

»Das tue ich doch auch.«

»Gut, gut«, sagte der Anwalt und ging zu seinem Platz. Die schwarze Robe wehte, bauschte sich, während er ging.

Und dann fing es an. Der Richter und die Beisitzer kamen herein. Ehe Rudi sich noch einmal ins Gedächnis rufen konnte, was er alles zu sagen hatte, war die Verhandlung schon in vollem Gang.

Der Richter las noch einmal vor: Schlägerei in der Bar, der Verletzte hatte drei Zähne verloren, dazu noch ein komplizierter Unterkieferbruch. Eine Operation und ein Krankenhausaufenthalt von drei Wochen waren nötig gewesen. Der Streifenwagenführer hatte nach Rudi Zimmermanns Schlägen fünf Tage im Bett zubringen müssen. Der andere Polizist war glimpflich davongekommen. Er konnte nach zwei Tagen wieder seinen Dienst antreten.

»Stehen Sie auf, Angeklagter.«

Höflich bleiben, sachlich bleiben. Rudi hämmerte es sich immer wieder ein. Seine Antworten waren knapp. Das Sprechen fiel ihm schwer. Er sagte: »Eh . . . Ich habe, eh . . . Ja, ich glaube, die starke Tablette war mit daran schuld . . .«

Der Anwalt warf blitzschnell immer wieder erklärende Sätze dazwischen. Entlastungsmomente, die aber noch nicht voll ausgespielt wurden. Draußen vor der Tür saßen die Entlastungszeugen.

»Herr Vorsitzender, Sie werden ein anderes Bild von diesem Fall bekommen, wenn Sie die Zeugen gehört haben . . .«

Der Richter nickte. Aber er sagte: »Ein Boxer seiner Klasse . . . Er hätte wissen müssen, daß seine Fäuste lebensgefährliche Waffen sind.«

Und er betonte das Wort lebensgefährlich.

Rudi starrte auf seine großen Hände, während er vor dem Richter saß.

Es ging alles sehr schnell. Der Hauptbelastungszeuge trat auf. Er war kühl und sicher. Seine Argumente waren falsch. Rudi fühlte es. Aber hier vor Gericht, da klang es wie Wahrheit: »Herr Vorsitzender, ich wußte doch, daß ich einem Klasseboxer gegenüberstand. Glauben Sie, ich hätte eine Schlägerei mit diesem Muskelpaket riskiert?«

Das hatte gesessen. Das klang verdammt nach Wahrheit.

Wie verloren ein Mensch vor Gericht ist. Rudi stellte es ganz erstaunt fest. Er wollte Dinge sagen, klarstellen. Aber er kam nicht zu Wort, und auch sein Anwalt winkte ab. Die Presseleute schrieben eifrig mit. Er sah es genau.

Und nun marschierten die Entlastungszeugen auf. Als erster Frank. Und Frank war gut, er war große Klasse. Mit Bedauern in der Stimme sagte er: »Herr Vorsitzender, Sie müssen sich vorstellen: Der Junge bestritt seinen ersten großen internationalen Kampf. Er hat sich monatelang darauf vorbereitet. Wir haben ihn nicht geschont im Training. Wie ein Mönch hat er gelebt. Das gibt Stauungen und Spannungen. Ich weiß, wie Boxer sind, wenn sie Monate trainiert haben. Dann mußte er in der sechsten Runde einen schweren linken Haken des Südamerikaners einstecken. Für einen Augenblick dachte ich, er würde umfallen . . .«

O ja, Frank konnte reden. Er beschrieb den Kampf so plastisch, so genau, daß man im Gerichtssaal eine Stecknadel hätte fallen hören. Und dann kam die Sache mit der Tablette. »Es ist ein ganz schweres Schmerzmittel, das ich ihm gegeben habe, denn ich dachte mir: Vielleicht hat er eine leichte Gehirnerschütterung von diesem Schlag . . .«

Der Vorgang in der Bar war das Entscheidende. Und da blieben die Tatsachen, daß er zuviel getrunken und daß er mehr als einmal zugeschlagen hatte.

Frank versuchte alles: »Es war ein Zusammentreffen unglücklicher Umstände. Ich weiß, er ist ein guter Junge, und es tut ihm ganz gewiß sehr leid . . .«

Rudi starrte auf seine großen Hände. Er merkte, daß ihm Tränen in die Augen stiegen.

Und sein Anwalt war noch besser als Frank. Mit hoch erhobenem rechten Arm rief er in den Saal: »Und bedenken Sie, woher dieser junge Mann kommt. Aus dem Nichts ist er aufgestiegen! Und nun wird er unerbittlich in das Nichts zurückgestoßen, denn es ist nur noch eine Formsache, bis ihm vom Boxverband die Lizenz entzogen wird! Das ist die schwerste Strafe, die es für ihn geben kann!«

Der Anwalt plädierte auf eine Geldstrafe: »Ersparen Sie ihm das Gefängnis. Geben Sie ihm die Möglichkeit einer Zukunft! Machen Sie den Unglücksfall, der schwer genug ist, nicht endgültig zu einer Katastrophe . . .«

Die Beweisaufnahme war abgeschlossen. Der Staatsanwalt erhob sich. Alle hatten sie gut von ihm gesprochen: Frank, Fritz, Eddy als Barbesitzer. Rudi hatte ein wenig Hoffnung. Mit einer Geldstrafe könnte er vielleicht nach einem Jahr der Sperre wieder anfangen zu boxen. Er würde jedoch das Jahr nicht verstreichen lassen, er würde weiter trainieren. Wenn sie mir nur eine Chance geben, eine winzige Chance . . .

Der Staatsanwalt sah die Sache ganz anders. Er sprach in erster Linie von dem Schaden, den Rudi angerichtet hatte. Er hielt nichts von Vergebung, glaubte nicht an Reue. »Als Boxer mag er von großer Klasse sein, als Mensch ist er primitiv und brutal . . .«

Rudi hörte den Antrag: Der Staatsanwalt forderte ein Jahr Gefängnis.

Der Richter machte eine auffordernde Bewegung mit der Hand: »Angeklagter, Sie haben das letzte Wort. Wollen Sie sprechen?«

Rudi stand auf. Wie schwer war es, jetzt etwas zu sagen. Er begann: »Herr Vorsitzender, ich habe seit meiner Schulzeit keine Schlägerei mehr gehabt. Ich war auch im Ring immer fair. Jetzt habe ich über hundertvierzig Kämpfe . . .

Es tut mir leid. Ich kann nicht mehr sagen als: Es tut mir wirklich leid . . .«

Mehr brachte er nicht heraus. Der Richter nickte: »Das Gericht zieht sich zur Beratung zurück.«

Der Rechtsanwalt war sofort bei ihm: »Es war gut, was Sie gesprochen haben. Es hätte nicht mehr sein dürfen, es war genau richtig . . .«

»Und was glauben Sie?« fragte Rudi. »Wie wird es ausgehen?«

»Tja . . .« Der Verteidiger kniff die Lippen zusammen. »Auf sechs Monate, vielleicht sieben Monate müssen Sie sich gefaßt machen.«

»Also doch Gefängnis?«

»Lieber Herr Zimmermann, ich bitte Sie, das war ein ganz schwerer Fall von Körperverletzung! Wir werden die mildernden Umstände ganz sicher kriegen, denn die Sache mit dem linken Haken und der starken Tablette hat beim Richter gewirkt. Ich kenne ihn seit Jahren. Ich weiß, wie er reagiert.«

Und damit hatte der Rechtsanwalt nicht übertrieben. Er kannte den Richter tatsächlich genau. Der Vorsitzende verkündete nach der Beratung: ». . . unter Anrechnung und Berücksichtigung mildernder Umstände verurteile ich Rudi Zimmermann zu sechs Monaten Gefängnis ohne Bewährung.«

Rudi hatte den Kopf gehoben und starrte hinüber zu den großen Fenstern des Saals. Er hörte kaum noch zu, was der Richter in der Urteilsbegründung vorlas. ». . . wobei einer vorzeitigen Entlassung nach zwei Dritteln der Strafe nichts im Wege steht, wenn sich der Angeklagte während der Haft gut führt.«

Es war aus. Hinter sich hörte Rudi das Scharren und Trappeln von vielen Füßen. Die Zuschauer verließen den Saal. Die Presseleute hasteten zur Tür. Er stand auf und ging hinaus.

Draußen empfing ihn Eddy, klopfte ihm auf die Schulter:

»Mann, so ein Ding mußt du doch einstecken können. Das sind vier Monate für dich. So etwas wird dich nicht umhauen.«

Rudi ging zu Frank, gab ihm die Hand und sagte: »Ich danke dir, Frank. Du hast dir viel Mühe mit mir gegeben.«

Frank nickte. »Es ist schade um dich als Boxer. Aber jetzt paß auf, daß man nicht eines Tages von dir sagen muß, es ist schade um ihn als Mensch.« Er deutete mit einem Kopfnikken auf Eddy. Dann drehte er sich um und ging.

Fritz lief hinter Frank her, nachdem er Rudi die Hand gegeben hatte.

»Ich sag's doch, er kann mich nicht leiden«, sagte Eddy. »Es stinkt ihm, daß ich mehrfacher Millionär bin. Mein Geld regt ihn auf. Aber Geld stinkt nicht.«

Margit kam auf ihn zu. »Es tut mir leid. Aber du mußt daran denken, daß vier Monate keine Ewigkeit sind. Du solltest auch nicht vergessen, daß du Freunde hast.«

»Dich?« fragte er und sah ihr in die Augen. »Dann heirate mich.«

Sie hatten es alle gehört: der Rechtsanwalt, Eddy und seine Freundin, der Gerichtsdiener, der mit dem Anwalt gesprochen hatte. Sie schauten jetzt alle auf die beiden, die sich da gegenüberstanden.

»Es geht nicht«, sagte Margit. Sie schüttelte den Kopf. »Wir können Freunde sein. Du weißt, was ich meine – sehr gute Freunde.«

Er nickte nur, dann ging er auf die Treppe zu, ohne ein Wort.

»He!« rief Eddy. »Wir sind auch noch da. Ich gebe jetzt ein Sektfrühstück aus für uns vier. Du brauchst das jetzt. Komm mal her, Mann . . .« Er zog Rudi am Arm, ging ein paar Meter mit ihm in den Flur zurück. Er sagte leise: »Du spinnst, Kerl. So etwas kannst du nicht heiraten. Mit der kannst du ins Bett gehen, die kannst du als Freundin behalten. Aber nicht mehr. Die geht doch anschaffen, wenn sie knapp bei Kasse ist. Die hat Freier, die ihr einen Tausender hinblättern . . .«

»So.«

»Ja, so wie die aussieht, kriegt sie das. Sie geht nicht mit jedem. Die Margit macht es vielleicht sechs-, siebenmal im Monat. Dann hat sie ihr Kostgeld. Was sie sonst noch verdient, legt sie auf die hohe Kante. Das Mädchen hat über hunderttausend auf ihrem Konto . . .«

»Na ja«, sagte Rudi. »Gehen wir also frühstücken.«

»Na endlich, das ist ein Wort.«

Er war immer noch benommen, als er in Eddys Wagen stieg. Einige Passanten, die an dem Parkplatz vorbeikamen, blieben stehen, um sich den Wagen zu betrachten. Mindestens hunderttausend Mark hatte er gekostet. Rudi dachte: Bei hunderttausend, da fängt es an. Ich habe noch nie hunderttausend verdient.

Der Wagen fuhr an, der Motor röhrte. Dreihundert PS unter einer formvollendeten italienischen Karosserie.

Ja, wenn ich mit so etwas angefahren käme, wenn ich Häuser hätte wie Eddy und dazu noch mehrere Lokale, dann würde Margit sicher ja sagen.

Er dachte es ohne Neid. Es war die sachliche Feststellung, daß er keine Position hatte, mit der er sie beeindrucken konnte. Und in diesem Augenblick gab er kampflos auf. Es war etwas, das er noch nie getan hatte. Er liebte sie. Er wußte, er konnte mit ihr schlafen, aber er würde sie nicht besitzen. Sie würde nie völlig zu ihm gehören.

Eddy fuhr zu einem der teuersten Hotels der Stadt. Er war dort gut bekannt. Der Portier riß die Tür auf und begrüßte ihn: »Guten Morgen, Eddy.«

Rudi sah den Geldschein, den der Portier wegsteckte. Es waren fünfzig Mark. Dieser Eddy konnte es sich leisten, einem Portier ein Trinkgeld von fünfzig Mark zu geben, dafür, daß er ihm die Tür aufhielt. Was für eine Verschwendung. Das war Angabe, aber Eddy konnte es sich leisten, ein Angeber zu sein.

Das Sektfrühstück war aufwendig. Es begann mit Kaviar und einer Menge Delikatessen, die auf einem Wägelchen herangefahren wurden. Hummer hatte Rudi noch nie gegessen. Er sah zu, wie Eddy den Hummer aß, und er machte es ihm nach. Dazu gab es Sekt, viel Sekt.

Eddy lachte. »Und deshalb heißt es Sektfrühstück, Rudi. Wenn du bei mir einsteigst, wirst du das öfter haben. Du würdest überhaupt Dinge kennenlernen, von denen du jetzt noch keine Ahnung hast.«

Sie lachten, auch Margit lachte. Das gefiel ihm nicht. Es reizte seinen Widerspruch. Er sagte mürrisch: »Wenn ich weitergeboxt hätte, dann hätte ich mir eines Tages all das auch leisten können. Ich wäre an die Spitze gekommen.«

»Mein lieber Rudi . . .« Eddy schwieg und dachte einen Augenblick nach. »Wir wollen einmal festhalten, daß du jetzt eine Null bist. Davon müssen wir ausgehen. Sicher, wahrscheinlich wärst du ein großer Boxer geworden. Aber du wirst es nie mehr sein. Ich biete dir eine Chance, weil ich dich mag und weil ich dich gut gebrauchen kann. Du kannst annehmen oder ablehnen. Aber hör auf, dich mit mir zu vergleichen. Wenn du bei mir einsteigst, bin ich der Boß, und du bist mein Angestellter. Ist das klar?«

»Ich weiß nicht, ob ich bei dir einsteige. Ich will es noch einmal mit der Fabrik versuchen . . .«

Eddys Freundin lachte. Rudi schaute sie an und fuhr sie an: »Hör auf zu lachen, sonst schütte ich dir mein Glas ins Gesicht.«

Das Lachen verschwand aus ihrem Gesicht.

»Bravo!« sagte Eddy. »Das ist der richtige Ton. Weißt du was? Ich zeige dir alle meine Läden. Dann kannst du dir ein Bild machen und dich entscheiden.«

Eddy winkte dem Kellner: »Eine neue Flasche.«

Allmählich wurde es Rudi warm. Er spürte, daß er sich lokkerte. Und jetzt hatte er auch das Verlangen nach einem Schnaps. Es mußte da etwas hinuntergespült werden.

Eddy winkte ab: »Du kriegst deinen Schnaps, aber in meinem Lokal. Hier trinken wir noch die Flasche aus, dann hauen wir ab.«

Margit sagte eindringlich: »Rudi, ich weiß, daß Eddy es

gut mit dir meint. Es ist klar, daß er der Boß ist. In der Fabrik hättest du ja auch einen Boß, einen Vorarbeiter, einen Meister. Wer weiß, was noch alles. Aber immer hättest du einen vor deiner Nase sitzen.«

Rudi nickte: »Ja, ich weiß.«

»Er wird schon begreifen«, meinte Eddy gelassen. »Jeder, der mit mir zusammenarbeitet, hat große Vorteile. Es hat noch keiner bereut, mit mir zusammenzuarbeiten.«

Nachdem Eddy bezahlt hatte, verließen sie das Hotel. Im Wagen sagte Eddy: »Ich zeige dir jetzt alles.«

Es war ein Uhr mittags, als sie vor dem Spielclub ankamen. Eddy drückte auf einen Knopf neben der massiven Tür, die mit Messingbeschlägen verziert war. Die Tür öffnete sich. Ein Wächter hatte sie geöffnet. Eddy befahl: »Mach Licht! Alles!«

Es roch noch ein wenig nach dem Qualm von Zigaretten, aber in den drei großen Räumen blitzte es vor Sauberkeit. Eine gepflegte Atmosphäre, große Sessel, Rauchtische, eine Bar, Plüsch, seidene Tapeten.

Eddy deutete mit der rechten Hand: »Hier in diesem Raum wird das kleine Roulette gespielt. Drüben sind die Kartenspiele. Und dort geht's manchmal mit den Würfeln rund. Die Tür wird dann geschlossen. Es steht ein Wächter davor. Hier gibt es viele Knöpfe. Verstehst du, zum Drükken . . .«

Eddys blonde Freundin kicherte. »Sag ihm doch gleich alles. Schmeiß ihn ins kalte Wasser . . . Entweder er verträgt es oder er kriegt das große Zähneklappern!"

»Halt's Maul!« sagte Eddy und gab ihr eine klatschende Ohrfeige.

Rudi sagte nichts, aber es gefiel ihm nicht. Eddy sah es ihm an.

»Ach was!« rief er. »Mach dir nicht in die Hose! Das ist der Ton, den sie braucht. Nicht wahr?« Er schaute die Blonde an.

Sie rieb sich die linke Wange und maulte nur: »Aber doch nicht so fest, wenn ich auch mal was sage . . .«

»Ach, Quatsch«, sagte Eddy und klopte ihr auf den Po.

Damit war sie zufrieden. Sie lächelte wieder und mischte sich nicht mehr ein. Ihre Wange färbte sich langsam dunkelrot.

Es war beeindruckend, was Eddy vorzuzeigen hatte. Vom Spielclub fuhren sie in das Bordell mit Bar. Es war im ersten Stock. Die Bar hatte Platz für achtzig Personen. Alles teuer eingerichtet. Von hier aus ging ein Lift aus einem kleinen Seitenraum ins Haus. Und in diesem Haus gab es viele Zimmer – in jedem lebte ein Mädchen.

Dann fuhren sie zu Eddys Lieblingsobjekt: ›Eddys Bar‹. Rudi kannte sie nur zu gut. Hier war alles passiert.

Danach eine Bar zweiter Klasse, so nannte es Eddy. Und noch ein Frühlokal für etwa hundertfünfzig Personen. »Daran bin ich nur zur Hälfte beteiligt, aber es läuft wie die Feuerwehr . . .«

»Und was soll ich tun?« fragte Rudi.

Eddy lächelte nachsichtig. »Das kannst du dir doch denken. Du begleitest mich, wenn ich kassiere. Du begleitest mich, wenn irgendwo Schlamassel ist und ich gerufen werde, um Ordnung zu stiften . . .«

»Und dann soll ich wohl mit meinen Fäusten dazwischenfahren und mir noch mehr Knast einfangen?«

Eddy schüttelte nur den Kopf: »Die Leute, denen du in meinen Lokalen eins auf die Fresse haust, haben allen Grund, nicht zur Polizei zu gehen. Polizei, das gibt es unter uns nicht. Ich gehe nachts umgeschnallt, aber man kann nicht immer mit dem Ballermann dazwischenfunken. Meistens genügen ein paar Kinnhaken. Ich habe manchmal achtzig-, neunzigtausend Mark Einnahmen in bar bei mir. Es wäre nicht schlecht, einen Mann wie dich dabei zu haben. Du siehst, ich brauche dich, und du brauchst mich . . .«

Sie sahen, daß er nachdachte. Margit stieß ihn mit dem Ellenbogen an. »Es ist eine große Chance für dich. Mach mit.«

»Wieviel?« fragte Rudi.

»Weil du es bist . . . Ich gebe dir fünftausend im Monat, aber du bist ständig zu meiner Verfügung.«

Und jetzt wollte Rudi einmal schlau sein. An diesem Tag der Niederlage wollte er zeigen, daß sie es nicht mit einem Dummkopf zu tun hatten. Er sagte: »Zuwenig. Ich will sechstausend.«

Eddy lachte laut. Gut gelaunt sagte er: »Abgemacht, Boxer. Du kriegst sechstausend!«

»Und wann fange ich an?« fragte Rudi.

Eddys Gesicht wurde ernst: »Jetzt fängst du an.«

3

Margit nahm Rudi mit nach Hause. Auf der Treppe sagte sie: »Es war richtig von dir, bei Eddy einzusteigen. Für sechstausend Mark im Monat hat er dich hoch eingekauft. Ich kenne niemanden, dem er soviel gibt.«

Er ging mürrisch hinter ihr her, und obwohl er nicht in guter Stimmung war, konnte er doch nicht übersehen, wie gut sie gewachsen war. Sie konnte mit jedem Fotomodell und jeder Filmschauspielerin konkurrieren.

Rudi dachte: So etwas hätte aus ihr werden können. Beim Film oder in der Modebranche wäre Margit groß herausgekommen. Aber sie arbeitete jetzt für Eddy, wie er.

»Mach endlich ein anderes Gesicht«, sagte Margit in der Wohnung. Sie zog langsam ihre Bluse aus.

»Glaubst du, ich könnte vergessen, daß ich sechs Monate Gefängnis eingefangen habe?«

»Wovon du aber nur vier absitzen mußt. Und das wirst du doch aushalten. Was glaubst du, wieviel Freunde von Eddy jetzt im Knast sitzen? Und die haben alle mehr als du.«

Rudi zweifelte nicht daran, daß sie die Wahrheit sagte, Zuhälter, Falschspieler, Einbrecher, Autodiebe . . . Ja, davon hatte er gehört. Auch in den Zeitungen hatte manchmal etwas gestanden, er konnte sich erinnern. Die Presse hatte Eddy nicht etwa geschont, aber die Blätter hatten ihm auch bestätigt, er sei der Schlaueste von allen. Es wäre unmöglich, ihn hinter Gitter zu bringen.

»Wieso hat man ihn nie überführen können?« fragte Rudi.

»Weil er clever ist«, antwortete Margit. »Er mischt zwar mit, aber nur dann, wenn er sich vorher doppelt abgesichert hat.«

Doppelt abgesichert . . . Das hatte es bei ihm, Rudi Zimmermann, noch nie gegeben. Ich bin immer gleich auf die Fresse gefallen, dachte er. Aber wenigstens verdiente er jetzt sechstausend Mark im Monat. Das war schließlich etwas. Er würde keine Steuern bezahlen müssen, denn der Vertrag war nur mit einem Handschlag abgeschlossen worden; eine private Abmachung.

Margit stand jetzt vor ihm, nur im Slip. »Komm doch«, sagte sie. Sie war schön. Er schaute sie an und strich mit seinen großen Händen zart über ihre Brüste.

Ja, es gab noch Trost für ihn. Er dachte es, während er sie zum Bett trug. Sie erregte ihn, war immer wieder neu für ihn.

Als er neben ihr lag und ihre Zärtlichkeiten spürte, sagte er leise an ihrem Ohr: »Vielleicht geht es mir doch nicht so schlecht. Es hätte noch schlimmer ausgehen können. Und ich habe dich.«

Er liebte sie wild, ungestüm. Er dachte: Sie gehört mir! Sie gehört mir! Und er hoffte, daß er sie eines Tages ganz besitzen würde – als seine Frau.

Sie lagen dann still nebeneinander, Margit hatte ihren Kopf auf seinen Oberarm gebettet. Er dachte wehmütig noch einmal an seine Boxer-Karriere. Aber das war nun doch endgültig vorbei.

Das Telefon klingelte auf dem Nachttisch neben dem großen französischen Bett. Er sah zu, wie sie den Hörer abhob. Wer immer da anrief, er war ein Störenfried. Rudi konnte es an ihrem Gesicht erkennen. Sie sagte schließlich: »Nein, nein, es geht heute nicht. Ganz ausgeschlossen.«

Dann legte sie auf. Rudi sagte: »Das war ein Freier von dir.«

Sie zögerte, gab aber dann zu. »Es ist ein Mann, der sich einmal im Monat bei mir meldet. Er ist verheiratet. Ein Geschäftsmann. Nichts Besonderes. Er will nicht viel von mir . . .«

»Und dafür zahlt er dir einen Tausender, wie?« fragte er.

Sie sagte: »Ja, das tut er. Spielt es eine Rolle?«

Er starrte zur Decke und sagte: »Nein, es spielt keine Rolle. Ich werde mich wahrscheinlich daran gewöhnen.«

Und während er das sagte, dachte er plötzlich: Sie geht mit anderen Männern, nimmt Geld dafür. Ich bin mit ihr befreundet – bin ich ihr Zuhälter?

Aber das war nicht ganz richtig. Da gab es nämlich einen kleinen Unterschied: er nahm kein Geld von ihr, würde nie Geld von ihr nehmen. Diese Feststellung erleichterte ihn ein wenig.

Später schlief er ein und wachte erst wieder auf, als sie ihn am Arm rüttelte. »Es ist fast acht Uhr«, sagte sie. »Du mußt aufstehen. Unser Dienst fängt an . . .«

»Unser Dienst?« Er sagte es gedehnt.

Er war jetzt gespannt darauf, wie seine Arbeit für Eddy aussehen würde. Sicher nicht ungefährlich, dachte er.

Sie fuhren mit Margits Wagen zu einem Speiselokal, um zu essen. Sie wollte die Rechnung begleichen. Er packte ihre Hand und sagte hart: »Nein! Wenn du mit mir am Tisch sitzt, zahle ich.«

Um die Mundwinkel des Kellners spielte ein unverschämtes Grinsen. Rudi schaute ihn nur einmal von der Seite her an. Das Grinsen verschwand sofort.

Als der Kellner gegangen war, sagte sie: »Du mußt nicht jedem mit Blicken drohen, der mal ein bißchen grinst. Der Kellner kennt mich. Ich gehe jeden Abend hier essen.«

Sie fuhren dann zu ›Eddys Bar‹. Es war jetzt neun Uhr abends; noch kein Betrieb. Die drei anderen Tänzerinnen waren auch gerade erst gekommen. Mia, die Barfrau, rief:

»Los, ihr faulen Hühner, helft mal beim Gläserpolieren!« Sie wandte sich zu Rudi und sagte: »Da ist ja auch unser kleiner Totschläger. Wie geht's uns denn heute?«

Rudi winkte ab: »Halt's Maul«, sagte er.

Das war der richtige Ton. Mia grinste wohlwollend.

Er saß auf einem Barhocker, sah zu, wie die Frauen die Gläser reinigten. Es geschah nichts, er wartete und dachte: Das ist ein seltsamer Dienst. Ich hocke hier herum und weiß nicht, was ich tun soll.

Gegen zehn Uhr abends stürzte eine Frau zur Tür herein. Sie grüßte nicht, ging sofort auf Margit zu und sagte: »Nelly ist erdrosselt worden.«

Sie war eine Hure und wohnte im selben Haus, in dem Nelly gewohnt hatte, eines von Eddys Häusern. Rudi begriff sehr schnell, daß die Ermordete die Frau war, die er noch am Morgen mit Eddy zusammen bei seiner Gerichtsverhandlung gesehen hatte.

»Ja«, sagte Margit, »das ist sie. Du kennst sie. Es muß am Nachmittag passiert sein.«

»Wo ist Eddy?« fragten die Frauen durcheinander. »Er muß doch was tun . . .«

Die Hure erzählte, daß gegen acht Uhr abends die Alarmklingel vor Nellys Zimmer geläutet hätte. Da wäre einer die Treppe hinunter gerannt. Er hatte nicht weit, denn das Zimmer lag im zweiten Stock. Bis die anderen Mädchen aus ihren Wohnungen gekommen wären, hätten sie nur noch seinen Rücken gesehen.

Mia, die Barfrau, rief: »Das Schwein ist also entkommen!«

Eddy kam fünf Minuten später. Er war weiß vor Wut und rief: »Das war bestellt! Das sollte gegen mich gehen. Ihr Geld war noch da. Von ihrem Schmuck fehlt auch nichts. Ich wurde eine Stunde lang verhört.« Eddy goß sich einen Whisky ein und sagte zu Rudi und Margit: »Ihr werdet auch vernommen. Ihr seid Zeugen für den Morgen und den Mittag.« Er nahm einen Schluck aus dem Glas, wischte sich über die Lippen und murmelte: »Scheiße. Sie war nicht viel wert, aber fünftausend Mark Belohnung setze ich aus . . .«

»Was hast du da gesagt? Es ging gegen dich?« Rudi wollte es genau wissen, denn wenn Eddy mit der Sache zu tun hatte, dann würde auch er sein Teil abbekommen. Früher oder später.

»Ich werde dir nachher noch alles erklären«, sagte Eddy. »Jetzt ist keine Zeit dafür.«

Rudi schüttelte den Kopf: »Um dir eins auszuwischen, erdrosselt jemand die Nelly?«

Mürrisch sagte Eddy: »Du kennst doch den Spruch . . . Erwisch ich nicht den Herrn, so töte ich wenigstens seinen Hund. So ähnlich heißt es doch.«

Rudi dachte: Was sind das für Männer, die Frauen umbringen, um sich an Rivalen zu rächen? Denn darum ging es doch wohl: geschäftliche Interessen, die sich überschnitten.

Die Kripo erschien eine halbe Stunde später: Kommissar Weissleder und Inspektor Jantz. Die beiden Männer sahen müde aus. Der Kommissar sagte: »Also machen wir es kurz, Eddy. Wir wissen bereits, daß deine Aussagen stimmen.«

»Gehen wir doch in mein Büro«, schlug Eddy vor. »Mia, bring eine Flasche Sekt. Du hast doch sicher nichts gegen einen Schluck?« fragte er den Kommissar.

»Oh, nein, ich bin jetzt sechzehn Stunden im Dienst. Ich kann's vertragen . . .«

Rudi staunte, daß Eddy den Kommissar duzte. Sie kannten sich schon lange, und sie wußten, was sie voneinander zu halten hatten. Das merkte er schon nach der ersten Minute des Gesprächs.

Das Büro war klein, aber gediegen. Da stand ein Schreibtisch aus Mahagoni. In einem Wandschrank sah er Aktenordner. Die Sitzgruppe, für acht Personen bestimmt, war mit dunkelgrünem Leder überzogen.

»Es war kein Raubmord«, sagte Weissleder. »Also, was war's, Eddy?«

»Ein Racheakt.« Eddy überlegte. »Da kommen eigentlich nur zwei in Frage: der Grieche Sewarikis und der Marokkaner Selim. Selim habe ich die Fresse poliert, als er hier nebendran eine Bar aufmachen wollte. Das war vor einem Jahr. Bei dem Griechen war es anders. Es gab da ein paar Weiber, die zu mir übergewechselt sind, weil sich herumgesprochen hatte, daß ich sie besser behandle.«

»Und sonst hast du keine Feinde?« fragte der Kommissar.

Eddy schüttelte den Kopf. »Nicht daß ich wüßte. Es gibt schon mal eine Schlägerei in meinen Läden, aber nichts Ernstes. So was wird mit ein paar Aufwärtshaken erledigt, das weißt du ja.«

Der Kommissar nickte. Er nahm einen Schluck aus dem Sektglas, dann schaute er Rudi an und sagte nachdenklich: »Noch ein Boxer. Und zwar ein guter . . . Sie haben Pech gehabt, Rudi, wie? Arbeiten Sie jetzt für Eddy?«

Er machte einen Unterschied, er sagte ›Sie‹ zu ihm. Rudi wußte nicht, ob das eine Auszeichnung war.

»Sie waren auf dem Weg, ein großer Boxer zu werden. Passen Sie auf, daß Sie hier nicht untergehen.«

»Quatsch!« unterbrach Eddy. »Er ist so etwas wie meine Polizei. Du weißt doch, daß ich für Sauberkeit und Ordnung bin. Ich erspare dir im Revier eine Menge Ärger.«

»Ja, ja, in diesem heißen Revier . . .« Der Kommissar machte ein mürrisches Gesicht. »Wenn's nach mir ginge, würde alles abgerissen. Du siehst doch, daß du in deinen Häusern auch keinen Mord verhindern kannst.«

Eddy verteidigte sich: »Der letzte Mord war bei mir vor zwei Jahren. Das war der amerikanische Neger, der unter Drogen stand.«

Der Kommissar fragte Margit und Rudi nach der Gerichtsverhandlung. »Danach waren Sie in dem Hotel zum Sektfrühstück? Ihr habt euch etwa um zwei Uhr mittags getrennt? Nelly ging dann in ihr Apartment . . .«

Es war eigentlich kein Verhör, sondern nur die Bestätigung dessen, was der Kommissar bereits wußte.

Inspektor Jantz machte sich ein paar Notizen. Der Kommissar stand auf, trank im Stehen sein Glas leer. Er schaute noch einmal Rudi an und sagte: »Viel Glück auf dem heißen Pflaster. Sie werden Glück brauchen . . .«

Ehe der Kommissar ging, sagte Eddy noch: »Ich setze eine Belohnung von fünftausend aus. Du weißt . . . von privater Seite. Mein Name soll nicht genannt werden.«

Der Kommissar nickte zustimmend: »Das ist gut. Wenn die Staatsanwaltschaft noch drei Mille zulegt, dann wären es immerhin achttausend. Das ist schon ein Wort.« Er tippte mit dem Finger an seinen Hut und sagte: »Auf Wiedersehen, Boxer.«

Eddy war wütend. Er ging in seinem Büro auf und ab, hatte die Hände hinter dem Rücken verschränkt und fluchte: »Eine solche Scheiße. Ausgerechnet in einem meiner Häuser. Sie wollen mich damit madig machen. Das war einer von Selims oder Sewarikis Leuten. Selim ist ein kleines Licht. Er hat hier als Kellner angefangen, als Aushilfskellner. Keine müde Mark hatte er in der Tasche, genau wie Sewarikis. Die konnten hier groß werden. Stell dir vor, wir als Deutsche würden das in Griechenland oder in Marokko abziehen . . . Den Hals würden sie uns abschneiden . . .«

Er scheuchte Margit aus dem Büro. Sie gehorchte wortlos. Dann ging er zu einem kleinen Wandschrank, nahm eine Pistole heraus und reichte sie Rudi. »Das solltest du von jetzt an bei dir haben. Sie ist klein und paßt gut in die Brusttasche. Es sind neun Schuß drin.«

Rudi machte ein bedenkliches Gesicht. »Wenn ich damit erwischt würde . . . Dann gibt's doch wieder Knast.«

»Quatsch nicht! Die Schmiere weiß ganz genau, daß jeder von uns einen Ballermann in der Tasche hat, nur zur Selbstverteidigung. Von dir und mir wissen sie genau, daß wir nicht zu unserem Vergnügen schießen.«

Und nun begann der eigentliche Dienst für Rudi.

Der Taxifahrer wartete schon draußen, auch ein ehemaliger Boxer, allerdings nur Amateur. Er hieß Franz und war mit einer Kellnerin verheiratet, die in Eddys Frühlokal arbeitete. Früher hatte er ein bißchen mit Haschisch gehandelt. Dafür war er sechs Monate in Untersuchungshaft gewesen. Eddy hatte ihm einen guten Rechtsanwalt vermittelt. »Ich habe ihn rausgepaukt und habe ihm die Taxilizenz besorgt«, sagte er. »Er fährt mich jede Nacht. Er wird auch dich fahren, wenn etwas los ist.«

Franz wußte schon alles. »Hab' schon gehört, Eddy. Sewarikis oder Selim . . .«

»Halt Augen und Ohren offen«, sagte Eddy.

Sie fuhren zum Spielclub. Es herrschte bereits Hochbetrieb. Um den Tisch mit dem kleinen Roulette standen mindestens vierzig Spieler. Die Kugel rollte, klapperte im Kessel und fiel dann mit einem Klick auf die Zahl.

»Sechsunddreißig!« rief der Croupier.

Eddys Geschäftsführer, ein etwa vierzigjähriger Mann, kam auf sie zu. Er war breitschultrig, hatte eine Glatze und machte ein betrübtes Gesicht.

»Es läuft nicht so richtig, Eddy«, sagte er. »Alles kleine Einsätze beim Roulette. Bei den Karten ist fast nichts, bei den Würfeln auch nicht . . .«

Eddy nickte und stellte den Mann dann Rudi vor: »Er heißt ›die Kugel‹.«

Sie gaben sich die Hand. Die Kugel hatte kleine, verschlagene Augen, strich sich mit der linken Hand über die Glatze, die ihm den Namen Kugel eingebracht hatte, und sagte: »Hab' schon von dir gehört. Du arbeitest jetzt mit uns.«

Kurz bevor sie gingen, gab Eddy den Befehl: »Heize an mit den Plomben, mit fünfhundert Mark!«

»Wird gemacht«, sagte die Kugel.

Sie gingen hinaus. Rudi sah viele verstohlene Blicke, die ihn musterten. Er hatte das Gefühl, daß jeder im Saal genau über seine Funktion Bescheid wußte.

Wenn Eddy auf die Straße trat, schaute er zuerst nach links und nach rechts. Rudi sah es genau. Eddy prüfte die Gegend. Er war vorsichtig, aber nicht feige. Und das sollte Rudi noch in dieser Nacht erfahren.

»Was sind Plomben?« fragte Rudi, ehe sie zu Franz in den Wagen stiegen.

Eddy lachte, dann erklärte er: »Plomben sind Würfel, angebohrte Würfel. Sie haben eine Quecksilber- oder eine Bleifüllung. Du verstehst: Wenn das Spiel nicht läuft, kurbeln wir es an, mit eigenem Geld. Und danach kommen unsere Spezialisten und sahnen ab.«

»Ich verstehe«, sagte Rudi.

Sie fuhren zu Eddys Bordell. In der Bar saßen mindestens fünfzehn Frauen, aber nur wenige Männer. Auch der Barmann machte ein mißmutiges Gesicht. »Es läuft nicht so richtig«, sagte auch er.

»Ein Scheißtag«, murmelte Eddy.

Die Frauen sahen gut aus. Rudi war erstaunt. Da war keine Niete darunter. Sie waren alle jung, gut gewachsen, elegant – und bestimmt auch teuer. Ein Puff erster Klasse. Die beiden Frauen hinter der Bar lächelten ihn an. Er hatte das Gefühl, sie respektierten ihn. Und das war ein gutes Gefühl für Rudi: Er war hier jemand. Er gehörte zum Boß, die rechte Hand vom Boß. Er nickte zurück, so als wolle er sagen: Hier komme ich auch mal privat vorbei.

Nachdem sie ihren Kontrollgang durch alle Lokale die Eddy gehörten, beendet hatten, sagte er: »Kein guter Tag, Rudi. Wir nehmen sonst mehr als das Doppelte ein.« Und erst jetzt fand er das erste Wort des Bedauerns für Nelly, die eine seiner Freundinnen gewesen war. »Eigentlich doch schade um sie«, meinte er. »Sie war verläßlich. Ich werde ihr ein schönes Begräbnis spendieren. Hast du einen schwarzen Anzug, Rudi?«

»Nein.«

»Morgen früh gehst du zu meinem Schneider. Du läßt dir den schwarzen Anzug machen, dazu noch drei andere in gedeckten Farben. Ich sage ihm Bescheid. Du gehst nur hin und läßt dir Maß nehmen.«

Rudi bezweifelte, daß der schwarze Anzug rechtzeitig fertig sein würde. »Das Begräbnis wird doch sicher schon in drei oder vier Tagen sein . . .«

»Wenn ich sage, der schwarze Anzug ist in zwei Tagen fertig, dann ist er in zwei Tagen fertig«, sagte Eddy schroff.

Franz fragte, wohin er jetzt fahren solle.

»Zu Sewarikis und dann zu Selim.«

Rudi horchte auf. Eddy ging also in die Höhle des Löwen. Was hatte das zu bedeuten? Er fragte nicht, aber Eddy hatte erraten, daß er darüber nachdachte.

»Ich will sie mir mal ansehen, die beiden. Verstehst du, Auge in Auge. Manchmal habe ich so einen Riecher . . . Ich wüßte gern, wer von den beiden dahintersteckt.«

»Eddy«, sagte Franz, »es könnte aber auch ein Sadist gewesen sein . . .«

Er war seiner Sache sicher. »Das war kein Sadist. Der kam rein, hat sie am Hals geschnappt. Sie hat sich zur Wehr gesetzt und konnte noch den Knopf drücken. Dann ist er getürmt. Für sie war es aber schon zu spät.«

Der Fahrer sagte nichts mehr. Eddy erklärte: »Ich glaube nicht, daß etwas passiert. Du hältst mir den Rücken frei. Du stellst dich so, daß du alles überblicken kannst. Wenn du in einem dieser Läden zuschlägst, wirst du keine Scherereien mit der Polizei haben.«

Der Grieche Sewarikis war ein gutaussehender Mann mit einem kleinen schwarzen Schnurrbart. Sein Anzug war teuer. In der Krawatte trug er eine Perle.

Er kam von der Bar her auf Eddy zu, begrüßte ihn freundlich, mit einem leichten Akzent: »Ah, das freut mich, daß du zu mir kommst, mich zu besuchen. Haben wir uns lange nicht gesehen . . .«

Die Bar hatte kleine Nischen. Rudi sah verschiedene Paare, die dort beim Sekt saßen. Hinter der Bar standen drei Frauen und lächelten, obwohl sie genau wußten, wer da hereingekommen war.

Der Grieche bestellte sofort eine Flasche Sekt. Er musterte Rudi mit einem Seitenblick. »Dein neuer Mann? Ich habe schon gehört. Ich habe überhaupt alles gehört. Nelly war ein gutes Mädchen . . .«

»Ja, deshalb komme ich zu dir.« Eddy hob das Glas und trank.

»Du kommst vergebens«, sagte Sewarikis. »Du weißt,

wir haben uns arrangiert. Es geht dir gut, und es geht mir gut. Wir lassen uns in Frieden. Du bist reicher als ich, aber ich bin reich genug . . .«

Das klang überzeugend. Rudi überschaute den Raum. Fast nur Frauen. Ganz hinten an der Bar stand der Mixer, ein kleiner schmächtiger Mann. Von dort war nichts zu befürchten.

»Ich werde herausbekommen, wer es war«, sagte Eddy.

»Ich bin sicher«, stimmte ihm Sewarikis zu. »Ich glaube, du weißt jetzt schon, wer es war. Wie ich . . .«

Das war das ganze Gespräch. Der Grieche begleitete sie zur Tür. Dort sagte er: »Ich werde zu ihrem Begräbnis kommen.«

Im Wagen fragte Rudi: »Was denkst du, Eddy?«

»Ich denke, er hat nichts damit zu tun. Reine Gefühlssache.«

»Dann bleibt also nur Selim.«

»Du sagst es. Es war kein Raubmörder, es war kein Sadist. Es war Rache. Das ist so klar wie Kloßbrühe.«

Franz sagte. »Ich fahre zu Selim. Soll ich mit reinkommen.«

»Du kannst bei der Tür stehenbleiben. Wenn es knallt, weißt du, was du zu tun hast.«

Rudi hatte das Gefühl, daß sie sich jetzt in Gefahr begaben. Es war eine Nervenanspannung, wie vor einem großen Kampf, ehe er in den Ring gestiegen war. Dieser Selim schien gefährlicher zu sein als der Grieche, denn warum hätte Eddy zu dem Fahrer sonst gesagt, er solle bei der Tür stehenbleiben? Ich muß aufpassen! dachte Rudi.

Der Wagen hielt vor der Bar. Mit Glühbirnen war ein maurischer Palast angedeutet, würfelförmig mit Bogenfenstern und kleinen spitzen Türmen zu beiden Seiten. Eine prächtige Fassade.

»Da drin mußt du auf Draht sein«, sagte Eddy, als sie ausstiegen.

Rudi nickte. »Ich werde auf Draht sein. Du kannst dich auf mich verlassen.«

4

So prächtig wie Selims Bar von außen gewirkt hatte, so schäbig war sie innen. Dieses Lokal war nur auf Nepp eingestellt, und zwar Nepp in großem Stil. Rudi sah mindestens ein Dutzend Frauen, die sofort zu ihnen herschauten und abwogen, ob sie eventuell auszunehmen wären.

Eddy ging vor ihm her, direkt auf die Bar zu, hinter der vier Frauen und ein breitschultriger Mulatte standen.

Es wurde plötzlich still im Lokal. In dem schummrigen Licht, das die durchgesessenen Sessel und die leicht beschmutzten Tischtücher ein wenig tarnte, erstarrte jede Bewegung.

Eddy sagte zu dem Mulatten: »Zwei Scotch mit Wasser und Eis.«

Der Mann schüttelte den Kopf: »Ich darf dich nicht bedienen. Du und dein Freund, ihr habt hier Lokalverbot.«

»Drück schon aufs Knöpfchen«, sagte Eddy grinsend, »damit dein Boß hier mal auftaucht. Ich habe nämlich mit dem Scheißkerl ein Wörtchen zu reden!«

Eddy hatte so laut gesprochen, daß jeder im Lokal es hören konnte. Die Gäste schauten neugierig und auch ein wenig ängstlich zur Bar. Es waren sieben oder acht Männer, nicht mehr jung.

Hinter einem Plüschvorhang, der eine Schmalseite der Bar abgrenzte, bewegte sich etwas. Rudi hörte eine Tür zuschlagen. Der Vorhang teilte sich, heraus trat ein Mann in einem rosa Anzug. Er war hager, wirkte aber dennoch kräftig. Er hatte einen bräunlichen Teint und pechschwarze Haare, die sich leicht kräuselten. Dieser Mann war Selim, der Marokkaner.

Er begann ohne Umschweife. »Eddy, ich habe dir verboten mein Lokal zu betreten. Du wirst es mit deinem Gorilla sofort verlassen . . .« Er blieb zwei Meter vor ihnen stehen.

»Ich soll dich grüßen, von Nelly. Ich stehe nämlich mit ihr in Verbindung . . . Über einen Hellseher. Du weißt doch, daß wir berühmte Hellseher haben. Der, den ich meine, hat mir gesagt, daß du deine schmutzigen Finger in der Sache hast. Es war einer von deinen Leuten . . .«

Im Gesicht des Marokkaners zuckte es nervös. Er kniff die Lippen zusammen und blinzelte ein paarmal. Rudi staunte über Eddy. Clever hatte er das gemacht. Vielleicht glaubte Selim sogar an Hellseher.

»Ich habe nichts mit der Sache zu tun«, stieß Selim zwischen den Zähnen hervor. »Verschwinde jetzt aus meinem Lokal!«

In diesem Augenblick tauchten zwei Männer vor dem Vorhang auf. Sie sahen aus wie Italiener. Rudi betrachtete ihre Gesichter, die eingeschlagenen Nasen, die Narben über den Augenbrauen. Er wußte sofort, daß es ehemalige Boxer waren. Und jetzt verstand er auch, was Kommissar Weissleder gemeint hatte, als er ihn mit den Worten begrüßt hatte: »Noch ein Boxer . . .« Es mußte hier in der Unterwelt eine ganze Menge ehemalige Boxer geben.

Jetzt schien es gefährlich zu werden. Die beiden Leibwächter waren nicht von Pappe. Aber Eddy ließ sich nicht stören. Er wandte den Kopf zu Rudi und sagte: »Das sind Franco und Paloma. Bei einem Schlag von dir fallen sie beide zu gleicher Zeit um . . .«

»Wir werden sehen«, sagte Paloma grinsend. Er musterte Rudi und lächelte verächtlich: »Hefe, er hat zuviel Hefe in den Knochen . . .«

Rudi sagte nichts, aber er behielt die beiden im Auge, vergaß auch Selim nicht. Mit dem Rücken stand er zur Wand. Links dehnte sich ein weiter Zwischenraum, rechts war nicht viel Platz für die drei. Er hatte sie alle in der Ecke: Selim, Franco und Paloma. Das war genauso, als hätte er im Ring einen Gegner in die Ecke gedrängt. Eine gute Ausgangsposition. Vor der Tür stand außerdem noch Franz.

Eddy sagte: »Du wirst noch viel hören von unserem Hellseher, Selim. Nelly spricht aus einer anderen Welt . . .«

Der Marokkaner blinzelte noch immer nervös. Er sagte so leise, daß es die Gäste nicht hören konnten: »Ich habe dich in der Hand, Eddy. An mindestens fünfzig Autos bist du beteiligt . . .«

Eddy lachte nur. Dann sagte er, ebenso leise wie Selim: »Da hängst du doch mit drin. Und außerdem habe ich Zeugen, die meine Unschuld beeiden können und die dich überführen werden . . .«

Rudi verstand. Es mußte sich da um Geschäfte mit gestohlenen Autos handeln. Da hatte Eddy früher mal die Finger drin gehabt. Margit hatte es ihm angedeutet. »Früher hat er heiße Sachen mitgemacht, heute braucht er das längst nicht mehr. Er ist mehrfacher Millionär . . .«

Selim und seine beiden Wächter griffen plötzlich an. Das Kommando war ein Kopfnicken von Selim gewesen.

Der Mulatte hechtete über die Bar. Er griff Eddy von der Seite her an. Selim kam von vorn. Paloma und Franco stürzten sich auf Rudi. Rudi erwischte Paloma mit einer rechten Geraden. Paloma ging sofort weg, kam aber wieder hoch.

Aus dem Augenwinkel sah Rudi, daß Eddy Selim einen schweren Kinnhaken gab. Der Schlag hatte gesessen. Selim blieb vor der Bar liegen. Aber der Mulatte hatte jetzt eine Flasche in der Hand, als Waffe.

Die Frauen kreischten auf und liefen durcheinander, die Gäste drängten sich an die Wand. Ihre Gesichter verrieten, wieviel Angst sie ausstanden.

Rudi schlug beidhändig auf Franco ein, traf ihn links, rechts, links. Dann kam Paloma. Rudi spürte den Schlag. Sein linkes Auge schwoll sofort zu. Und dann trat Paloma mit einem blitzschnellen Tritt gegen seinen Unterleib.

Rudi ächzte einmal laut auf, aber er war noch nicht angeschlagen. Eine blinde Wut, wie er sie im Ring nie gekannt hatte, beherrschte ihn jetzt. Er begann zu schlagen. Eine ganze Reihe von Doubletten – links, rechts, links, rechts. Er hörte erst auf, als Paloma und Franco übereinanderfielen und liegenblieben.

Der Mulatte hatte die Flasche an der Tischkante zerschlagen. Er kämpfte jetzt mit einer fürchterlichen Waffe, hatte es auf Eddys Gesicht abgesehen. Der gezackte Flaschenhals schaute aus seiner rechten Hand hervor. Halbgeduckt umkreisten sie sich langsam.

Und da kam Franz herein und schlug dem Mulatten von seitwärts hinten einen Barhocker über den Schädel. Es gab einen häßlichen Ton. Der Mann fiel um, eine Blutlache bildete sich um seinen Kopf. Jetzt lagen die drei am Boden. Selim hatte sich halb aufgerichtet und lehnte mit dem Rücken gegen die Bar. Er war weiß im Gesicht vor Wut. »Du wirst büßen dafür«, keuchte er. Seine Augen waren voller Haß. Rudi hatte noch niemals so viel Haß im Gesicht eines Menschen gesehen.

Eddy ließ sich davon nicht beeindrucken. Er rückte seinen Schlips gerade und sagte nur: »Selim, unser Hellseher wird über dich kommen. Es ist besser, du verschwindest bald nach Marokko.«

Paloma richtete sich jetzt auf. Er griff an sein Kinn, strich langsam darüber hin und sagte: »Daran wirst du sterben.«

»Ich wollte dir nur mal zeigen, wieviel Hefe ich in den Knochen habe«, antwortete Rudi. Aber es war ihm nicht nach Sprüchen zumute. Sein linkes Auge war nun völlig zugeschwollen, eine Handbreit unter dem Nabel spürte er einen stechenden Schmerz.

»Gehen wir«, sagte Eddy. »Aber vorher machen wir noch ein bißchen Kleinholz . . .« Er hob einen Barhocker und warf ihn mit voller Wucht in das Flaschenregal hinter der Bar. Die Spiegel zerbarsten klirrend, zwanzig, dreißig Flaschen zersplitterten, fielen zu Boden. Franz lachte laut auf. Er ging auf den Gläserschrank zu, nahm einen Sessel und schlug einmal voll hinein.

»Für heute genügt es«, sagte Eddy.

Selim ballte eine Faust. Er hob sie wortlos hoch und schüttelte sie. Sein Gesicht war verzerrt vor Wut.

Draußen im Wagen sagte Rudi sofort: »Ich habe was erwischt. Das Auge ist nicht so schlimm, aber im Unterleib . . .«

»Ach was, das wird dich doch nicht umwerfen.« Dann aber besann sich Eddy. »Es wäre vielleicht nicht gut, wenn man dich mit einem blauen Auge sieht, gleich am ersten Tag. Wir bringen dich jetzt in deine Wohnung. Mache kalte Umschläge auf das Auge. Wenn die Schmerzen bis morgen früh nicht weg sind, gehst du zum Arzt und läßt dich untersuchen.«

Während Franz zu Rudis Wohnung fuhr, wiederholte er ein paarmal: »Ich habe ihm ein Ding verpaßt! Diesem Wollkopf habe ich ein Ding verpaßt! Wahrscheinlich hat er einen Schädelbruch!«

»Hoffentlich«, sagte Eddy.

Und keiner würde zur Polizei gehen? Niemand würde sich beschweren?

Der Mulatte würde im Krankenhaus aufwachen und sich an nichts erinnern können. Die Gäste würden schweigen. Die Mädchen hatten nichts gesehen. Jawohl, so war es. So würde es immer sein, hier in diesem heißen Revier.

Rudi war immer noch erstaunt. »Ich habe nicht gewußt, daß es so etwas gibt.«

»Die Kripo ist froh, daß wir unseren Dreck untereinander ausmachen.« Eddy lachte leise. »Wir ersparen ihnen viel Arbeit.«

»Wie bist du nur auf die Idee mit dem Hellseher gekommen?« fragte Rudi.

»Ich weiß, daß diese Brüder mit so was zu beeindrucken sind. Das sind doch Halbwilde. Daß die sich in unseren Städten breit machen können, ist eine Affenschande. Wenn ich ein Dutzend harter Jungens hätte, solche wie du einer bist, dann würde ich die Stadt von diesem Gesindel leerfegen.«

Franz fragte: »Selim hat mit Nelly zu tun?«

»Ganz klar«, sagte Eddy. »Wenn mich nicht alles täuscht, war das die Rache für die Prügel, die er damals von mir bezog, und es ist vielleicht auch ein Hinweis auf einen neuen

Laden, den er im Revier aufmachen will. Ein Warnschuß. Er will nicht von mir gestört werden . . .«

»Und dafür läßt er ein Mädchen umbringen?« rief Rudi.

»Ja, dafür läßt er ein Mädchen umbringen. Dafür würde er auch dich und mich umbringen lassen . . .«

Jetzt verstand Rudi, warum ihm Eddy die Pistole gegeben hatte. Er würde sie von jetzt an stets bei sich tragen.

Der Wagen hielt vorm Haus. Eddy sagte noch: »Du gehst zum Schneider. Hier auf diesem Zettel steht die Adresse. Ein schwarzer Anzug für die Beerdigung von Nelly. Ich will dich bei dem Begräbnis dabeihaben.«

»Es ist gut«, sagte Rudi und stieg aus.

»Trage eine Sonnenbrille in den nächsten Tagen. Kassieren fahre ich heute allein.«

Rudi ging die Treppe hinauf. Vor jedem Treppenabsatz verhielt er kurz und schaute um die Ecke. Das hatte er bereits von Eddy gelernt. Das Leben war jetzt riskanter geworden.

In seiner Wohnung, die Eddy gehörte, war er gut eingerichtet. Sie hatte einen großen, recht behaglichen Wohnraum. Dazu ein kleines Schlafzimmer mit anschließendem Bad. Eine Küche gab es auch. So gut hatte Rudi noch niemals gewohnt. Er schloß die Wohnungstür zweimal ab. Dann ging er zum Kühlschrank und holte sich Eis.

Auf dem Bett liegend, kühlte er sein linkes Auge. Es war nicht so schlimm. Nur der Schmerz im Unterleib hatte noch nicht nachgelassen.

Was es für Menschen gab, dachte er. Die waren ja schlimmer als Tiere. Das waren Bestien, die fast ungestört von der Polizei ihr dreckiges Handwerk ausübten. Eine Saubande, dachte er.

Er nahm eine Schlaftablette, die er in seinem Boxkoffer gefunden hatte. Sie wirkte nur langsam. Er lag im Bett und dachte an Kommissar Weissleder, der zu ihm gesagt hatte, auf diesem Pflaster hätte er Glück nötig. Der Mann wußte, wovon er redete.

Rudi schlief ein. Er hatte einen schrecklichen Traum: Er kämpfte gegen einen kleinen Mann, der so schnell war, daß er ihn nie erwischen konnte. Der Kleine machte ihn geradezu lächerlich. Die Zuschauer lachten ihn aus. Er boxte bis zur Erschöpfung, bis er fast die Arme nicht mehr heben konnte . . . Sie lachten immer noch.

5

Am Morgen erinnerte er sich an diesen Traum, und er erinnerte sich daran, daß er den Befehl hatte, zum Schneider zu gehen.

Er betrachtete sich im Spiegel. Die Schwellung am Auge war zurückgegangen, doch die Sache sah nicht gut aus. Das Auge war dunkelblau unterlaufen, mit gelblichen Rändern. Ich werde eine Sonnenbrille kaufen, dachte er.

Später ging er zum Schneider. Auf dem Weg dorthin, den er zu Fuß zurücklegte, stellte er fest, daß der Schmerz im Unterleib verschwunden war. Das beruhigte ihn, und er sagte sich, daß er es doch ganz gut getroffen hätte, als Angestellter von Boxer-Eddy, mit sechstausend im Monat.

Der Schneider war bereits informiert. Er war ein beflissener, überaus höflicher Mensch, der gleich zu ihm sagte: »Donnerwetter, haben Sie eine Figur . . . Diese Schultern . . . Kolossal, kolossal . . .«

Das gefiel Rudi. Er lächelte stolz und fragte: »Kennen Sie mich nicht? Ich bin Rudi Zimmermann, der Boxer.«

»Aber natürlich, aber natürlich!« rief der Schneider, das Bandmaß in der Hand haltend. »Ich habe Sie nur nicht erkannt, weil Sie eine Sonnenbrille tragen.«

Am nächsten Tag wäre die Anprobe, einen Tag später könne er den Anzug abholen. Rudi staunte. Er begriff, wenn Eddy etwas durchsetzen wollte, dann konnte man sich darauf verlassen, daß die Sache in Ordnung ging. Ganz allmählich fing Rudi an, diesen Mann zu bewundern.

Als Rudi wieder auf der Straße stand, überlegte er kurz: Wo sollte er hingehen? Er rief ein Taxi und ließ sich zu Margits Wohnung fahren. Unterwegs schaute er sich ein paarmal um, um sicher zu sein, daß ihm kein Wagen folgte.

Margit hatte noch im Bett gelegen. Sie kam im Morgenrock an die Tür. »Ich habe schon alles gehört, du hast Paloma und Franco fertiggemacht. Die beiden haben einen fürchterlichen Ruf als Schläger . . .«

»So«, sagte er. »Eddy hat aber gesagt, die beiden fielen um, wenn ich nur einmal hinhaue.«

Sie lachte. »Ja, solche Sachen sagt er. Das war deine Generalprobe. Er ist sehr zufrieden mit dir. Er hat erzählt, du hättest sie beide aus dem Anzug geprügelt. Laß mal dein Auge sehen . . .«

Sie kümmerte sich um ihn, hängte seine Jacke auf einen Bügel, kochte Kaffee, fragte, ob er Hunger habe. Es war angenehm. Er genoß diese Fürsorge, die er nie vorher erfahren hatte.

»Einen ganz tollen schwarzen Anzug kriege ich verpaßt«, prahlte er. »Der Schneider hat von meinen Schultern gesagt, sie wären kolossal . . .«

»Ja, ja, ich weiß. Du bist überhaupt kolossal.« Sie tätschelte seine Wange und küßte ihn leicht auf den Mund.

Dann wurde sie plötzlich ernst und sagte nachdenklich: »Der schwarze Anzug . . . Nelly wird übermorgen beerdigt. So kann es jeder von uns ergehen. Auch mir.«

Er setzte sich im Stuhl auf: »Dir? Nur über meine Leiche!«

»Du bist nicht immer hier.« Mit einer Handbewegung wischte sie die düsteren Gedanken weg. » Sie haben jetzt Angst vor dir, und außerdem habe ich meine Alarmanlage. Hier neben dem Bett. Die Klingel ist unten im Hausflur. Ich lasse niemanden herein, den ich nicht kenne. Auf der Straße und im Lokal trauen sie sich nicht. Ich bin also doch ziemlich sicher.«

Am Abend ging er mit ihr essen, in ihr Stammlokal. Sie hatte gesagt: »Ich fühle mich dort wohl, und das Essen ist gut.«

»Aber der Kellner hat gestern gegrinst«, sagte er.

»Er wird nie wieder grinsen«, sagte sie. »Er weiß jetzt, wer du bist. Diese Sache heute nacht weiß jeder vom Fach.«

Er war stolz, sagte selbstgefällig: »Dann ist es gut. Sie sollen wissen, wer ich bin . . .«

Kurz vor neun kamen sie in ›Eddys Bar‹ an. Jetzt begann ihr Dienst. Mia, die Barfrau, stellte ihm einen doppelten Scotch hin und sagte: »Der ist von mir. Du hast ihn verdient.«

Ja, das gefiel ihm. Er galt jetzt etwas, schon nach so kurzer Zeit. Natürlich würde er gefährlicher leben als früher, aber auch höher honoriert. Sein Leben als Boxer war ja schließlich auch nicht ganz ungefährlich gewesen. Es gab Kämpfer, die im Ring gestorben waren.

Eddy kam kurz vor zehn. Er grinste und sagte: »Paloma und Franco waren heute morgen schon beim Zahnarzt . . . Sie brauchen Zahnersatz. Der Wollkopf, den Franz mit dem Stuhl erwischt hat, liegt im Krankenhaus. Er hat einen kleinen Schädelbruch. Unser Einsatz war ein voller Erfolg.«

In dieser Nacht lief alles ruhig. Es war eine gute Nacht, wie Eddy sagte. Rudi begleitete ihn beim Kassieren. Er sah, daß Eddy gegen vier Uhr morgens etwa fünfundvierzigtausend Mark in mehrere Geldbomben packte, die er dann in den Nachttresor einer Bank warf.

Franz, der Taxifahrer, fuhr die beiden zum Frühlokal. Franz war lustig wie immer, und er war voller Bewunderung für Eddy. »Du bist und bleibst der Größte. Gegen dich sind sie alle nur kleine Fische.«

»Wir werden noch etwas Gutes essen«, sagte Eddy. »Dann machen wir Feierabend. Meine Läden haben ganz gut geworfen heute nacht. Allerdings habe ich Sonderbewachung angeordnet. Für den nächsten Monat sind acht Mann engagiert. Gute Jungens. Jeder einzelne speziell empfohlen. Sie gehen zu zweit, jeder mit einem Ballermann . . .«

Im Frühlokal steckten die Gäste die Köpfe zusammen, als sie hereinkamen. Dort saßen eine Menge Kellner und Zuhälter mit ihren Huren. Die Loddels waren superelegant. Sie gefielen sich darin, noch schnell eine teure Flasche Champagner zu bestellen. Das alles floß in Eddys Taschen. Rudi nickte grinsend. »Du hast ein gutes Geschäft. Mann, das sind doch alles deine Angestellten . . .«

»Ja«, sagte Eddy. »Aber sie wissen es nicht.«

Am nächsten Mittag, Rudi lag noch im Bett, klingelte das Telefon. Es war Eddy. Er sagte: »Nimm dir ein Taxi und komm zu meinem Haus. Du wirst unten empfangen. Nelly wird jetzt gerade aufgebahrt. Sie ist vom Gericht freigegeben. Wir müssen Kränze kaufen und alles Nötige arrangieren. Sie braucht einen Pfarrer. Das Grab ist bereits ausgesucht von Angestellten meines Büros. Es soll an nichts fehlen.«

»Es ist gut«, antwortete Rudi. »Ich bin in einer Viertelstunde da.«

Rudi kannte Eddys Wohnung noch nicht. Er wohnte in einem zwölfstöckigen Gebäude. Dort hatte er die Dachgartenwohnung. Im selben Haus war auch sein Büro untergebracht, das seine Grundstücke und Immobilien verwaltete. Rudi war jetzt schon nicht mehr erstaunt. Die Art und Weise, wie Eddy alles durchorganisierte, alles bis ins letzte durchdachte, war ihm schon vertraut. So etwas ist angeboren, dachte er. Man kann es nicht lernen.

Er war beim Lift von einem Riesenkerl, der ein gutmütiges Gesicht hatte, empfangen worden. Der Lift sauste nach oben, hielt plötzlich an. Der Mann drückte auf einen Summer, die Tür ging auf. Rudi sah eine große Eisentür. Davor war nur ein kleiner Flur. Die Eisentür öffnete sich elektrisch. Eddy kam ihnen entgegen. »Komm rein«, sagte er.

Verblüfft blieb Rudi stehen, als er Eddys Wohnzimmer sah. Wertvolle Teppiche, ausgesuchte Stilmöbel, ein englischer Kamin, an den Wänden hingen Bilder, von denen Rudi als sicher annahm, daß sie wertvoll waren. Eddy wohnte wie ein Fürst.

Und jetzt fragte Rudi zum erstenmal: »Eddy, was bist du eigentlich von Beruf? Was hast du gelernt?«

Eddy setzte sich in einen der Sessel neben dem Kamin. Er zündete sich eine Zigarette an, grinste und sagte dann: »Ich habe die höhere Handelsschule besucht, dann war ich Boxer, danach Kellner. Dann hatte ich mein erstes Lokal. Stationen, mein Lieber . . .« Er beugte sich vor. »Und auf jeder Station habe ich alles gelernt, was es zu lernen gab. Du siehst, es ist eine Kombination von Berufen.«

»Ja«, sagte Rudi. Er sagte sonst nichts.

Eddys Taxifahrer stand bereits unten. Franz wußte schon alles. »Die Kränze binde ich oben fest«, sagte er.

Eddy winkte ab. »Nur den großen, mit meiner Schleife. Alles andere wird geliefert.«

Eddy hatte bereits einem Bestattungsinstitut die nötigen Aufträge gegeben. Aber den Kranz, den er ihr als letzten Gruß auf das Grab legen lassen wollte, wollte er selber aussuchen.

In einem großen Blumengeschäft wählte Eddy mit Bedacht. Er deutete auf einen riesigen Kranz mit weißen Chrysanthemen. »Die Schleife schwarz. In Silber soll darauf stehen: ›Wir vergessen dich nicht.‹ Daneben: ›Mein ist die Rache, spricht der Herr.‹ «

Der Geschäftsinhaber machte ein bedenkliches Gesicht, aber Eddy fuhr ihn an: »Steht das in der Bibel oder nicht?«

Der Mann zuckte die Achseln und antwortete kleinlaut: »Sicher, mein Herr. Es steht in der Bibel. Ja, so steht es geschrieben.«

»Die Rechnung an mein Büro.«

Franz trug den schweren Kranz. Die Schleife war frisch bedruckt.

Sie fuhren zum Friedhof, zu dritt gingen sie zur Leichenhalle. Eddy hatte die schmalen Lippen zusammengepreßt. Rudi sah es von der Seite her. Er ist zornig, dachte Rudi. Eddy ging schnell, und Franz stöhnte zweimal: »Der Kranz ist schwer. Verdammt schwer ist er.«

Die Halle war riesengroß, und die Stille darin wirkte bedrückend. Vor den Fenstern der einzelnen Kabinen, so groß wie eine Gefängniszelle, standen Menschen. Sie flüsterten.

Neue kamen hinzu. Sie gingen alle leise, langsam und mit ernsten Gesichtern.

Eddy suchte die Nummer. »Hier ist es«, sagte er dann genauso leise wie die anderen.

Ja, dort lag sie in einem dunkelbraunen Sarg, der mit hellblauer Seide ausgeschlagen war. Ihr Gesicht wirkte friedlich. Sie sah aus, als wäre sie in Stein gehauen.

Zu dritt standen sie vor dem kleinen Fenster und schauten hinein. Eddy sagte kein Wort.

Rudi dachte daran, wie Eddy sie geohrfeigt hatte, als sie frech und vorlaut gewesen war. Zu seiner Gerichtsverhandlung war sie im Nerz erschienen. Das war der letzte Tag ihres Lebens gewesen.

Eddy sagte zu Franz: »Stell den Kranz hierher. Die Friedhofsangestellten werden ihn vor den Sarg legen. Die Beerdigung ist morgen früh um neun Uhr.«

Er drehte sich um und ging auf den Ausgang zu. Draußen sagte er: »Rudi, du trägst deinen schwarzen Anzug und vergißt deine Pistole nicht . . .«

Am Morgen zog Rudi den neuen schwarzen Maßanzug an, den ihm der Schneider in zwei Tagen angefertigt hatte. Rudi betrachtete sich vorm Spiegel. Einen solchen Anzug hatte er noch nie besessen. Gut sieht er aus, dachte er, aber er meinte nicht nur den Anzug, er meinte auch sich selbst.

Dann nahm er ein Taxi und fuhr zu Eddys Wohnung. Obwohl er zu einer Beerdigung ging, hatte er seine Pistole eingesteckt.

Eddy erwartete ihn bereits. Er trug einen schwarzen Anzug aus reiner Seide. Er wirkte frostig, musterte Rudi von oben bis unten und sagte: »Na ja, so langsam kriege ich dich hin. Die Schuhe könnten besser sein . . .«

»Was denn? Was denn?« Rudi war gekränkt. »Diese Schuhe kosten über hundertzwanzig Mark.«

Eddy winkte ab. »Ein guter Schuh kostet über zweihundert.« Er ging zum Telefon und rief sein Büro im dritten Stock des Hauses an: »Ich gehe jetzt mit Rudi zur Beerdigung. In drei Stunden bin ich zurück. Ist euer Wächter da? Dann ist es gut . . .« Er legte auf und sagte zu Rudi: »Komm. Es geht los.«

Franz wartete bereits unten vor dem Haus. Er trug ebenfalls Schwarz. Als er anfuhr, murmelte er: »Wer hätte das gedacht . . . Lange hat sie nicht für dich gearbeitet.«

Auf der Fahrt zum Friedhof erklärte Eddy: »Ihr beide bleibt bei mir. Ihre Eltern sind gekommen, die werden vorn im Trauerzug gehen. Danach kommen wir. Ich habe noch ein paar Leute verteilt unter der Trauergemeinde. Aber ich glaube nicht, daß auf dem Friedhof etwas passiert.«

»Glaubst du, daß überhaupt etwas passiert?« fragte Rudi.

Eddy murmelte: »Vielleicht nach der Beerdigung. Im Frühlokal. Ich habe ein kaltes Buffet herrichten lassen. Der Pfarrer und ihre Eltern sind eingeladen. Es steht auch in den Zeitungen . . .«

»Was steht drin?« wollte Rudi wissen.

»Was soll da schon stehen?« sagte Eddy. »Da steht, daß ihre Freunde zu ihrem Gedenken essen und trinken werden. Wie das so üblich ist nach einer Beerdigung.«

Vor dem Friedhof, auf dem großen Parkplatz, standen bereits eine Menge teurer Autos. Drinnen sah Rudi in Gruppen etliche Bekannte zusammenstehen.

Die Trauerhalle hatte einen großen Platz vor dem Haupteingang. Dort standen sie alle. Eddy, Rudi und Franz wurden beobachtet, als sie ankamen. Alle schauten zu ihnen her. Kommissar Weissleder und sein Inspektor Jantz waren auch da, in grauen Straßenanzügen.

Rudi sah Croupiers, Kellner und Barkeeper aus Eddys Läden. Etwas seitwärts stand auch Sewarikis, der Grieche, mit vier Männern. Sewarikis grüßte höflich, mit einer winzigen Verbeugung. Die Huren und ihre Zuhälter standen mit übernächtigten Gesichtern herum. Ratlosigkeit war zu spüren. Sie dachten über den Tod nach, so schien es Rudi. Als sie an einer kleinen Gruppe von Huren vorbeikamen, hörte er eine Frau sagen: »Jetzt isse tot . . .«

Und das verblüffte Rudi am meisten: Sie waren eine sehr

würdige Trauergemeinde, waren feierlich gekleidet, sie trugen Ernst zur Schau, echte Ergriffenheit.

Vorne, beim Eingang zur Trauerhalle, stand ein Ehepaar, beide alt und ein wenig unsicher. Er sah aus wie ein Arbeiter, der sich in seinen Sonntagsanzug gezwängt hatte. Sie war eine verhärmte Frau mit einer großen schwarzen Einkaufstasche unter dem Arm – Nellys Eltern.

Als die Orgel in der Trauerhalle einsetzte, formierte sich die ganze Versammlung. Sie gingen alle hinein, setzten sich auf die Bänke und starrten auf den großen dunkelbraunen Sarg um den Berge von Blumen und Kränze lagen. Ein Kranz überragte alle anderen. Rudi kannte den Kranz, er war von Eddy.

Der Pfarrer sprach über das Bibelwort: »Sieh an meinen Jammer und mein Elend und vergib mir meine Schuld . . .«

Er sagte, das Menschenkind, das nunmehr heimgegangen sei, habe satt an Irrtümern und Leiden auf dieser Welt genossen. Aber wie sich der Vater seines kranken Kindes erbarme, so erbarme sich der Herr all seiner sündigen Kinder . . .

Rudi hörte das Schluchzen der Frauen. Er sah ein paar Huren, die bittere Tränen weinten, im Schicksal ihrer Kollegin erkannten sie wohl ihr eigenes. Diese Welt war hart und brutal. Und der Pfarrer erklärte ihnen in den gewaltigen Worten der Bibel, daß sie alle Sünder waren.

Und in diesem Augenblick glaubten sie es, spürten ihre Hilflosigkeit – und trauerten.

Es war eine ergreifende Beerdigung. Ein kolossales Begräbnis. Aus der Trauerhalle wand sich der endlos lange Zug der Männer und Frauen, die dem mit Blumen beladenen Sarg das letzte Geleit gaben.

Die beiden Alten gingen gebückt vor Eddy, Rudi und Franz. Sie waren überwältigt von dem Ereignis, schienen stumm und völlig ratlos. So trotteten sie hinter der toten Tochter her.

Eddys Gesicht war wie versteinert. Rudi sah es von der

Seite und dachte: Er ist jetzt voller Wut. Dieser Eddy würde jetzt, wenn er den Mörder kennen würde, ohne Zweifel eine Hinrichtung befehlen.

Wo blieb Margit? Rudi schaute sich um. Sie war nicht gekommen. Was war da los? Er wurde unruhig und flüsterte Eddy zu: »Margit ist nicht da . . .«

Eddy nickte nur, sagte aber nichts.

Am offenen Grab sprach der Pfarrer die Worte: »Asche zu Asche, Staub zu Staub, Erde zu Erde . . .« Er gab die drei Schaufeln Sand auf den Sarg. Dann trat er zur Seite. Die Eltern griffen zu der kleinen Schaufel, erst der Vater, dann die Mutter.

Und so kamen sie alle an die Reihe, einer nach dem anderen. Dumpf hallte es aus der Grube herauf, wenn der Sand auf den Sarg polterte.

Rudi ging mit Eddy und Franz zurück. Sie gingen schnell. Eddy sagte: »Es ist alles in Ordnung. Ich habe mir die Leute angeschaut. Es ist kein Störenfried dabei. Meine Männer waren gut über den Zug verteilt . . . Hatte sie nicht ein großes Begräbnis?« Stolz fügte er hinzu: »Ich habe keine Kosten gescheut. Das war ein Begräbnis erster Klasse . . .«

6

Sie fuhren zum Frühlokal, wo das kalte Buffet aufgebaut war. »Ich habe ihre Eltern und den Pfarrer mit einem Taxi holen lassen. Sie werden bald kommen«, sagte Eddy.

Rudi und Franz staunten. Das kalte Buffet war mindestens zwanzig Meter lang. Vier Köche und vier Kellner standen bereit.

»Mensch«, sagte Franz. »So was hat ja nicht mal ein Generaldirektor . . . Eddy, läßt du mich auch so begraben, wenn mir mal was zustoßen sollte?«

Eddy grinste zum erstenmal an diesem Morgen: »Na klar, Franz. Dein Begräbnis wird noch größer.«

Franz schnupperte und betrachtete die Delikatessen. »Na ja«, sagte er, »so was beruhigt.«

Es wurde ein Fest, das von keinem falschen Ton gestört wurde. Die Huren und ihre Zuhälter, die Kellner, die Ganoven, die Striptease-Tänzerinnen – sie alle benahmen sich ordentlich, aßen manierlich, mit Messer und Gabel von den Köstlichkeiten der Tafel. Auch der Herr Pfarrer entwickelte einen gesegneten Appetit. Franz sagte: »Viermal hat er sich den Teller vollgeschaufelt.«

Aber wo blieb Margit? Rudi war in Sorge. Eddy herrschte ihn an: »Dann ruf doch bei ihr an, Rudi! Wahrscheinlich hat sie verschlafen. Im Haus ist sie sicher. Da brauchst du dir nicht in die Hose zu machen.«

Rudi ging in die kleine Telefonzelle neben der Küche und rief an. Margit hob sofort ab. Er machte ihr Vorwürfe. »Wo warst du! Konntest du mich nicht vorher anrufen? Du kannst dir doch denken, daß ich mir Sorgen mache . . .«

Sie sagte: »Ich konnte es nicht. Und ich wollte es dir nicht vorher erzählen. Ich vertrage keine Beerdigungen. Das regt mich zu sehr auf . . .«

»Na so was«, knurrte Rudi. Er war gereizt und legte abrupt auf. Ihm schien, sie hatte da eine ganze Portion Gemütsarmut gezeigt. Aber Eddy war anderer Ansicht.

Er sagte: »Dazu bist du zu blöd. Sie ist zu sensibel. Und deshalb läßt sie das nicht an sich herankommen. Verstehst du, einfach zu empfindlich?«

Rudi nickte: »So ist das. Aha, so ist das.«

Er trank noch ein paar Gläser Sekt, nahm noch etwas von der geräucherten Forelle. Dabei schaute er in das festliche Gewimmel. Ja, ja, teuer waren sie angezogen, die Weiber. Schmuck hatten sie angelegt. Und die Zuhälter trugen sich auch sehr teuer. Was da für ein Geld umgesetzt wird, dachte er.

Später sagte er zu Eddy: »Hör mal, du brauchst mich doch sicher nicht vor heute abend? Ich würde jetzt gern zu Margit fahren . . .«

»Willst du ins Bett hopsen mit ihr?«

»Ja, mir ist danach. Ich hänge an ihr. Weißt du, ich würde sie gern heiraten . . .«

Eddy lachte ihn aus. »Du bist doch bescheuert! Du hast eine Meise unter dem Pony. Nie wird da was draus. Warte gefälligst, bis die hier alles gefressen und gesoffen haben. Dann kannst du abdampfen.«

Es dauerte noch fast drei Stunden, dann gingen sie einer nach dem anderen. Ihre schweren Wagen fuhren draußen vor. Rudi war froh, als er endlich gehen konnte.

Er war in einer seltsamen Stimmung, als er bei Margit ankam. Da war noch ein Rest Ergriffenheit, aber auch schon eine ganze Portion Trunkenheit in ihm. Die richtige Stimmung, um bei einer Frau Trost zu suchen.

Margit begriff es. Sie sagte lächelnd: »Dann komm schon in mein Bett, du Bär . . .«

Sie liebten sich bis zur Erschöpfung, dann schlief er neben ihr ein und schnarchte gewaltig, so daß sie ein paarmal rief: »Hör auf zu schnarchen!«

Er fuhr jedesmal hoch und stammelte schlaftrunken: »Ich . . . Ich schnarche nicht.«

Der Abend und die Nacht waren wie immer. Er begleitete Eddy in den Spielclub, in das Bordell mit Bar, in ›Eddys Bar‹ und in die Bar zweiter Klasse. Eddy kassierte. Er machte seine Geldbomben fertig, die er kurz nach vier Uhr morgens in den Nachttresor seiner Bank warf.

Eddy war wortkarg. Er erzählte nur: »Kommissar Weissleder hat während der Beerdigung drei Verhaftungen vorgenommen. Aber er war dezent. Niemand hat es gemerkt.«

Rudi staunte wieder einmal. Diesem Eddy entging nichts.

Es war eine ruhige Nacht. Das Nuttenrevier war friedlich. Geld floß ohne Hindernisse in Eddys Kassen. Selim, der Marokkaner, schien sich ruhig zu verhalten. Die beiden italienischen Boxer, Franco und Paloma, waren noch nicht ganz gesund, auch der Mulatte lag im Krankenhaus mit seinem Schädelbruch. Dort würde er noch ein paar Wochen liegen. Es herrschte Frieden im Revier.

Aber die Ruhe täuschte. Unter der Oberfläche des scheinbar reibungslosen Ablaufes war Eddy auf der Suche nach dem Täter. Kommissar Weissleder und Inspektor Jantz suchten ebenfalls. Informiert und angewiesen, sich an der Fahndung zu beteiligen, waren inzwischen mindestens sechzig Zuhälter und zweihundertfünfzig Huren. Nicht gerechnet die Kellner, die Barfrauen, die Tänzerinnen.

Rudi genoß die nächsten Wochen. Er hatte sich mit dem angeschlagenen linken Auge und dem Kampf in Selims Bar gut vorgestellt. Er war nun eine Respektsperson, jemand, der im Revier etwas galt. Er trug erstklassige Anzüge – seine Schuhe kosteten über zweihundert Mark.

Er hatte ein wenig Gewicht zugesetzt, ging auf die zweihundert Pfund zu. Seine Gewohnheiten hatten sich geändert. Wenn er über die Straße ging, schaute er ständig nach links, nach rechts. Er hatte die Wachsamkeit eines Tieres angenommen, ohne es zu merken. Dabei war er völlig ruhig und seiner selbst sicher.

Margit wollte nicht heiraten. Sie sagte: »Nein, Rudi. So, wie es jetzt ist, so ist es gut. Wir sind zusammen, aber jeder von uns hat seine persönliche Freiheit. Du willst doch sicher auch mal eine andere haben, oder etwa nicht?«

Rudi schüttelte den Kopf: »Nein, ich denke gar nicht daran. Du genügst mir. Ich habe noch nie jemanden so gern gehabt wie dich. Ich könnte das gar nicht . . .«

Margit staunte über ihren Rudi. Sie saß auf dem Bettrand, stützte den Kopf in die Hand und schaute ihn an: »Du bist doch ein komischer Vogel. Wenn ich nicht zu lange in meinem Beruf wäre, wenn ich nicht das freie Leben nun reichlich genossen hätte, dann würde ich dich sicher heiraten. Aber es geht nicht.«

Das war am Tag, bevor Rudi die Ladung zum Strafantritt erhielt. Ja, das stand noch aus: Sechs Monate Gefängnis wegen schwerer Körperverletzung und Widerstands gegen die Staatsgewalt.

Rudi kratzte sich am Kopf, als er die Ladung Zeile für Zeile durchlas. Es blieben ihm noch zehn Tage. Die Ladung war zuerst zu seiner Mutter gegangen, die hatte sie einfach liegengelassen. Dann war die zweite Ladung gekommen, dann die Mahnung. So hatte er Zeit verloren – Vorbereitungszeit. Seine Mutter hatte schließlich seinen ehemaligen Boxmanager Frank besucht und die Ladung abgegeben, Frank hatte sie in Eddys Bar abgeliefert.

Jetzt blieben nur noch zehn Tage bis zum Strafantritt.

Diese zehn Tage genoß Rudi, als wären es die letzten Tage seines Lebens. Er hatte Angst vor der Freiheitsstrafe. Er wußte nicht, was es bedeutete, in ein Gefängnis zu gehen, in einer kleinen Zelle leben zu müssen. Er sprach mit Eddy, mit Franz und Margit darüber. Er trank unmäßig und fragte dann: »Was tut man da drin? Wie geht es da zu?«

Sie lachten ihn aus, und Eddy erklärte ihm: »Es ist nicht so schlimm, wie du denkst. Du verbringst ein paar Tage in der geschlossenen Abteilung. Dann wirst du eingesetzt zu Außenarbeiten. Und wenn du einigermaßen fleißig warst und dein großes Maul gehalten hast, dann wirst du nach vier Monaten auf freien Fuß gesetzt. Auf Bewährung . . .«

»Ich . . . Ein großes Maul?« fragte Rudi entrüstet.

Sie warnten ihn. Da drin gab es ziemlich schlimme Typen, die konnten einen schon auf die Palme bringen. Und da könne es leicht passieren, daß man mal dazwischenhaue . . .

»Davor, vor allem davor, mußt du dich hüten«, erklärte Eddy. »Dein Posten hier ist dir sicher. Du kommst raus, wir machen ein großes Fest, dann läuft alles weiter wie bisher. Und jetzt sauf nicht mehr soviel, sonst gebe ich Anordnung, daß dir im Revier nichts ausgeschenkt wird!«

»Ja, ja«, sagte Rudi kleinlaut, »ist ja schon gut. Der Knast macht mich ziemlich nervös.«

Und dann waren es nur noch vierundzwanzig Stunden bis zum Strafantritt. Rudi schüttelte nur den Kopf. Unglaublich, wie ihm die zehn Tage unter den Händen zerronnen waren.

Er verbrachte noch eine wilde Nacht mit Margit. Er war unersättlich, hing an ihr wie ein Kind an der Brust der Mutter. Sie begriff es wohl, aber sie fuhr ihn an: »Jetzt reiß dich endlich zusammen. Du wirst nicht sterben im Gefängnis!«

Er stöhnte einmal laut auf: »Ahhh! So eine Scheiße!«

Mit einem kleinen Köfferchen, in dem er Wäsche und Toilettenartikel mit sich trug, kam er am frühen Morgen volltrunken vor dem Tor der Strafanstalt an.

Die schwere eiserne Tür wurde von einem Beamten in grüner Uniform geöffnet. Der Mann grinste und sagte: »Aha! Ein bißchen Mut angetrunken, wie?« Er schaute auf die Ladung zum Strafantritt. »Sechs Monate . . . Na ja, kommen Sie mal rein.«

In der Kleiderkammer empfing ihn der Geruch von schmutziger Wäsche. Überhaupt störte ihn der Geruch des Gefängnisses. Obwohl er betrunken war, stieg er ihm störend in die Nase; er schien sich aus faulen Kartoffeln, Bohnerwachs und menschlicher Ausdünstung zusammenzusetzen.

Sie verpaßten ihm den blauen Sträflingsanzug aus Drillich. Er sah, wie sein guter Anzug auf einen Bügel gehängt wurde.

Er hörte einen Beamten sagen: »Wir bringen ihn erstmal auf die Einzelzelle, damit er seinen Rausch ausschläft. Ist das nicht der Rudi Zimmermann, der früher einmal Boxer war?«

»Das ist er«, sagte ein anderer. »Ich habe ihn gleich erkannt. Siehst du, wie es mit denen bergab geht. Eben war er noch Boxer – jetzt ist er schon im Knast.«

Die Zelle war eng und hatte ein kleines Fenster, hoch oben an der Schmalseite gegenüber der Tür. Rudi sah die Gitterstäbe. In der Ecke stand ein Kübel. Vor der Pritsche sah er den Tisch mit einem Stuhl.

Das war schlimm. Er schüttelte sich. Wie gut war es ihm gegangen in der letzten Zeit. Er hatte in einem geräumigen Apartment gewohnt.

Sechstausend Mark hatte er im Monat verdient. Und vor allem: Er hatte gut gegessen und getrunken.

Das schien ihm wichtig. Das waren die entscheidenden Dinge. Denn worauf kam es an im Leben? Daß man es gut hinter sich brachte. Daß man oben schwamm. Jawohl, Fett schwimmt oben. Das war auch so ein Spruch.

Er saß auf der Pritsche und ließ seine großen Hände zwischen den Knien herunterhängen. Ein Häufchen Elend war er jetzt. Er fühlte eine unstillbare Sehnsucht nach Margit. Sie war ihm nahe wie nie zuvor. Was wird sie jetzt tun? dachte er.

Er legte sich auf die Pritsche und fing an zu träumen. Ihr Telefon wird klingeln. Dann kommt so ein Kerl herein und legt ein paar Hunderter auf den Tisch. Und dann?

Und dann zieht sie sich aus. Er sah jede ihrer Bewegungen. Wie sie den Slip langsam nach unten streift, dabei ein Bein schon anhebend . . . Und dann legt sie sich hin. Sie macht ihre Beine breit . . .

Er litt höllische Qualen. Leise fluchte er vor sich hin. Er verfluchte die Kraft seiner Fäuste, die ihn hierher gebracht hatte. Aber seine Fäuste waren doch alles, was er besaß. Er hatte nie mehr gehabt, würde nie mehr besitzen. Von diesen Fäusten würde er leben müssen.

Er schlief ein und schnarchte genauso laut wie in Margits Bett. Der Wärter, der zwei Stunden später den Spion in der Tür zur Seite schob, hörte sein Schnarchen. Er dachte: Donnerwetter, der Boxer schnarcht aber laut.

Es hatte sich im Haus herumgesprochen, daß Rudi Zimmermann besoffen in der Zelle lag. Er war einmal beliebt gewesen. Die Zeitungen hatten ihn freundlich ›Unseren Rudi‹ genannt. Jetzt war er bei den Zeitungen vergessen, nur im Gefängnis galt er jetzt noch etwas. Sie sagten: »Da oben liegt er, in der Zelle, der Boxer, total besoffen . . .«
Als er erwachte, war es Abend, etwa sechs Uhr. Sie hatten ihm einen Blechnapf mit Suppe und ein Stück Brot auf den Tisch gestellt. Er hatte es nicht gehört.

Sein Kopf schmerzte, und sein Magen knurrte. Er ging an den Tisch und schnupperte an der Suppe. Nur ein paar Löffel nahm er davon. Dann ließ er die Suppe stehen. Er aß nur das trockene Brot.

Vier Tage blieb Rudi in dieser Zelle. Morgens gab es zwanzig Minuten Hofgang. Sie gingen alle im Kreis, einer hinter dem anderen. Er schaute sich um, wollte prüfen, ob Bekannte hier wären. Es waren jedoch nur fremde Gesichter. Ein mieser Trupp lief da seine Runden ab. Rudi dachte: Die sind nichts wert . . .

Am fünften Tag wurde er zur Anstaltsleitung gerufen, ein Wachtmeister lieferte ihn dort ab.

»Was soll ich da?« fragte Rudi.

Der Wachtmeister sagte: »Sie sind ein Kurzbestrafter. Da drin wird jetzt über ihren Arbeitseinsatz entschieden. Benehmen Sie sich anständig. Seien Sie höflich . . .«

Gereizt schaute Rudi den Mann an. »Ich benehme mich immer anständig, und höflich bin ich auch immer!«

Es klang aber nicht höflich. Der Beamte grinste. »Der Ton macht die Musik. Wenn Sie da drin so reden, dann kriegen Sie keinen guten Posten.«

Darauf kam es also wieder an. Einen guten Posten zu kriegen. Im Knast war es wie überall.

Er wurde hereingerufen, stand dem Direktor und seinen Beamten gegenüber. Sie musterten ihn, ein Kerl wie ein Baum. Solch ein Koloß kam selten in dieses Zimmer.

Der Direktor, der Assessor, der Fürsorger, der Oberlehrer und der Strafanstaltspfarrer, dazu noch der Verwalter und der Oberverwalter – sie dachten alle das gleiche.

Was fängt man mit einem solchen Mann an?

»Tja«, begann der Direktor, »Rudi Zimmermann, Sie waren ja mal ein berühmter Boxer.«

Rudi schwieg. Er kniff die Lippen zusammen und starrte zu Boden.

»Was haben Sie gelernt? Ich meine, wo können wir Sie einsetzen? Sie sollen Ihre Zeit hier bei uns einigermaßen nutzbringend verwenden.«

Der Trotz wachte in ihm auf. Wie man hier stehen mußte! Wie ein Angeklagter. Er suchte nach Worten. »Ich habe früher in der Fabrik gearbeitet. Ich . . . Ich verstehe ein bißchen was von Schlosserei . . . Oder vielleicht Maschinen . . . Oder . . .«

Da stand er, ein unbeholfener Klotz. Die anderen hatten über ihn zu entscheiden, wie er zu verwenden war. Er begriff es genau, fühlte sich gedemütigt von diesem Vorgang und von der Tatsache, daß er auf die Frage, was er erlernt hatte, nicht viel antworten konnte. Sehr wenig hatte er gelernt. In der Fabrik. Eine Null war er dort gewesen, eine Niete.

Er kaute auf seiner Unterlippe herum. Sein Stolz regte sich. Laut sagte er: »Sie wissen, was ich gelernt habe. Ich habe geboxt. Ich habe jahrelang geboxt. Das habe ich gelernt. Und ich war ein großer Boxer . . .« Sein Gesicht war finster, er sah bedrohlich aus.

7

Sie hörten den schweren Lastwagen jeden Morgen um sieben Uhr vor das Gefängnis fahren. Sie waren ein Trupp von vierzig ausgesuchten Gefangenen, alle kräftig, von Beruf Handwerker, Arbeiter. Rudi gehörte zu ihnen.

Die Anstaltsleitung war zu dem Ergebnis gekommen, daß dieser Mann körperliche Betätigung brauche, ein Ventil für seine enorme Körperkraft. Nein, nein, hatten sie gesagt, den können wir nicht in der Zelle halten.

Rudi war schon vier Wochen im Gefängnis. Die Zeit schien zuerst stillzustehen, dann aber stellte er erstaunt fest, daß die Wochen nur so dahinflogen.

Er hatte an Margit geschrieben. Auf jeder vierten Zeile seiner Briefe beteuerte er ihr seine Liebe. Sie hatte nur einmal geantwortet. Ihr Brief enthielt hauptsächlich die Entschuldigung, daß sie wenig Zeit habe zum Schreiben. Sie versicherte ihm, daß sie an ihn denke. Ja, zu Besuch würde sie auch einmal kommen. An einem Samstag.

Davon redete er schon am Montag. Er stieg mit den anderen auf den Lastwagen und dachte: noch fünf Tage. Der Lastwagen donnerte mit lautem Motor durch die Straßen. Sie wurden zu einer Bahnstrecke gebracht, dreißig Kilometer vor der Stadt. Dort arbeiteten sie an den Gleisen. Es war eine schwere Arbeit. Für Rudi eine Kleinigkeit. Nur die Kälte störte ihn. Der Winter hatte früh eingesetzt. Mit Schaufel und Pickel arbeitete sich der Trupp das Gleis entlang. Zwei Wachtmeister, von denen jeder ein amerikanisches Schnellfeuergewehr trug, bewachten das Arbeitskommando.

»Scheiße!« fluchte Rudi am Morgen, als er die Schaufel zur Hand nahm. Er schaute den Bahndamm entlang, über dem ein grauer Dunst hing. Wie eine Dampfwolke stand der Atem vor seinem Mund. Sie fröstelten alle. Ein diesiger, häßlicher Tag.

Neben ihm arbeitete ein Mann, der fünf Autos gestohlen hatte. Sie nannten ihn ›die Pflaume‹. Und die Pflaume kannte sich aus, kannte sogar Eddy und behauptete: »Ich habe Geschäfte mit ihm gemacht. Er hat gut an mir verdient. Aber jetzt kennt er mich nicht mehr.«

Rudi redete nicht viel mit diesen Leuten. Er dachte: Sie haben geklaut. Betrüger sind sie auch noch. Eine Scheißbande. Und so war auch sein Auftreten, als würde er ständig denken: Ihr seid eine Scheißbande.

Einen Tag vor Margits Besuch begann einer Streit mit ihm. Es war kurz vor dem Mittagessen, das in zwei großen Kesseln herangefahren wurde.

Er hieß Knoll und war ein Einbrecher, er hatte auch Körperverletzung als Delikt, worauf er ziemlich stolz war. Gewiß, dieser Knoll war ein kräftiger Bursche. Er stichelte oft: »Der Boxer, was der sich einbildet . . .«

Rudi hatte stets geantwortet: »Ich schaffe dich mit der linken Hand, Knoll. In der Luft lasse ich dich verhungern . . .«

Knoll war ein Vielfraß. Er meckerte ständig über das Essen, obwohl das Essen besser und reichhaltiger war als in der Anstalt. An diesem Freitag war Knoll bei den Essenträgern. Rudi und er trugen einen Kessel mit dem Gulasch in einen Arbeitswaggon. Dort standen Bänke und Tische. Die Kessel wurden von den Wachtmeistern übernommen. Aber Knoll schaffte es dennoch, sich eine große Kelle mit Gulasch in seinen Blechnapf zu füllen.

»Tu es zurück«, sagte Rudi. »Ich habe es gesehen.«

Knoll regte sich mächtig auf. »Willst du mich verpfeifen? Ich schlage dir den Schädel ein, wenn du hier auf link machst . . .«

»Tu es zurück«, sagte Rudi ganz ruhig.

Knoll starrte ihn böse an. Rudi begriff sofort: Knoll würde angreifen, auf irgendeine unsaubere Tour.

Der Mann stand vor ihm, hatte seinen mit Gulasch gefüllten Blechnapf in der rechten Hand. Er sagte: »Na schön, ich gebe es zurück . . .« Blitzschnell schüttete er das heiße Gulasch Rudi ins Gesicht.

Rudi konnte ausweichen, wurde aber noch auf der rechten Gesichtshälfte von der heißen Sauce getroffen. Es schmerzte höllisch.

Er schlug rechts einen Haken, setzte einen linken Haken nach. Knoll fiel um und blieb vor dem Gulaschkessel liegen.

Der Wachtmeister hatte draußen vor der Waggontür gestanden. Jetzt kam er herein und rief: »Was ist hier los? Zimmermann, was haben Sie hier mit Knoll gemacht?«

Knoll setzte sich gerade wieder auf, machte ein paar Kaubewegungen, griff sich ans Kinn, dann deutete er auf Rudi: »Der da . . . Er hat angefangen. Er hat sich Gulasch geklaut. Ich habe gesagt: Tu das Gulasch wieder in den Kessel. Er hat mich angegriffen und niedergeschlagen. Ich muß ins Krankenrevier . . . Sie wissen doch, daß er Schwergewichtsboxer war.«

So ein Hund! dachte Rudi. Ein dreckiger, mieser Ganove. Die Gefangenen standen nun alle vor der Waggontür und schauten herein. Es sah schlecht aus für Rudi.

»Passen Sie auf«, sagte er zum Wachtmeister. »Als Sie aus dem Waggon gingen, hat er sich eine Kelle voll in seinen Napf getan. Ich habe ihm gesagt, er solle es zurückschütten. Daraufhin wollte er mir das Gulasch ins Gesicht schütten.«

Der Wachtmeister glaubte ihm nicht. »Das hätte der doch nie gewagt! Der weiß doch, was Sie für ein Boxer waren! An Sie traut sich keiner heran!«

Der Wachtmeister schüttelte den Kopf.

Und dann trat plötzlich die Pflaume vor und sagte: »Herr Wachtmeister, ich singe nicht gern, aber in diesem Fall muß ich es tun. Ich habe alles gesehen, von der anderen Seite aus. Knoll lügt. Er hat das Gulasch geklaut. Er wollte es Rudi ins Gesicht schütten, aber Rudi war schneller. Er hat ihm dann ein Ding verpaßt. So ist es gewesen.«

Der zweite Wachtmeister kam dazu. Sie gingen fünf Meter zur Seite und berieten leise. Die Gefangenen beobachteten, wie sie flüsterten. Die waren jetzt in der Klemme, die suchten einen Weg. Es war nicht schwer zu erkennen, daß sie keine große Sache mehr aus dieser Geschichte machen wollten. So was gab nur Ärger. Der Direktor legte Wert auf reibungslose Arbeitsabläufe.

Die beiden kamen zurück und sagten: »Knoll, wir verwarnen Sie. Die geringste Kleinigkeit noch, und Sie fliegen aus dem Arbeitskommando. Zimmermann, Sie sind von jetzt an Aufsicht beim Essenholen und bei der Essensausgabe. Leute, faßt euer Essen und verhaltet euch ruhig!«

Die Sache war erledigt. Sie saßen auf den Bänken und löffelten Gulasch und Kartoffeln. Die Pflaume hatte sich neben Rudi gesetzt, gefeixt und leise gesagt: »Wie habe ich das gemacht?«

»Hast du es wirklich gesehen?« fragte Rudi.

Die Pflaume lachte. »Quatsch, ich habe nur kombiniert. Ich kann ihn nicht ausstehen. Ein Scheißkerl, dieser Knoll.«

»Danke«, sagte Rudi. »Wenn du draußen mal Schwierigkeiten hast, dann komm in Eddys Bar. Die wissen dort immer, wo ich bin.«

Die Pflaume nickte mit dem Kopf ein paarmal hin und

her: »Es könnte immerhin sein, daß ich auf dein Angebot zurückkomme.«

Drüben saß Knoll und schaute herüber. Er sagte laut: »Eines Tages kriegt die Pflaume eines auf die Pflaume . . .«

Sie reagierten nicht, sondern aßen schweigend weiter.

Nach dem Essen sagte Rudi: »Morgen nachmittag kommt mein Mädchen. Ich habe zwanzig Minuten Sprecherlaubnis.«

»Ich habe kein Mädchen«, sagte die Pflaume. »Weißt du, ich sehe nach nix aus. Die Weiber stehen nicht auf mich. Ich hatte da eine, aber nach drei Monaten Knast ist die abgesprungen. Fort war sie . . .«

Er war ohne Illusionen. Rudi staunte über die Selbsterkenntnis dieses Mannes. Er war knapp mittelgroß, mager, sein Gesicht war grau, sein Haar begann schon schütter zu werden. Ja, er sah nach nichts aus. Aber die Pflaume ertrug sich selbst mit Humor. Und das war immerhin etwas, das machte ihn sympathisch.

Diesen ganzen Tag dachte Rudi: Sie kommt morgen. Sie wird da zur Tür hereinkommen und vor mir stehen . . .

Wenn sie abends mit dem Lastwagen wieder ins Gefängnis gefahren wurden, waren sie todmüde. Rudi lag auf einer Fünf-Mann-Zelle. Die Pflaume war auch in dieser Zelle. Die anderen drei zählten nicht für ihn, sie waren kleine Diebe.

An diesem Freitagabend lag er auf seiner Pritsche und träumte vor sich hin. Eddy hatte nur einmal ein paar Zeilen geschrieben, Worte der Aufmunterung. Er sollte sich ordentlich führen. Kopf hoch. Alles in Ordnung. Na ja, was man so schreibt, wenn einer in Eile ist.

Und dann Margit, immer wieder Margit, er konnte sie sehen. Er dachte auch oft daran, wie er sie gespürt hatte, wie sie im Bett gewesen war . . . Hinreißend, himmlisch, unvergeßlich. In Gedanken stöhnte er auf: Wir haben uns geliebt. Sie hat sich ausgezogen und dabei ein wenig gelächelt. Und dann bin ich zu ihr gekommen . . . Ihr Körper . . . In Gedanken streichelte er sie.

Es war eine Qual, ohne Frau leben zu müssen. Es ging gegen die Natur. Aber auch das gehörte zur Strafe. Wieso konnten sie darüber bestimmten, daß ein Mann für eine gewisse Zeit seines Lebens ohne Frau auszukommen hatte? Das war doch ungerecht!

Aber es hatte keinen Sinn, darüber nachzudenken. Die Menschen denken schließlich nicht an ihre Gefangenen. Damit wollen sie nicht viel zu tun haben. Es bleibt alles beim alten. Schon seit Jahrhunderten war es so.

Samstags wurde nicht gearbeitet. Sie spielten Schach auf der Zelle. Die Pflaume war ein großer Schachspieler. Rudi konnte kein Spiel gegen ihn gewinnen.

»Ich kann mich nicht konzentrieren«, sagte er. »In den nächsten drei Stunden kommt sie zu Besuch. Es geht nicht.«

Er begann dann, auf und ab zu gehen. Seine Zellengenossen hänselten ihn: »Er ist elektrisch geladen . . .«

Er hörte nicht hin, war aufgeregt, wußte nicht, was er sagen sollte. Schon jetzt überlegte er: Was soll ich reden? Wovon werde ich sprechen?

Es belastete ihn, und er fühlte sich tölpelhaft.

Sie kam nachmittags um drei Uhr. Er wurde gerufen. »Rudi Zimmermann zum Besuch.« Von der Zentrale her schallte es durch das ganze Haus.

Er stand schon hinter der Zellentür, als draußen ein Wachtmeister aufschloß.

Sie gingen durch das Haus. Hinter den vielen Türen hörte er die Gefangenen: Gesprächsfetzen, sie lachten, sangen, johlten. Zelle neben Zelle. Noch immer war es für ihn eine fremde Welt.

Und dann standen sie vor der Tür des Besuchszimmers. »Sie warten hier«, sagte der Beamte.

Noch einmal fünf Minuten, die endlos zu sein schienen. Als die Tür aufging, sah er sie hinter dem großen Tisch stehen. Sie trug einen sportlichen hellbraunen Pelz, der Kragen umrahmte ihr Gesicht. Rudi starrte in dieses Gesicht, in die dunkelbraunen Augen. Er ging wortlos auf sie zu, beugte sich über den Tisch. Zwischen seine großen Hände nahm er dieses Gesicht. Er küßte sie auf den Mund. Sie spürte genau, daß er heftig zitterte. Er brachte kein Wort heraus.

Dann setzten sie sich. Der Tisch war die Trennungslinie. An der Schmalseite saß der Aufseher.

»Wie geht es dir?« fragte er. »Sag mir, wie es dir geht.«

Sie hatte sich schnell gefaßt. Mit seiner Erregung hatte sie nicht gerechnet. Mitleid war plötzlich in ihr aufgestiegen. Dieser Riesenkerl war weich wie ein Kind. »Es geht mir gut, Rudi. Ich soll dich von Eddy und all den anderen grüßen.«

Sie sprachen eine Weile über Eddy, über die Bar. Ja, sie tanzte noch immer Striptease, aber nicht ganz nackt.

War alles ruhig im Revier? Er machte sich Sorgen um sie. Paßte Eddy auf, daß ihr nichts geschah? Es konnte so schnell etwas passieren.

»Keine Bange, Rudi. Eddy ist auf Draht.«

Von Nellys Mörder fehlte noch immer jede Spur.

Die Kripo war jetzt hinter Selim her. Eddy auch, aber Selim war ein ausgekochter Fuchs.

»Sie werden ihn irgendwann finden«, sagte er.

Seine Blicke streiften ihre Tasche aus Krokodilleder. Teuer, dachte er. Am linken Handgelenk trug sie ein schweres goldenes Armband. Das war neu, er hatte dieses Armband vorher nie gesehen.

»Woher hast du es?« fragte er.

»Ich habe es mir selber gekauft«, antwortete sie. »Es hat mir gefallen.«

Er glaubte ihr nicht, aber er schwieg. Was konnte er schon tun, als Gefangener, als Gleisarbeiter? Er stöhnte einmal auf: »Es ist zum Verrücktwerden, Margit!«

Das Gespräch glitt immer wieder ab in Nebensächliches. Verärgert dachte er: Ich will ihr mehr sagen, will sie näher haben. Es war unmöglich. Der trennende Tisch war zwischen ihnen, und der Wachtmeister hörte jedes Wort mit.

Er sprach aus, was ihn bedrückte: »Ich kann hier nicht reden. Es macht mich nervös. Alles hier . . .«

Sie verstand ihn. Und sie verstand auch, daß er unvermittelt fragte: »Willst du mich heiraten, wenn ich rauskomme?«

Sie wich ihm aus, ohne ihn zu verletzen. Sie sagte: »Es ist hier nicht der richtige Ort, um darüber zu sprechen. Warten wir ab, bis du wieder draußen bist. Du hast jetzt schon mehr als ein Viertel deiner Strafe hinter dir.«

Der Wachtmeister schaute auf seine Uhr und sagte: »Noch zwei Minuten.«

In diesen zwei Minuten wollte er noch vieles sagen, vermochte es jedoch nicht in Worte zu fassen. Er schaute sie an. Sie konnte in seinen Augen erkennen, daß er litt. Und das rührte sie an. Sie hatte Tränen in den Augen, als sie ging. Er stand unter der Tür und winkte mit der rechten Hand.

Sie sagte: »Ich komme bald wieder, Rudi. Ganz bestimmt: Ich komme bald wieder . . .«

Danach kam sie nicht mehr. Sie besuchte ihn nie wieder. Nach drei Monaten, in denen er verzweifelte Briefe geschrieben hatte, erschien Eddy plötzlich an einem Samstag in der Anstalt. Es war eine Woche vor seiner Entlassung. Rudi hatte sich gut geführt. Er hatte guten Willen gezeigt, wie ihm der Direktor bei dem vorbereitenden Gespräch zur Entlassung bestätigte.

»Und deshalb wird Ihnen ein Drittel der Strafe erlassen«, hatte der Direktor erklärt.

Als er zum Besuchszimmer gerufen wurde, jubelte er in Gedanken: Sie ist doch noch gekommen! Sie hat mich nicht vergessen. Sie hat nicht geschrieben, weil sie wahrscheinlich keine Zeit gehabt hat. Sie haben ja alle keine Zeit – da draußen. Er war bereit zu verzeihen, zu vergessen. Jetzt, wo sie doch noch gekommen war.

Die Tür zum Besuchszimmer öffnete sich – und da stand Eddy.

Rudis Gesicht wurde dumm vor Staunen. Er öffnete den Mund, wollte etwas sagen.

Eddy kam ihm zuvor: »Ja, ich bin es nur. Mach dein Maul zu und setz dich.«

»Wo ist sie? Warum schreibt sie mir nicht? Sie wollte mich besuchen. Sie ist nie wieder aufgetaucht . . .«

Eddy winkte ab: »Langsam, Rudi, langsam. Ich muß dir jetzt einen Zahn ziehen, aber es wird dich nicht umwerfen.«

Er spürte, wie das Blut aus seinem Gesicht wich. »Was . . . Was ist mit ihr?«

»Sie ist nicht mehr bei uns. Sie hatte einen reichen Kerl aufgerissen, einen von den ganz reichen, wenn du weißt, was ich meine. Aber ich glaube nicht, daß sie ihn heiraten wollte. Dann hat Selim angefangen, Jagd auf sie zu machen. Es kamen da ein paar Typen in die Bar, die warfen eine Flasche Salzsäure nach ihr. Sie wurde nur am linken Oberarm getroffen. Sie hat Glück gehabt . . .«

»Selim . . . Dieser Hund!« Rudis Stimme war rauh.

»Sie hat dann den reichen Kerl geheiratet. Es war das beste, was sie tun konnte.«

»Geheiratet . . .«

»Sie lebt irgendwo in Südfrankreich. Der Mann ist um die Sechzig. Ich habe ihn gesehen. Er ist ein netter Kerl. Du solltest sie für zehn Jahre vergessen . . .«

Rudi faßte sich nur langsam. Der Schlag war gekommen, hatte voll getroffen. Er lachte bitter auf. »Ich soll sie zehn Jahre vergessen?«

»Ja, das hat sie gesagt. Der Mann ist leberkrank. Die Ärzte geben ihm noch zehn Jahre. Er hat früher viel gesoffen. Sie hat gesagt, sollte er sterben, dann würde sie dich holen. Ich glaube, sie hat vor, dann mit dir ein geruhsames Leben zu führen.«

Das war zuviel für ihn. Er begriff nicht die Kälte ihres Entschlusses. Da kam einer an, der schon fast am Abkratzen war . . . Sie kalkulierte das alles ein. Und da war er, der jetzt im Gefängnis saß – ihr Reservemann.

Rudi schüttelte den Kopf: »Nee! Da mache ich nicht mit.«

Eddy sagte: »Du bist und bleibst ein Schafskopf. Wenn eine Frau von Margits Klasse dir so etwas ausrichten läßt, dann muß sie eine ganze Menge für dich fühlen. Aber du begreifst es nicht.«

Sie saßen sich ein paar Sekunden schweigend gegenüber. Eddy war elegant wie immer, er war sicher, überlegen – wie immer.

»Da ist noch eine Sache . . . Sie hat etwas für dich hinterlassen. Es liegt in meinem Tresor.«

»Was ist es?« Eddy grinste. »Du wirst staunen. Es sind zwanzigtausend Mark. Zwanzig nagelneue Tausender . . .«

Er starrte hinüber zum Fenster. Sie war fort. Sie war plötzlich in seinem Leben aufgetaucht. Und nun war sie wieder fort. Irgendwohin verschwunden, mit einem reichen Mann. Und für ihn blieb ein Trostpreis: zwanzigtausend Mark.

Er lachte laut auf, aber es war kein gutes Lachen.

»Es gibt andere Frauen. In Massen kannst du sie haben: hübsche, junge, dumme, intelligente . . . Es gibt sogar welche, die werden für dich durchs Feuer gehen, wenn du es richtig anpackst.«

»Warum kam sie nicht? Warum hat sie sich nicht von mir verabschiedet? Sie hätte es mir selber sagen müssen.«

Eddy war kurz angebunden. »Sie hat das Richtige getan, Rudi. Ich bin gekommen, um dich darauf vorzubereiten, damit der Schock nicht so groß ist, wenn du draußen bist. Wir machen ein schönes Fest. Ich hole dich mit dem Wagen ab. Du fängst am ersten Tag mit dem Dienst an. Kein Aufschub, keine Zeit für Sentimentalitäten. Du wirst sie vergessen. Damit basta.«

Eddy stand auf. Er reichte ihm die Hand über den Tisch und sagte: »Mach's gut, Rudi. Wenn du tust, was ich dir empfehle, wirst du immer gut dabei fahren.«

Rudi stand hinter dem Tisch und schaute ihn an. Er begriff, daß Eddy es gut mit ihm meinte – auf seine Art. Und das bedeutete: sich unterordnen. Eddy dachte für ihn, Eddy stellte die Weichen für ihn. Aber es gefiel ihm nicht.

Er verbrachte noch eine traurige Woche als Gefangener. Bei Schneegestöber und klirrender Kälte arbeitete er mit vierzig anderen Gefangenen an den Bahngleisen.

Am vorletzten Tag mußte er nicht mehr mit ausrücken. Ein Wachtmeister holte ihn aus der Zelle zur Kammer. Seine Zivilkleider wurden überprüft. Es war alles in Ordnung. Der Kammerbulle sagte: »Hier geht keiner unordentlich raus. Ihr Anzug wurde gebügelt. Da sind alle Knöpfe dran . . .«

»Ja, ja«, sagte Rudi. »Es sind noch alle Knöpfe dran.«

In der Nacht vor der Entlassung konnte er kaum schlafen. Er dachte daran, wie es weitergehen würde. Margit war nicht mehr da. Er würde in die Bar kommen – sie war nicht mehr da. Das war fast, als wäre sie gestorben und er wüßte jetzt nicht einmal, wo man sie begraben hatte.

Am Morgen gab er Pflaume die Hand und sagte: »Sie holen mich jetzt gleich in die Entlassungszelle. Merke dir: Wenn du Schwierigkeiten hast, dann komm zu Eddys Bar. Mach's gut.«

Ein Wachtmeister holte ihn dann. Rudi zog sich in einer Zelle um. Auf dem Boden lagen die Drillichsachen. Während er seinen Zivilanzug zuknöpfte, fühlte er sich bereits besser. Der Anzug macht den Menschen, dachte Rudi.

Eine halbe Stunde später brachte ihn ein Aufseher zum Tor. Er sagte: »Sie sind doch Rudi Zimmermann, der Boxer? Werden Sie wieder boxen?«

»Ich möchte schon, aber ich weiß nicht, ob das noch möglich ist.«

»Ich habe gehört, Sie hätten sich gut geführt. Ja, ja, sie haben alle gesagt: Der Boxer, der ist schon in Ordnung. Das ist ein ganz patenter Kerl.«

Der Aufseher drehte den großen Schlüssel im Schloß. Dann schob er die schwere Eisentür auf. Rudi trat über die Schwelle. Er sah Eddys Wagen und ging mit raschen Schritten darauf zu.

8

Er fühlte sich wie neugeboren, machte die ersten Schritte in die Freiheit.

Eddys Wagen stand etwa zwanzig Meter neben dem Tor. Sie sahen ihn kommen, Eddy stieg aus. Franz war auch dabei. Und auf dem Rücksitz saß ein Mädchen. Sie drehte den Kopf, stieg aber nicht aus.

Eddy klopfte ihm auf die Schulter: »Na endlich. Was sind schon vier Monate! Du siehst blendend aus, hast ein bißchen abgenommen.«

»Du«, sagte Franz, »es gibt ein Fest. Du weißt doch: Eddy scheut keine Unkosten für seine Freunde . . .«

Sie lachten, stiegen dann in den Wagen.

Jetzt erst sah er das Mädchen genau an. Eddy sagte: »Rudi, das ist Moni. Sie wollte dich kennenlernen.«

»Guten Tag, Moni«, sagte Rudi und gab ihr die Hand. Er setzte sich neben sie. Von der Seite her betrachtete er sie verstohlen. Sie war der gleiche Typ wie Margit: groß, schlank, hervorragend gewachsen, ihre Haare waren dunkelbraun. Sie hatte blaue Augen.

Rudi begriff, daß Eddy dieses Mädchen mitgebracht hatte, um ihm über Margits Verlust wegzuhelfen. Dieser Eddy dachte an alles. Er erinnerte sich daran, daß Eddy zu ihm gesagt hatte: »Wenn du tust, was ich dir empfehle, wirst du immer gut dabei fahren . . .«

Ja, das war richtig. Rudi ordnete sich unter. Er dachte: Warum soll ich Moni nicht nehmen? Ich kann Margit nicht ewig nachtrauern.

Der hochtourige italienische Wagen raste über die Autobahn. Der Innenraum roch nach den Lederpolstern, wie nach einem teuren herben Parfum.

»Was tust du, Moni?« fragte Rudi.

»Ich tanze in Eddys Bar.«

»Machst du Striptease?« wollte er wissen.

»Ein bißchen. Ich ziehe mich nicht ganz aus.« Sie lächelte ihn an. »Ich habe viel von dir gehört.«

Eddy rief nach hinten: »Sie macht das gleiche, was Margit gemacht hat.« Und jetzt sprach er es aus: »Sie ist für dich, Rudi. Ein Geschenk des Hauses.«

Sie lachten, Rudis Stimmung hob sich. Moni sagte: »Vielleicht mag er mich nicht . . . Ich habe gehört, du wärst sehr in Margit verliebt gewesen.«

Er winkte ab. »Das ist vorbei, Moni. Ich war jetzt vier Monate nur unter Männern. Es ist doch klar, daß ich jetzt jemand brauche.«

Sie tätschelte seine Hand und sagte: »Ich könnte mir vorstellen, daß wir uns gut verstehen.«

»Ja«, sagte Rudi nur.

Sie fuhren zu ›Eddys Bar‹, und dort waren alle versammelt, die irgendeine Position in Eddys Imperium einnahmen. Vom Spielclub waren die Croupiers und der Chef, die Kugel, gekommen. Aus dem Bordell mit Bar ein paar Mädchen und der Rausschmeißer. Kellner und Barfrauen waren erschienen. Alles sah festlich aus. Rudi schüttelte Hände, nahm Glückwünsche entgegen. Ja, er wurde groß empfangen.

Zwei Kellner schenkten Sekt in die Gläser. Eddy hob das Glas und rief: »Wir trinken auf unseren Freund Rudi, der ein bißchen aus dem Verkehr gezogen war. Viel Glück! Auf Rudi!«

Das war schön. Rudi fühlte sich wohl. Er galt etwas hier. Dies waren harte Burschen, und die Frauen gehörten auch nicht zu der weichen Sorte, aber sie hatten ein Gefühl für Freundschaft.

Rudi sagte laut: »Ich danke euch für den schönen Empfang. Ganz besonders, Eddy, danke ich dir.«

Sie tranken sich wieder zu. Dann wurde gegessen, getrunken. Zwei Stunden später war die Stimmung auf dem Höhepunkt. Rudi war angeheitert. Er glaubte jetzt, Margit vergessen zu haben. Er dachte: Sie war nichts wert. Ganz andere kann ich haben, viel Bessere. Er hielt Monis Hand. Allmählich wurde er mit ihr vertraut. Es war alles ganz selbstverständlich. Er fragte: »Wo wohnst du?«

»In einem von Eddys Häusern. Nicht sehr weit von hier. Zu Fuß sind wir in fünf Minuten dort.«

Aber sie warteten noch eine Stunde, denn das Fest gefiel Rudi. Er wurde gefeiert, und das wollte er genießen.

Als Eddy zu ihm sagte: »Du bist heute abend um neun Uhr hier«, dachte er: Ich werde jetzt mit ihr gehen. Er war gespannt, erregt. Vier Monate keine Frau.

Sie war sofort bereit: »Ja, gehen wir.«

Unter der Tür sagte Eddy zu ihm: »Paß auf Selim auf. Er wird erfahren, daß du wieder da bist. Ich rechne sowieso mit einer Vergeltungsaktion. Irgendwann wird was passieren. Er wird uns nie vergessen, daß wir ihn und seine beiden Gorillas verprügelt haben.«

»Na ja, wir haben ja auch noch ein bißchen Kleinholz in seiner Bar gemacht«, sagte Rudi. »Ich werde aufpassen.«

»Du mußt deinen Ballermann wieder tragen.«

Es war jetzt spät am Nachmittag. Rudi ging Arm in Arm mit Moni über die Straße. Er war frei, war wieder unter Menschen. Der Verkehr der Großstadt gefiel ihm. Hier herrschte Leben, Bewegung. Er hatte Geld in der Tasche: fünftausend Mark. Und nun erinnerte er sich daran, daß in Eddys Tresor noch zwanzigtausend Mark für ihn bereitlagen.

Moni kuschelte sich an ihn heran. »Es ist kalt«, sagte sie.

Er wollte mehr über sie erfahren und fragte: »Was hast du getrieben in den letzten Jahren? Ich meine, hattest du einen Beruf?«

Sie sagte, sie wäre nichts Besonderes gewesen. »Ich habe die Handelsschule besucht. Dann war ich kaufmännische Angestellte. Aber das gefiel mir nicht. Ich wollte Tänzerin werden, eine richtige Tänzerin. Aber nun bin ich schon drei Jahre in Bars.«

»Gehst du anschaffen?« fragte er.

Sie zögerte ein paar Sekunden, sagte dann: »Rudi, ich will dich nicht anlügen. Ab und zu gehe ich auch für Geld. Nicht oft, und nur dann, wenn der Typ mir paßt.«

Da war nichts zu machen. Rudi dachte: Sie sind alle so. Genau wie Margit. Es störte ihn, aber er sagte sich: Hier im Revier finde ich nichts anderes.

Sie hatte eine der typischen Wohnungen aus Eddys Häusern. Ein großes Wohnzimmer, kleines Schlafzimmer, dazu Küche und Bad. Damit machte Eddy viel Geld, denn er kassierte hohe Mieten.

Sie holte eine Flasche Sekt aus dem Kühlschrank, aber Rudi sagte: »Hast du nicht einen Schnaps und ein Bier?«

Ja, das hatte sie auch. Sie warnte ihn: »Ich weiß nicht, ob der Schnaps jetzt gut für dich ist. Du hast lange nichts getrunken . . . Wollen wir nicht bei Sekt bleiben?«

»Zwei, drei Schnäpse machen mir nichts«, meinte er.

Sie schenkte ihm ein. Er schüttete zwei Gläser Schnaps hinunter, trank danach ein großes Glas Bier. Sie legte eine Platte auf, eine sentimentale Melodie, etwas in Moll.

Es war alles noch fremd, war vielleicht zu schnell angelaufen – der erste Tag der Freiheit. Um diese Uhrzeit waren sie von den Gleisarbeiten ins Gefängnis zurückgebracht worden.

Er sagte: »Jetzt empfangen sie Essen. Um diese Uhrzeit war Verpflegungsausgabe.«

Sie setzte sich zu ihm auf den Schoß, strich ihm über die Wange und sagte zärtlich: »Du mußt es vergessen. Du wirst es vergessen.«

Sie wollte ihm darüber weghelfen. Er verstand genau ihre Absicht und ließ sich von ihr an der Hand ins Schlafzimmer führen. Er küßte sie, spürte seine Erregung langsam wachsen. Sie zog sich aus. Er sah sie nackt. Sie legte sich auf das Bett. Sie waren zärtlich, aber sein Körper rührte sich nicht. In Gedanken wollte er es, er war versessen darauf. Er versagte, und er dachte: Was ist da los? Wieso kann ich nicht? Hatten vier Monate genügt, ihn impotent zu machen?

Sie wollte ihm helfen. Er hielt plötzlich ihre Hand fest

und sagte: »Moni, es geht nicht. Ich glaube, ich muß mich erst wieder daran gewöhnen. Vielleicht ist das bei allen Männern so, wenn sie im Gefängnis waren. Ich habe schon davon gehört . . .«

Sie zeigte ihm ihre Enttäuschung nicht, war verständnisvoll. »Wir haben viel Zeit, Rudi. Es muß ja nicht heute sein, auch nicht morgen. Du mußt innerlich erst einmal wieder auftauen.«

Ja, das war es wohl: auftauen. Er begriff jetzt, daß er doch sehr unter Margits Verlust gelitten hatte. Und dazu war noch die Demütigung gekommen, im Gefängnis sitzen zu müssen.

»Ich brauche ein bißchen Zeit«, sagte er.

Sie blieben nebeneinander liegen. Er streichelte sie, aber seine Zärtlichkeit war nicht fordernd. Er war wie ein Kind, das bei der Mutter Schutz sucht, die körperliche Nähe. Sie spürte, wie verletzlich er war.

Er schlief ein, sie blieb wach. Nach einer Stunde regte er sich. Er gähnte und sagte: »Ich ziehe mich jetzt an.«

»Was wirst du tun?« fragte sie.

»Ich laufe ein bißchen herum . . . Ich will nur mal so durch die Stadt gehen. Später komme ich dann in Eddys Bar.«

»Sei vorsichtig«, warnte sie. »Selims Leute wissen bestimmt, daß du wieder hier bist.«

Rudi nickte. Ja, dieser Selim . . .

»Kommissar Weissleder ist immer noch an dem Fall dran. Sie suchen den Mörder. Eddy sucht ihn auch.«

»Das ist jetzt ungefähr ein halbes Jahr her«, sagte Rudi. »Es wird schwer sein, den zu kriegen.«

Er ging dann durch die Straßen der Stadt. Manchmal blieb er vor einem Schaufenster stehen, er betrachtete Anzüge und Mäntel. Darauf legte er Wert, mehr als je zuvor. Das hatte er von Eddy gelernt, der gesagt hatte: »Ein Anzug muß über einen Tausender kosten, sonst taugt er nichts . . .«

Ohne es zu bemerken, schlenderte er in die Richtung seiner früheren Wohnung, dorthin, wo seine Mutter immer noch lebte. Er war überrascht, als er in der Nähe der Straße angekommen war, die er seit seiner Kindheit so gut kannte.

Er dachte plötzlich: Ich könnte sie besuchen. Ich könnte ihr ein paar Hunderter geben und zu ihr sagen: Hier, damit du merkst, daß du noch einen Sohn hast.

Ja, hier war es: Die Straße mit den alten Häusern, den kleinen verwahrlosten Vorgärten. Als Kind hatte er hier gespielt. Manchmal war sein Vater betrunken die Straße entlanggetorkelt. Meist freitags, wenn er die Lohntüte in der Tasche gehabt hatte. Totgesoffen hat er sich . . .

Er kam sich vor, wie ein Mensch, der nach Jahren von einer Reise heimkehrt.

Das Treppenhaus hatte noch immer den gleichen muffigen Geruch. Arme Leute . . . dachte Rudi. Und das war etwas, war er von jeher gehaßt hatte: in einem Haus mit armen Leuten zu wohnen. Er hatte ihre Streitigkeiten gehört, ihre kleinlichen Zänkereien, hatte ihr Essen gerochen, Suppen, Kohl und Kartoffeln . . .

Wenn er ein großer Boxer geworden wäre, hätte er das alles weit hinter sich gelassen – aus eigener Kraft. Jetzt aber mußte er sich auf Eddy verlassen. Ohne Eddy war er eine Null. Er wußte es.

Im obersten Stock sah er die Tür, davor das Schild: ›Karl Zimmermann‹. Sie hatte es nicht entfernt, obwohl der Vater schon lange tot war.

Nachdem er geklingelt hatte, hörte er ihre Schritte. Sie öffnete die Tür.

Ihr Gesicht schien ihm noch mehr verhärmt als früher, der Empfang war frostig. Sie sagte: »Haben sie dich rausgelassen? Jetzt ist es aus mit dem Boxen. Alle Zeitungen haben schlecht über dich geschrieben.«

»Das ist lange her«, sagte Rudi. »Hör auf damit. Ich wollte dich besuchen und dir etwas bringen.«

Er holte ein Bündel Hundertmarkscheine aus der Tasche. Bis fünf zählte er und schob ihr die fünfhundert Mark zu.

Sie sagte nicht danke, schaute ihn nur mißtrauisch an. Zögernd nahm sie die Scheine. Er konnte sehen, daß sie dachte, er sei in eine schmutzige Geschichte verwickelt. Gestohlenes Geld oder sonst etwas Unsauberes.

Sie schlurfte zur Küche und sagte: »Ich hole dir eine Tasse Kaffee.«

Sie kam mit dem Kaffee, der ihm nicht schmeckte, denn er wußte, daß sie von jeher die billigste Sorte kaufte. Sie saßen sich an dem alten Tisch im Wohnzimmer gegenüber. Dieselben Bilder hingen noch an den Wänden, das Zimmer hatte noch dieselben Tapeten wie früher. Und sie ging wie immer in einer abgetragenen Kittelschürze.

Und in diesem Augenblick bäumte sich etwas in ihm auf, vielleicht war es Verzweiflung oder Zorn. Aus diesem Nest kam er, und wer hier geboren war, der brachte es nicht weit im Leben . . . Er hielt es nicht länger als eine Viertelstunde bei seiner Mutter aus.

Als er ging, sagte er: »Ich komme manchmal vorbei und bringe dir Geld. Es ist ehrliches Geld. Ich habe dafür gearbeitet.«

Er war jetzt niedergeschlagen, vielleicht hatte er auf ein wenig Freundlichkeit gehofft, auf ein paar Worte, wie sie eine Mutter für ihren Sohn hat, wenn er von einer Reise zurückkehrt – von einer langen Reise.

Ein paar Schnäpse nur wollte er trinken, dazu zwei oder drei Bier. Die Kneipe war ihm gleichgültig. Er war niemals zuvor hiergewesen, obwohl das Lokal nur etwa zehn Minuten von der früheren Wohnung entfernt war, in der er aufgewachsen war.

Als er hereinkam, steckten die vier Männer, die an einem Seitentisch saßen, die Köpfe zusammen und tuschelten miteinander. Sie hatten ihn erkannt. Sie sahen aus wie Arbeiter mit ein paar Mark in der Tasche. So hatte sein Vater auch ausgesehen.

Er fragte den Wirt: »Trinken die etwas mit?« Es war eine plötzliche Eingebung, er wollte nicht allein trinken.

Die vier Männer hörten aufmerksam zu. So etwas passierte ihnen selten, daß da einer hereinkam und sie zum Trinken einlud. Einer sagte: »Klar, gern trinken wir einen mit. Sie sind doch der Boxer? Sie sind doch Rudi Zimmermann?«

Rudi ließ doppelte Schnäpse bringen, dazu Flaschenbier. Das war nach seinem Geschmack. Er setzte sich zu ihnen, sie hoben die Gläser und tranken. Er war lange nicht gelobt worden, jetzt hörte er es gern, als sie sagten: »Ein großer Boxer warst du . . .«

Nach dem vierten oder fünften Glas duzten sie sich. Der Wirt hatte sich mit an den Tisch gesetzt. Er stand nur auf, wenn er die neue Runde holte. Es waren zehn Runden.

Danach war Rudi angetrunken. Er ging jetzt aus sich heraus, Angestautes löste sich. Laut rief er in die Kneipe: »Ich hätte mich nach vorn geboxt! Als ich den Südamerikaner geschlagen hatte, war ich schon so gut wie in Amerika. Da drüben hätte für mich die Zukunft angefangen. Eine große Zukunft!«

Der Wirt und die vier Zechkumpanen nickten zustimmend. Sie sahen dem Mann zu, diesem Riesenkerl von einem Meter neunzig, wie er Boxen demonstrierte.

»Ich hatte ihn in der Ecke . . . Und dann links, links, rechts! Ich sehe, wie er Wirkung zeigt! Alles auf eine Karte, habe ich gedacht. Ich habe ihn dann voll getroffen. Er ging in der Ecke in die Knie . . .«

»Bravo!« sagte der Wirt.

Die anderen nickten wieder zustimmend. Sie fühlten sich geschmeichelt, daß er sie eingeladen hatte. Hier, in dieser Kneipe, galt er etwas. Er genoß es, bis die Frau des Wirtes kam und die Sauferei energisch beendete. »Jetzt ist Schluß mit den Runden, ihr Volleulen! Euch kommt der Schnaps ja schon aus den Ohren raus.«

Mit hängenden Armen stand Rudi breitbeinig in der Mitte des Lokals. Er starrte die Frau an. »Was? Was?« murmelte er. Und dann begriff er, daß er tatsächlich betrunken war. Ich muß hier raus! dachte er. Er warf Geld auf die Theke, mehr als die Zeche ausmachte, dann griff er nach seinem Mantel und ging ohne Gruß hinaus.

Kalte Luft schlug ihm vor der Tür entgegen. Er dachte: Das ist gut für mich. Ich werde schnell wieder nüchtern sein.

Aber er täuschte sich, er spürte die Wirkung des Alkohols an der frischen Luft noch stärker. Er war auch noch nicht klar im Kopf, als er in Eddys Bar kam.

Moni sagte sofort: »Eddy hat schon nach dir gefragt. Er wird noch einmal anrufen. Du bist fast eine Stunde zu spät dran.«

Er winkte ab.

Sie sagte nichts, aber in ihren Blicken lag Vorwurf. Die anderen Mädchen beobachteten ihn nur wortlos. Jeder konnte sehen, daß er getrunken hatte. Sein Gesicht war verkrampft. Es lag ein gespannter Zug um die Mundwinkel, aber es war hauptsächlich die Starrheit in seinen Augen, die ihn verriet.

Moni sagte es leise: »Du hast einen stieren Blick. Was ist mit dir? Warum bist du so sauer?«

Sie hatte recht. Es gab keinen Grund, sauer zu sein: Ich habe Geld in der Tasche, und weitere Zwanzigtausend liegen für mich in Eddys Tresor.

Mia, die Barfrau, schien davon zu wissen. Sie sagte zu ihm: »Du wirst dich an Moni gewöhnen, die Frau ist Klasse. Ich weiß, daß du noch ein bißchen um Margit trauerst. Das geht vorbei. Sie hat dir ganz schön was als Andenken hiergelassen . . .« Mia rieb dabei Daumen und Zeigefinger gegeneinander. Es war ihm unangenehm, daß sie von dem Geld wußte. Er setzte sich an die Bar und bestellte ein Bier.

Zwei Plätze weiter saß ein geschniegelter Kerl, der schon im Lokal gewesen war, als Rudi hereinkam. Der Mann gefiel Rudi nicht. Etwa dreißig, nicht einzuschätzen. Es war kein Geschäftsmann, kein Arbeiter – ein Zuhälter. Rudi hätte nicht sagen können, woher er das wußte, er dachte einfach: Das ist ein Zuhälter. Ich rieche doch so was gegen den Wind.

Eddy rief zwanzig Minuten später an und sagte: »Es paßt mir nicht, daß du unpünktlich bist. Komm jetzt in den Spielclub. Ich glaube, hier geht bald was los, wir arbeiten mit Plomben. Einer scheint was gemerkt zu haben.«

»Es ist gut«, sagte Rudi. »Ich nehme mir ein Taxi und komme sofort.« Er rief Mia zu: »Bestelle mir einen Wagen, ich muß zum Spielclub!«

Dann ging er zu Moni, wollte ihr erklären, daß er heute nicht so ganz in Form gewesen wäre. Schließlich war es der erste Tag in Freiheit.

Der Mann, den Rudi für einen Zuhälter gehalten hatte, bezahlte seine Rechnung. Rudi sah, daß er ein großes Trinkgeld gab. Er trug die Geldscheine in einer goldenen großen Klammer, ein dickes Bündel Scheine.

Als er gegangen war, fragte Rudi: »Kennt ihr den?«

Mia kannte ihn nicht, Moni hatte ihn nie gesehen. Die beiden Striptease-Tänzerinnen wußten auch nichts. Niemand kannte ihn.

Viel später dachte Rudi, daß er bereits einen sechsten Sinn entwickelt hatte; es war fast so, als könne er einen Gegner riechen.

Das Taxi brauchte lange. Rudi wurde ungeduldig. Er wußte, daß Eddy es nicht schätzte, wenn man ihn warten ließ.

Schließlich ging die Tür auf. Ein Mann in Fahrermütze und Lederjacke rief in die Bar: »Taxi!« Er schaute sich suchend um.

Rudi sagte: »Ich komme.«

Der Mann drehte sich um und ging hinaus. Moni machte sich fertig für ihren ersten Auftritt. Es waren jetzt etwa zehn Männer in der Bar. Alles Geschäftsleute, Männer, die etwas ausgeben konnten. Rudi dachte: Sie wird ein paar davon ausnehmen . . . Was schert es mich? Ich will sie schließlich nicht heiraten.

Er ging zur Tür, hatte seinen Mantel über den Arm gelegt. Die Pistole war in der zugeknöpfen Manteltasche. Sie konnte nicht herausfallen.

Als er aus der Tür auf die Straße kam, erhielt er den ersten Schlag auf den Hinterkopf. Er war hart und hätte jeden Mann auf der Stelle umgelegt. Aber Rudi konnte viel einstecken. Er sah Sterne vor seinen Augen, Feuerkreise, aber er gab sich den Befehl durchzustehen. So war das im Ring gewesen, nach einem harten Treffer.

Plötzlich konnte er wieder klar sehen. Vier Männer standen vor ihm. In der menschenleeren Straße würden sie ihn fertigmachen. Er mußte aufpassen. Diesen Befehl wiederholte er sich ständig, während er bereits beidhändig schlagend auf den Mann in der Lederjacke losging, der sich als Taxifahrer ausgegeben hatte.

Der Kerl fiel um. Und jetzt erkannte Rudi Paloma und Franco, die beiden italienischen Ex-Boxer, die für Selim arbeiteten. Und da war noch einer. Er konnte nicht zu Ende denken. Sie trafen ihn mehrmals. Es waren keine Fäuste.

Im Fallen dachte Rudi: Sie haben mich geschafft. Es war wie ein Blitz, der durch sein Gehirn huschte, im Bruchteil einer Sekunde.

Dann war ein seltsames Dröhnen in seinen Ohren. Es klang wie das Geläut von großen, schweren Glocken. Jetzt konnte er nicht mehr denken. Er hatte nur noch das Gefühl zu fallen – in Schwärze, in ein tiefes Loch, in eine unendliche Tiefe.

9

Als er erwachte, sah er die verschwommenen Umrisse eines Zimmers. Alles war merkwürdig weiß. Es dauerte fast eine halbe Minute, bis er begriff, daß er im Bett eines Krankenzimmers lag. Ja, dies war ein Krankenhaus. Und die Frau, die am Kopfende seines Bettes stand, war eine Krankenschwester.

»Na endlich«, sagte sie. »Bleiben Sie ruhig liegen, Herr Zimmermann. Bewegen Sie sich nicht.«

Sie war hübsch, so viel konnte er sehen, als sie zur Tür ging und im Hinausgehen sagte: »Der Arzt wird gleich vorbeikommen.«

Es hat mich erwischt, dachte er. Selims Leute haben mich erwischt. Er konnte jedoch die Zusammenhänge nicht sofort erfassen. Wie war das gewesen? Vor allem hatte ich zuviel getrunken. Ich war in Eddys Bar. Und dort hatte es angefangen. Aber wie?

Er fragte sich: Was ist mit mir? Es fiel ihm schwer, die Arme zu heben. Er hatte das Gefühl, als trage er ein Korsett. Es war ein Verband, ein sehr fester Verband um den Brustkorb. Und dann merkte er, daß er nur auf einem Auge sehen konnte. Jetzt erschrak er: Was ist mit mir?

Der Arzt kam herein, ein freundlicher Mann mit einer dicken Brille. Er sah intelligent aus. Aber sein Gesicht zeigte einen bedenklichen Ausdruck, und das beunruhigte Rudi.

»Sie machen Sachen, Herr Zimmermann«, sagte der Arzt. »Sie haben nicht gut ausgesehen, als Sie hier ankamen. Aber wir haben Sie gut versorgt.«

»Was ist mit mir, Herr Doktor?«

»Sie haben vier Rippenbrüche, am Schädelbruch kamen Sie knapp vorbei. Außerdem noch eine Leberquetschung. Von den Blutergüssen wollen wir gar nicht erst reden.«

Rudi nickte: »Ja, sie haben mich fertiggemacht, vor Eddys Bar.« »Kennen Sie die Leute?« fragte der Arzt.

Und dies war das erstemal, daß er sich vor die Frage gestellt sah, Dinge aus der Unterwelt auszuplaudern. Er schwieg und dachte: Ich darf es nicht sagen. Das sind Angelegenheiten aus dem Revier. Eddy hatte immer gesagt: »Was wir hier untereinander austragen, bleibt unter uns. Außer Mord . . .«

Der Arzt schüttelte den Kopf: »Na schön, ich bin ja nicht von der Polizei. Aber die Polizei wird bald hier auftauchen, um Sie zu befragen. Ein Kommissar Weissleder hat angerufen . . . Ja, da war auch noch ein Mann namens Eddy. Jedenfalls hat er gesagt, ich soll Sie grüßen. Er war schon hier, Sie waren jedoch noch bewußtlos.«

»Wie lange war ich bewußtlos?«

»Genau fünfeinhalb Stunden.«

Das war viel. Das war eine ganze Menge. Rudi kannte keinen Boxer, der je fünfeinhalb Stunden bewußtlos gewesen wäre. Allerdings hatte es auch im Ring schon Todesfälle gegeben. Bei diesem Gedanken fragte er sich, ob es ein Anschlag auf sein Leben gewesen war. Oder war es nur als eine ordentliche Tracht Prügel gedacht gewesen?

Das Sprechen fiel ihm schwer, als er sagte: »Glauben Sie, die wollten mich um die Ecke bringen?«

»Ich zweifle nicht daran«, sagte der Arzt. »Das war zu hart für einen Denkzettel. Das ging haarscharf am Tod vorbei.«

Rudi schwieg. Er glaubte dem Arzt. Die Schweine, diese verdammten Schweine! dachte er. Und Nelly haben sie auch umgebracht.

»Sie haben eine Kondition wie ein Ochse, das war Ihr Glück.« Der Arzt nickte ihm zu. »Wir haben getan was wir konnten. Sie sind außer Lebensgefahr. Wenn Sie etwas brauchen . . . Hier ist der Klingelknopf . . . Übrigens, Sie waren mal ein guter Boxer. Ich habe drei- oder viermal im Fernsehen Ausschnitte Ihrer Kämpfe verfolgt. Aus Ihnen hätte ein großer Boxer werden können.«

Das Zimmer war wieder leer, Rudi lag bewegungslos in seinem Bett. Er begriff jetzt seine Situation: Um den Kopf trug er einen Verband, der das linke Auge bedeckte, auch sein Oberkörper steckte in einem Verband, der bis an die Hüfte herunterreichte. Ganz ordentlich, dachte er. Es war Galgenhumor. Schön haben sie mich erwischt. Das wird eine Rechnung geben – und eine Abrechnung.

Er grinste vor sich hin und murmelte dann: »Aber sie haben mich doch nicht richtig erwischt . . .«

Als Eddy ins Zimmer kam, legte er gleich los: »Du Idiot! Du hast mehr Glück als Verstand! Ist doch ganz klar, daß die dich wegputzen wollten. Sie fürchten dich, weil sie denken, du und ich, das ergibt ein unschlagbares Paar.«

»Ich weiß nicht mehr genau, wie es passiert ist . . .«

Aber Eddy wußte es. »Erstens warst du besoffen, das war dein Hauptfehler. Dann saß da so ein cleverer Bursche, das muß einer von Selims Leuten gewesen sein. Du hast durchs Lokal gerufen, daß du ein Taxi wolltest. Sie haben dir dann ein Taxi geschickt. Du bist darauf hereingefallen wie ein Anfänger.«

Ja, so war es. Blitzartig erinnerte er sich jetzt: Der Kerl hatte sofort gezahlt, als er das Taxi bestellt hatte. Das war doch eine Kleinigkeit, das Taxi von einem auswärtigen Telefon abzubestellen . . . Ja, so war es. Sie hatten den Mann in der Lederjacke geschickt. Draußen vor der Tür hatten sie ihn erwartet.

Rudi dachte: Ich bin wirklich in die Falle gelaufen wie ein Anfänger.

»Ich erinnere mich jetzt genau. Zwei von den Kerlen kenne ich: Paloma und Franco.«

Und wie sollte es jetzt weitergehen? Der Arzt hatte von drei Wochen Krankenhausaufenthalt gesprochen, berichtete Eddy. Danach noch einmal drei Wochen Schonung. Eddy machte ein finsteres Gesicht und sagte: »Wenn du draußen nicht aufhörst zu saufen, dann ist Schluß mit uns. Du würdest es nicht lange machen. In unserem Geschäft muß man einen klaren Kopf haben. Wenn du säufst, dann muß alles abgesichert sein.«

»Wie meinst du das?« fragte Rudi kleinlaut.

»Ist doch klar, Mann! Wir brauchen dann eine Wache, die nüchtern ist.«

Rudi kam sich dumm vor, dieser Eddy war ihm haushoch überlegen. Er nahm sich jetzt vor, von ihm zu lernen, was er lernen konnte. Bei diesem Geschäft mit Striptease-Läden, mit Huren und Spielclubs, in denen falsch gespielt wurde, kam es auf Disziplin an. Wer in diesem heißen Revier etwas werden wollte, der mußte außer der Härte eines Schwergewichtsboxers auch noch die Qualitäten eines Industriemanagers haben.

Kommissar Weissleder erschien eine halbe Stunde später. Eddy hatte gerade das Zimmer verlassen wollen. Weissleder grinste. »Ja, es erwischt auch einen Rudi Zimmermann – wenn er nicht aufpaßt.«

Der Kommissar sah müde aus, wie immer. Er zog sich einen Stuhl neben das Bett und setzte sich schwerfällig. Danach gähnte er erst einmal.

»Ich nehme an, Sie haben nichts gesehen, Rudi?«

Eddy schaltete sich ein: »Er weiß nicht, wer es war. Aber wir vermuten, daß es Selims Leute waren.«

»Eigentlich sollte der da antworten«, sagte der Kommissar trocken. »Ich habe mit dem Arzt gesprochen. Das war ein Mordanschlag . . .«

Rudi sagte nichts.

»Sie würden uns helfen, wenn Sie ein bißchen auspacken könnten . . .«

»Ich weiß wirklich nicht, wer es war. Wie hat man mich gefunden?«

»Sie lagen vor der Bar und sahen ziemlich tot aus, als die Rettungswache kam.«

Eddy erklärte, seine Leute hätten den Lärm gehört, aber als sie aus der Tür gestürzt wären, hätten sie nur noch die davonfahrenden Wagen gesehen. Der Rest war dann eine Routinesache.

»Rettungswache, Abtransport, dann Eintreffen der Polizei, Zeugenvernehmungen . . . Und die Zeugen haben alle nichts gesehen.« Der Kommissar grinste wieder und nickte mit dem Kopf.

Eddy widersprach. »Du weißt doch, daß wir dir helfen. Wir halten Ordnung im Revier. Wir haben die Nutten und die Zuhälter unter Kontrolle . . .«

Kommissar Weissleder stand auf. »Helfen? Ja, bei Mord. Und dieser Fall heißt: Mordversuch an Rudi Zimmermann, Angestellter bei Boxer-Eddy, vierundzwanzig Jahre alt, weiterhin schwer gefährdet . . . So jedenfalls wird der Fall in unseren Akten stehen.«

Der Kommissar ging aus dem Zimmer. Eddy schloß die

Tür wieder von innen. Er sagte: »Ich habe dir etwas mitgebracht. Hier, dein Ballermann. Den legst du auf den Nachttisch zwischen diese Zeitung. Geladen und gesichert. Hierher werden sie wahrscheinlich nicht kommen, aber sicher ist sicher. Ich gehe heute Selim besuchen, mit mindestens sechs Mann. Wir machen eine hohe Rechnung.«

»Eine Abrechnung?« fragte Rudi.

Nein, diesmal wollte Eddy die Sache auf andere Weise arrangieren. Er würde ein Ultimatum stellen. Selim hatte die Krankenhauskosten zu tragen, außerdem ein Schmerzensgeld von zehntausend Mark. Dann sagte er: »Andernfalls legen wir Franco und Paloma um . . .«

Also keine Abrechnung mit Gewalt. Rudi begriff langsam: Es ging Eddy um einen Ausgleich, so eine Art Friedenspakt, wie er manchmal in der großen Politik geschlossen wurde.

»Genauso«, sagte Eddy. »Wenn wir nicht aufhören uns gegenseitig den Schädel einzuschlagen, machen wir alles kaputt. Es muß Frieden herrschen im Revier. Das ist nur Diplomatie . . .«

»Aber was ist mit Nellys Mörder?«

Eddy sagte: »Das wird ausgeklammert. In diesem Fall herrscht weiterhin Kriegszustand. Ich arrangiere ein Treffen der Großen. Eine Art Gipfelkonferenz.«

Die Großen – das waren vor allem Eddy, dann Sewarikis, der Grieche, und Selim, der Marokkaner. Es gab noch zwei, drei andere, aber die waren schon nicht mehr so groß. Sie waren nur das Zünglein an der Waage. Genau wie bei einer richtigen Gipfelkonferenz.

»So was hätte ich mir nie träumen lassen«, murmelte Rudi.

»Köpfchen!« Eddy tippte mit dem Zeigefinger gegen seine Stirn. »Alles kommt aufs Köpfchen an.«

»Wann kommt mich Moni besuchen?« fragte Rudi.

»Ich werde sie vorbeischicken. Aber zuerst habe ich andere Dinge zu tun. Mach's gut, Rudi. Und sage dir zehnmal täglich: Du sollst nicht saufen!«

Eddy lachte, als er hinausging. Seine Stimmung hatte sich gebessert. Während des Besuches war ihm die richtige Idee gekommen – die besondere Eingebung. Er war der Herrscher im Revier, und diese Herrschaft wollte er behalten. Es mußte wieder Ruhe hergestellt werden. Die Geschäfte würden leiden, wenn es sich herumspräche, wie gefährlich die Situation geworden war.

Vor dem Krankenhausportal stand Franz, sein Fahrer. Er hatte mit Eddy ins Krankenhaus gehen wollen, aber Eddy hatte gesagt: »Du bleibst im Wagen. Die Lage ist brenzlig.«

»Wohin fahren wir?« fragte Franz. »Wie besprochen?«

Nein, Eddy hatte seine Pläne umgestoßen. Er fuhr mit Franz zu seinem Büro.

»Machen wir nicht die große Aufmische?« fragte Franz enttäuscht.

»Genug aufgemischt, du Döskopp. Jetzt wird verhandelt.«

Die Vorbereitungen zu dieser Konferenz waren schwierig. Der Grieche Sewarikis stellte die Bedingung, daß er zu der Besprechung zwei Leibwächter mitbringen dürfe. Selim wollte nicht kommen. »Ich weiß, was du willst, Eddy. Du willst deinen Mann rächen.«

Eddy rief ins Telefon: »Du Narr! Ich will unser Geschäft erhalten, denn wir sind nahe daran, den Ast abzusägen, auf dem wir sitzen. Die Zeitungen schreiben schon ständig von dem heißen Pflaster, wo Mord und Totschlag an der Tagesordnung wären. Du solltest mehr Zeitungen lesen . . .«

Selim antwortete: »Ich bin nicht schuld daran.«

Eddy legte auf und ließ sich noch einmal mit Sewarikis verbinden. Er schaltete Sewarikis geschickt ein: Er sollte Eddys Plan unterstützen und die anderen anrufen. Der Grieche war ein schlauer Fuchs, das wußte Eddy, und es war der Grieche, der seinen Plan auf grandiose Weise ergänzte.

In seinem harten Deutsch sagte er am Telefon zu Eddy: »Wir kriegen sie alle zusammen, wenn keiner Angst hat, in eine Falle zu laufen.«

»Keine Rede von Falle. Die Besprechung ist in meinem Büro. Jeder von euch kann seinen Leuten mitteilen, wohin er geht. Du glaubst doch nicht etwa, daß ich in meinem Büro eine Schießerei oder Schlägerei anfange?«

Und nun hatte Sewarikis seinen genialen Einfall: »Ganz einfach.« Er lachte leise. »Wir sagen Kommissar Weissleder, daß wir uns alle treffen, um Frieden zu schließen . . . Was wird er tun, der Kommissar? Er wird mit seinem Wagen kommen, mit vier Mann, er wird vor deinem Haus parken . . . Wir alle sind dann sicher voreinander. Wir verhandeln unter Polizeischutz . . .«

Eddys Gesicht verzog sich langsam zu einem Grinsen. Voller Anerkennung sagte er: »Schade, Sewarikis, daß du nicht mit mir arbeitest . . .«

»Wir können jederzeit damit anfangen«, antwortete Sewarikis.

Jetzt war nur noch die Frage zu klären, wer Kommissar Weissleder anrufen sollte.

Sewarikis schlug vor: »Eddy, das machst du. Du bist ein Deutscher, und du kennst Weissleder am besten. Ich trommle die anderen zusammen. Wann soll es sein?«

»Morgen nachmittag um vier.«

Eddy ging fünf Minuten in seinem Büro auf und ab. Der dicke Perserteppich dämpfte jeden Schritt. Draußen arbeiteten seine sechs Angestellten, darunter zwei Buchhalter, die in jedem großen Unternehmen eine führende Stellung eingenommen hätten. Eddy bezahlte sie fürstlich.

Er überschaute sein Zimmer. Es gab ausreichend Sessel, kleine Tische, eine Bar in der holzgetäfelten Wand. Ein gemütliches Büro. Hier würde sich die Sache gut machen lassen.

Er ging zum Telefon, und während er wählte, spielte ein Grinsen um seine Mundwinkel. Weissleder würde Augen machen. So etwas hatte es noch nie gegeben.

Weissleder hörte sich Eddys Vorschlag an, ohne zu unterbrechen. Dann aber rief er ins Telefon: »Ihr seid übergeschnappt! Dabei soll ich mitmachen?«

»Du hast gar keine andere Wahl. Du mußt. Du weißt doch, wie gefährlich wir sind. Stell dir vor: Wir alle in einem Zimmer! Was da passieren könnte . . .«

Es blieb still. Kommissar Weissleder schien nachzudenken.

Eddy sagte: »Du willst Ruhe und Frieden im Revier. Keine Schlägereien, nix Messer, nix Pistole . . . Also . . .«

»Mensch«, sagte Weissleder nur, »was bist du für ein Hund . . .«

Das war so gut wie Zustimmung. Eddy lachte. »Das ist eine tolle Idee, was?«

Weissleder wurde ironisch. »Also schön, weil ihr Brüder so viel Angst voreinander habt, werde ich mit drei Mann da sein. Wir stehen vor deinem Haus, damit ihr ungestört eure sauberen Geschäfte abwickeln könnt. Wir beschützen euch schon – voreinander. Und wenn's oben bei euch knallt, kommen wir mit den Kugelspritzen und machen euch ein paar Löcher in den Bauch. Ist das so in Ordnung?«

»Wunderbar«, sagte Eddy. »Ich wußte doch, auf die Polizei ist Verlaß.«

»Ich rechne mit Gegenleistung«, sagte Weissleder jetzt sehr ernst. »Du weißt, was ich meine . . . Wenn bei dir oder den anderen Rauschgift auftauchen sollte . . . Oder eine Nutte kommt mal wieder auf den Friedhof . . . Dann gibt's ja da noch ein paar bei euch, die klauen noch immer Autos und verschieben sie in den Orient . . .«

Eddy stimmte zu: »Wenn ich dir helfen kann, werde ich dir helfen. Aber in meinen Lokalen gibt es kein Rauschgift. Betrachte die Sache einmal so: Ein paar Todfeinde, und das im wahrsten Sinne des Wortes, wollen Frieden schließen. Dazu müssen sie miteinander sprechen. Da aber keiner dem anderen traut, verlangen sie Polizeischutz. Ob du willst oder nicht: Du mußt kommen.«

Weissleder sagte nur noch: »Menschenskind, jetzt komme ich mir vor, als wäre ich bei euch angestellt.«

Sewarikis hatte überzeugen können. Am gleichen Abend

wurde noch mindestens ein Dutzend Telefongespräche geführt. Die Sache lief. Als Eddy es Franz erzählte, bekam der Fahrer fast einen Lachkrampf. Er rief während des Fahrens: »Das wird in die Geschichte eingehen!«

Eddy grinste vor sich hin. Ja, das war ein Meisterstück, ganz nach seinem Geschmack. Wenn das klappte, würde keiner mehr einen Leibwächter brauchen. Sie könnten die Ballermänner zu Hause lassen. Es gäbe dann nur noch Gefahr von außen, ein Überfall nach dem Kassieren. Dafür wollte er sich Rudi halten. Wenn er nachts mit viel Geld unterwegs wäre, war der Boxer noch zu gebrauchen.

Er hatte da noch eine Idee: Er wollte seine Häuser besser absichern. In jedem Haus sollte unten eine Art Portierloge gebaut werden. Darin müßten zwei kräftige Männer sitzen. Die Frauen gingen mit ihren Freiern aufs Zimmer, und jeder zahlende Gast würde wissen: Hier kriege ich eins auf die Schnauze, wenn ich nicht richtig spure.

Auch für diese Zwecke würde er sich Leute wie Rudi Zimmermann besorgen. Eddy sah jetzt schon weiter. Wie ein Schachspieler hatte er bereits die nächsten fünf Züge im Kopf. Er wollte das Revier umgestalten, die Prostitution weniger gefährlich machen. Nur in den Bars wollte er beim alten harten Nepp bleiben, der ihn reich gemacht hatte.

10

Am nächsten Tag gab es eine böse Überraschung: Die Zeitungen berichteten ausführlich über den Ex-Boxer Rudi Zimmermann. Sie ließen kein gutes Haar an ihm. Dieselben Blätter, die ihn früher bejubelt hatten, schmähten ihn nun.

Besonders störte Eddy daran, daß seine Bar dabei erwähnt wurde. Das war schlecht für ihn. Sein Name wurde mit hineingezogen. Sie nannten ihn Boxer-Eddy, und das war ihm klar: Boxer-Eddy würde niemals gesellschaftlich anerkannt.

Mit gefurchter Stirn las er die Berichte, während er in dem großen Sessel hinter seinem Schreibtisch saß. Der Friseur sollte kommen, dann der Masseur. Er wollte fit sein für diesen Nachmittag. Jetzt war er verstimmt. Er sagte sich: Der Ärger wäre nicht passiert, der Schlamassel wäre vermeidbar gewesen, wenn dieser Idiot von einem Boxer nicht getrunken hätte.

Der letzte Bericht endete mit den Sätzen: »Er hatte das Zeug zu einem großen Boxer, er war ein Kämpfer, er hatte Herz, und er war beliebt. Jetzt prügelt er sich betrunken in den Bars herum . . .«

Eddy warf die Zeitungen in den Papierkorb. Es gab ein Mittel gegen Ärger und Zorn. Er wählte eine Nummer und sagte in den Hörer: »Ruth, komm in einer Stunde in mein Büro. Ich muß mich entspannen.«

Es gab keine Diskussion, das war ein Befehl.

Ruth war eine Mulattin. Sie war biegsam wie eine Gerte, und ihre Haut war wie Samt. Sie hatte eine besondere Stellung in Eddys Unternehmen, für hohe Ansprüche, für dicke Brieftaschen. Sie hatte feste Kunden, darunter Industrielle, Rechtsanwälte und Ärzte.

Eddy liebte es, wenn sie in der Tracht einer Krankenschwester zu ihm kam, mit einem weißen Häubchen.

Er hatte sich vor fünf Jahren die Mandeln herausnehmen lassen, und damals war auf der Station eine Krankenschwester gewesen, bei der er keinen Erfolg gehabt hatte, ein bildhübsches junges Mädchen.

Damals war er auf die Idee gekommen, und sie war in seinem Gehirn haftengeblieben.

Ruth kam pünktlich. Sie hatte in ihrer großen Krokotasche die Krankenschwesterkleidung. Sie fuhren mit dem Lift in Eddys Wohnung hinauf. Ruth bewegte sich langsam, sie hatte die Geschmeidigkeit einer großen Raubkatze. Sie verstand es, einen Mann so anzuschauen, daß er denken mußte, ausgerechnet auf ihn habe sie ihr ganzes Leben lang gewartet.

Er genoß das Mädchen, wie er etwa einen alten Wein genießen würde. Er benutzte sie. Sie redete wenig, aber sie tat viel, und man brauchte ihr keine Anleitung zu geben. Er entließ sie nach einer guten Stunde.

Schnippisch sagte sie: »Ich wette, du hast es noch nie mit einer richtigen Krankenschwester gemacht.«

So etwas gefiel Eddy nicht. Er liebte es nicht, durchschaut zu werden.

»Mach, daß du nach Hause kommst«, sagte er und gab ihr vor dem Lift einen kräftigen Klaps auf den Hintern.

Er war jetzt wieder besser gelaunt. Langsam und sorgfältig zog er sich an. Er wählte aus seinem zehn Meter langen Kleiderschrank, der den weiträumigen Flur der Wohnung wie eine Holzwand abgrenzte, einen grauen Flanell, dazu das passende Hemd mit Krawatte. Kurz vor vier Uhr war er bereit.

Mit dem Lift fuhr er nach unten und gab in seinem Büro Anweisungen. Zwei Mann würden die illustre Gesellschaft vor dem Haus empfangen und nach oben bringen. Das unsichtbar eingebaute Tonbandgerät, dessen Mikrofon ebenso unsichtbar hinter einem Vorhang aufgebaut war, würde während der ganzen Unterredung laufen. Er hatte außerdem noch einen Mann zur Verfügung, der seine Gäste bedienen würde.

Es gab kaum ein Getränk, das in seiner Bar nicht zu finden gewesen wäre. So liebte er es: Alles in seiner Umgebung mußte von höchster Perfektion sein.

Er ging langsam in seinem Büro auf und ab. Es war jetzt vier Uhr. Genau zwei Minuten später hörte er den ersten hochtourigen Wagen unten vorfahren. Er wußte: In dieser Beziehung waren sie genau wie er. Sie fuhren Maserati oder Ferrari oder die teuren englischen Wagen.

Eddy stand in der Mitte seines Büros. Er rieb einmal die Hände gegeneinander, eine Geste, von der alle seine Freunde wußten, daß sie ein Höchstmaß an Zufriedenheit ausdrückte. Und er *war* zufrieden. Er hatte sich hinaufgeboxt. Sie tanzten alle nach seiner Pfeife. Sogar die Polizei mußte antreten, wenn er es wünschte. Das sollte ihm einer nachmachen. Das hatte vor ihm noch keiner geschafft. Das war besser als Erfolg bei Frauen. Darauf kam es ihm nicht mehr an.

Er grinste vor sich hin und dachte: Gegen mich sind sie alle kleine Fische . . .

Kommissar Weissleder hatte zu den drei ausgewählten Kriminalbeamten nachmittags um Viertel vor vier gesagt: »Nehmt zwei Pusten mit und fahrt den Wagen vor. Wir müssen unsere Bubis voreinander beschützen.«

In dem Befehl war ein grimmiger Unterton gewesen. Mit Pusten hatte er Maschinenpistolen gemeint. Aber er wußte, daß er die Waffen nicht brauchen würde. Der Plan zu dieser Konferenz der Unterweltbosse war so perfekt, daß eigentlich nichts passieren konnte.

Sie fühlten sich ein wenig deklassiert. Einer der Beamten sagte: »So was hat es noch nie gegeben. Das ist wie ein Schachspiel . . .«

Kommissar Weissleder nickte verdrossen. »Die haben alle was auf dem Kasten. Als Manager, ganz gleich in welcher Position, wären die alle groß geworden.«

Kurz vor vier Uhr kamen sie vor Eddys Haus an. Sie blieben im Wagen sitzen und warteten.

Als sie das Dröhnen eines Ferraris herankommen hörten, brauchten sie sich nicht umzudrehen. Sie wußten, wer da kam. Lakonisch sagte Weissleder: »Nummer eins . . .«

Es war der Grieche Sewarikis, der aus dem Wagen stieg. Eine gepflegte Erscheinung. Der kleine schwarze Schnurrbart paßte zu ihm. Der Mann war dezent, vom Scheitel bis zur Sohle. Wie er da federnd vorbeiging und mit einem Kopfnicken die Polizisten lächelnd grüßte, sah er verdammt teuer aus – vom Scheitel bis zur Sohle.

»Tja . . .«, sagte Weissleder. Seine Begleiter wußten, was er meinte.

Und dann wieder das penetrante Geräusch eines hochtourigen Wagens. Weissleder wußte es auch diesesmal:

»Jetzt kommt Nummer zwei. Ich wette, er hat einen rosa Anzug an.«

Der Kommissar hatte sich nicht getäuscht. Es war Selim, der Marokkaner, hager, mit eckigen Bewegungen. Ein Gesicht mit Hakennase und bräunlichem Teint. Und tatsächlich trug er einen rosa Anzug, erstklassige Maßarbeit. Selim ging vorbei. Er nickte zum Gruß, aber er lächelte nicht wie Sewarikis, der Grieche.

Und dann kamen noch drei, kurz hintereinander. Kein Wagen unter achtzigtausend Mark. Sie waren nicht ganz so mächtig diese Herren, aber zu dritt waren sie doch ein Gegengewicht für die drei großen Bosse. Weissleder wußte das.

»Jetzt haben wir alle sechs beieinander.«

»Mann, Mann«, sagte Inspektor Schmitt, der Frau und zwei Kinder hatte, mit denen er in einer Dreizimmerwohnung lebte. Er hielt die Maschinenpistole zwischen den Knien und dachte daran, was für ein Gehalt er monatlich bekam.

Sein Nebenmann sagte: »Was die allein für Anzüge tragen . . .«

Kommissar Weissleder fuhr dazwischen: »Jetzt haltet gefälligst eure Klappen. Man könnte ja denken, ihr wärt neidisch auf die. Der letzte, der da reinging, hat neun Jahre Zuchthaus auf dem Buckel, wegen Bankraubs. Jetzt hat er zwei Läden, in denen falsch gespielt wird, außerdem kontrolliert er etwa zwanzig Frauen, die für ihn anschaffen gehen. Wollt ihr etwa mit denen tauschen?«

Schmitt sagte trocken: »Geld regiert die Welt.« Dann mußte er lachen, denn er dachte: Eigentlich sind wir komische Figuren. Aber das sprach er nicht aus. Die Maschinenpistolen zwischen seinen Knien bestätigte einen gefährlichen Auftrag, und das genügte ihm.

Kommissar Weissleder murmelte vor sich hin: »Ich möchte gern wissen, was die da auskochen. Von denen würde doch jeder am liebsten den anderen die Augen auskratzen. Was glaubt ihr, wie viele Jahre Zuchthaus zusammenkämen, wenn man denen alles nachweisen könnte . . .«

Jedenfalls sitzen sie einträchtig beisammen«, sagte Schmitt. »Wie in der Politik.«

11

Der Inspektor hatte ganz richtig vermutet. Die Begrüßung der sechs untereinander war beinahe herzlich gewesen. Eddy ließ Getränke bringen, dann steuerte er direkt auf das Ziel zu – auf sein Ziel.

»Wir sind uns darüber im klaren, daß wir im Begriff waren, unsere Geschäfte kaputtzumachen. Deshalb müssen wir miteinander sprechen. Wir müssen alte Streitigkeiten aus dem Weg schaffen und genaue Grenzen für jeden von uns festlegen . . .«

Dazu nickten die anderen.

»Die Zeitungen beginnen, uns fertigzumachen. Die häufigen Schlägereien verscheuchen unser Publikum. Die Morde sind tödlich für uns. Wir müssen neu anfangen.«

In einem Punkt waren sie sich alle einig: Sie wollten weiterhin Geld verdienen.

Selim begann anzuklagen: »Es wäre nicht so weit gekommen, wenn du mir damals nicht Frauen weggeschnappt hättest. Dann gab es immer wieder die Schlägereien zwischen unseren Leuten . . .«

Das gleiche sagte Sewarikis. »Seit du diesen gefährlichen Boxer hast, haben wir uns auch gefährliche Leute zulegen müssen . . .«

Eddy winkte ab. »Selim, Franco und Paloma, deine Boxer, wollten mit noch zwei anderen Kerlen Rudi Zimmermann umlegen. Das kannst du nicht bestreiten.«

Selim zuckte die Achseln. »Es war eine Revanche. Das wird jeder verstehen.«

»Und was war mit Nelly? Sie ist tot. Aber auch das wollen

wir unter den Tisch fallen lassen. Wir müssen zu einem neuen sauberen Anfang kommen. Allerdings mußt du Rudi ein Schmerzensgeld zahlen. Ihr wolltet ihn umbringen. Ich denke, zehntausend sind nicht zuviel . . . Was sagt ihr dazu?«

Selim wehrte sich mit Händen und Füßen. »Ihr seid verrückt!«

Aber er wurde überstimmt. Selim schluckte den harten Brocken: »Gut, zehntausend, danach keine Revanche. Die Sache ist abgegolten . . .«

Langsam kamen sie zu einer Einigung. Sie bestimmten hohe Geldstrafen für jeden Verstoß. Keiner hatte dem anderen in den Kram zu pfuschen. Frauen, die von einem zum anderen wechseln wollten, würden von jetzt an gezwungen sein, eine Abfindung zu zahlen. Zuhälter, die in ihren Lokalen verkehren wollten und die nicht zu dem Ring der großen sechs gehörten, sollten eine Art Schutzgebühr entrichten. Bei Verstößen irgendwelcher Art würden diese sechs darüber richten, was zu geschehen hätte. Das hieß: wie hoch die Geldstrafe sein würde.

Und dann versprachen sie sich gegenseitig noch absolutes Stillschweigen gegenüber der Polizei. Damit meinten sie alle Dinge, die sie voneinander wußten, Straftaten aus früheren Jahren sollten so gut wie vergessen sein.

Dazu nickten sie alle eifrig.

»Und noch etwas«, sagte Eddy. »Wir lassen im Revier keinen mehr hochkommen, den wir nicht haben wollen. Also keine neuen Läden mehr. Keine neue Masche. Wir bleiben beim Bewährten und damit werden wir alle steinreich . . .«

Sewarikis, der Grieche, lächelte: »Eddy, du bist es schon.«

Das empfand Eddy als ein großes Lob. Er war zufrieden mit dem Ablauf dieser Konferenz. Sie waren jetzt Verbündete. »Besondere Vorkommnisse müssen wir von Fall zu Fall klären. Wir können jetzt nicht jede Kleinigkeit besprechen . . .«

Sie stimmten Eddy zu. Dann hoben sie die Gläser und tranken auf die neuen Vereinbarungen.

Sewarikis hatte noch eine Frage: »Und was geschieht mit Verrätern?« Dabei lächelte er freundlich.

Sie waren sich einig darüber, was mit Verrätern geschehen würde, es gab keine Diskussion.

Sie hatten kaum zwei Stunden gebraucht, um die Dinge zu klären. Eddy ließ es sich nicht nehmen, seine Gäste nach unten zu begleiten. Vor der Haustür gab es ein großes Händeschütteln. Dann stiegen sie in ihre Autos. Die Motoren dröhnten zu gleicher Zeit auf. Einer nach dem anderen fuhren sie ab. Es war ein Lärm wie bei einem Autorennen.

Eddy stand allein vor der Tür. Er grinste zu Kommissar Weissleder hinüber. Der Kommissar stieg aus und sagte: »So zufriedene Gesichter habe ich schon lange nicht mehr gesehen. Du wirst mir natürlich nicht sagen, was ihr ausgekocht habt.«

»Jedenfalls wird es im Revier kaum noch Ärger geben, das kann ich dir garantieren. Ist das etwa nichts?«

»Wir wollen abwarten«, sagte Weissleder skeptisch. »Ein bißchen Sauberkeit täte euch allen gut. Auch dir, Eddy.«

»Machst du mir etwa Vorwürfe?« fragte Eddy gekränkt.

»Ich habe das Gefühl, daß ihr die Ermordung Nellys unter den Tisch geschoben habt. Ist das so, Eddy?«

Eddy wich aus. »Wir sind in dieser Sache nicht weitergekommen. Es ist nichts zu beweisen. Wir mußten es begraben.«

Weissleder nickte. »Das habe ich mir gedacht. Aber vielleicht komme ich weiter. Und was wird aus diesem armen Schwein, durch das alles losging?«

Eddy versprach, für Rudi Zimmermann zu sorgen. »Er wird mich beim Kassieren begleiten. Auch ich könnte ja einmal überfallen werden.«

»Du nicht, Eddy.« Der Kommissar lachte leise. »Das einzige, was dir das Genick brechen könnte, ist deine Eitelkeit. Ansonsten bist du eine Maschine.«

Eddy war verblüfft. Er fragte: »Ansonsten bin ich was?« Das Wort ›ansonsten‹ gefiel ihm nicht. Es war Spott.

Der Kommissar gab ihm keine Antwort mehr. Er winkte ihm nur zu und stieg in den Wagen. Die Polizisten fuhren mit ihren Maschinenpistolen wieder ins Präsidium. Sie machten verdrossene Gesichter, hatten das Gefühl, mißbraucht worden zu sein. Aber es hatte keinen Ausweg gegeben. Ihr Auftrag für die Gesellschaft war die Sicherheit der Gesellschaft. Und auch diese sechs Figuren mußten zur Gesellschaft gerechnet werden.

Kommissar Weissleder sagte später, als er wieder in seinem Dienstzimmer saß: »Je einiger sich diese Brüder sind, desto schwächer sind wir. Das ist klar. Aber ich glaube nicht so ganz an diese Einigkeit. Früher oder später geraten die sich wieder in die Haare, nämlich dann, wenn sich ihre Interessen bei einem großen Geschäft überschneiden. Die Burschen sind habgierig. Das ist ihre große Antriebskraft.«

Inspektor Schmitt ergänzte: »Das ist wie bei allen großen Geschäften . . .«

»Schlau, sehr schlau, Schmitt«, sagte Weissleder. »Aber das hilft uns nicht weiter. Die Frauen sagen aus Angst nicht aus. Wenn wir mal einen Kerl fangen, dann ist es ein kleiner Zuhälter. Die großen Bosse schlüpfen uns durch die Finger. Wir werden sehen, wie sich die Sache entwickelt. Vor allem bin ich darauf gespannt, wie sich der Boxer, dieser Rudi Zimmermann, verhält. Das ist ein harter Junge. Den muß Selim gut pflastern, sonst macht er wieder Stunk.«

Daran hatte auch Eddy gedacht. Er rief vom Büro aus das Krankenhaus an. Rudi antwortete mit schwacher Stimme. Er hatte gerade eine Injektion Morphium gegen die Kopfschmerzen bekommen.

»So«, sagte er, »du hast zehntausend für mich herausgeholt. Das ist nicht schlecht . . .« Es lag keine Begeisterung in Rudis Worten. Eddy hörte es. Er wußte allerdings nichts von der Injektion, die Rudi dämpfte.

»Mann, da erzähle ich dir, daß du mit ein paar gebrochenen Rippen zehntausend Mark verdient hast, und du maulst nur so vor dich hin.«

Er sagte Rudi nicht, daß es ihm bei den zehntausend Mark um eine Prestigefrage gegangen war. Es hatte sich tatsächlich nur um die Herstellung des Gleichgewichts gehandelt: Der eine war krankenhausreif geschlagen worden, der andere zahlte dafür zehntausend. Das ergab eine gewisse Balance. Rudi war dabei nebensächlich.

So weit konnte Rudi jedoch nicht denken. Er sagte: »Doch, Eddy, das ist sehr schön. Du setzt dich wirklich für mich ein.« Dann fragte er nach Moni. Darum ging es ihm. Das Geld war ihm jetzt nicht so wichtig. Er fühlte sich wie ein geprügelter Hund. Er wollte jemanden neben sich haben.

Eddy sagte: »Ich hatte eine Menge zu tun, Rudi. Es herrscht jetzt Frieden im Revier. Du kannst deinen Ballermann in die Nachttischschublade legen. Zumindest für eine ganze Weile . . .«

»Moni soll kommen«, sagte Rudi nur.

»Ist ja schon gut, ist ja schon gut, Mann. Häng dich doch nicht wieder an so ein Weib, wie du es schon mal getan hast. Du kannst noch viele haben.«

Rudi sagte störrisch: »Sie soll kommen.«

Nach diesem Gespräch schlief Rudi erschöpft ein. Es hatte ihn angestrengt, zu denken und zu sprechen. Er träumte, daß er in der Ecke des Ringes stand und darauf wartete, daß der Ringrichter rufen würde: »Ring frei zur ersten Runde!«

Und in diesem Augenblick war Rudi Zimmermann glücklich. Dazu war er geboren: Ein Boxer zu sein. Er wußte es, während er nach vorn ging und beide Hände hochnahm.

Die Krankenschwester, die ein paar Minuten später nach ihm schaute, sah einen zufriedenen, fast glücklichen Ausdruck auf seinem Gesicht.

Auch Kommissar Weissleder bemerkte es, als er sich einen Stuhl neben Rudis Bett zog und darauf wartete, daß er erwachen würde. Er hatte den Arzt gefragt, und der Arzt hatte keine Einwände gemacht: »Sie können ihn getrost wecken, allerdings nicht zu heftig. Eine gute Viertelstunde können Sie mit ihm reden. Das macht dem nichts aus.«

Weissleder wartete eine halbe Stunde. Dann stupste er Rudi sanft gegen die Schulter.

Rudi schlug die Augen auf. Er war überrascht, den Kommissar zu sehen. »Sie?« fragte er gedehnt. Darin war bereits die Frage enthalten, was zum Teufel der Kommissar noch von ihm wolle.

»Ja, ich bin noch einmal vorbeigekommen, Rudi. Ich will Ihnen ein paar Dinge erzählen. Sie wissen nicht, mit wem Sie zusammenarbeiten. Sie wissen auch nicht, daß Sie jetzt nur eine Kreatur in den Händen von üblen Geschäftemachern sind. Eddy geht über Leichen. Er ginge auch über Ihre Leiche, wenn es sein müßte. Aber er ist noch der Beste von den Großen. Die anderen haben fast alle Blut an den Händen . . .«

»Warum sagen Sie mir das?« fragte Rudi.

»Ich will es Ihnen erklären, Rudi: Ich hoffe, daß Sie mir helfen. Wir sind bei dem Mord an Nelly nicht weitergekommen. Wissen Sie etwas darüber?«

»Nein«, sagte Rudi. »Niemand weiß etwas darüber.«

»Es wird noch mehr Morde geben, denn es geht nicht nur um Frauen, sondern zum Beispiel auch um große Verkäufe von Diamanten, von gestohlenen Diamanten.«

»Davon weiß ich nichts.«

»Es wird falsch gespielt, Rudi. Ahnungslose Bürger die mal ein Spielchen riskieren, werden ausgenommen, unterschreiben langfristige Wechsel, werden in den Ruin getrieben. Es gibt viele faule Dinge, die dort geschehen. Sie könnten manches erfahren. Ich meine . . . So mit der Zeit. Nicht von heute auf morgen. Vielleicht brauchen Sie mich noch einmal. Es könnte sein, daß Sie eines Tages Hilfe nötig haben . . .«

Rudi starrte dem Kommissar verwundert nach. Die Tür schloß sich, er war wieder allein. Ich soll den Spitzel machen, sagte er sich. Ein Verräter soll ich werden. Das ist bei mir nicht drin.

Er begriff nicht, daß der Kommissar jetzt eine neue Situation erkannt hatte. Eddy hatte die faulen Dinge nicht mehr nötig. Aber nun hatten sich die Großen zu einer Art Syndikat zusammengeschlossen. Die Grenzen würden selbstverständlich durchlässiger werden. Hier und da würde ein Brocken abfallen: Informationen, Gesprächsfetzen, die von großer Wichtigkeit sein konnten.

Der Kommissar hatte zu seinen Leuten gesagt: »Wenn ich einen aus diesem Kreis umstimmen kann, dann ist es der Boxer, dieser Rudi Zimmermann.« Und deshalb war er noch einmal zu Rudi ins Krankenhaus gefahren.

Der nächste Besucher war Moni. Sie klopfte leise an die Zimmertür, und Rudi dachte sofort: Das ist Moni.

Sie entschuldigte sich: »Weißt du, wir haben den Ersten. Gestern gab es Geld. Bei uns war eine Menge los, eine Riesenkasse. Ich blieb bis sieben Uhr in der Bar. Natürlich hinter geschlossenen Türen.«

Ja, das verstand Rudi. Sie hatte viel arbeiten müssen, spät war sie ins Bett gekommen und deshalb war sie spät aufgestanden. Aber was ging da vor – hinter geschlossenen Türen? Er konnte es sich denken.

»Ihr habt die Freier ausgenommen?« fragte er.

»Wie das eben so geht«, sagte Moni. »Ich habe fünfhundert gemacht.«

»Hast du mit einem geschlafen?«

»Nein«, log sie.

Er war noch zu schwach, sie wollte ihn nicht mit diesen Dingen belasten. Er glaubte ihr, weil er es glauben wollte. Außerdem hätte er ihr keine Vorwürfe machen dürfen.

Moni sagte: »Es herrscht jetzt Frieden im Revier. Selim, Sewarikis und die anderen drei hatten so was wie eine Konferenz.«

»Ich weiß das alles«, sagte er. »Selim muß mir zehntausend als Schmerzensgeld zahlen.«

Sie lachte. »Das ist doch großartig. So viel hast du selten bei einem Kampf verdient.«

Das verstimmte ihn. Er suchte nach Worten, zog dabei die Stirn kraus. Sie sah es und ergänzte sofort: »Ich meinte, nach allen Abzügen. Du hattest doch deinen Manager, deinen Trainer . . . Die haben doch alle von dir gelebt.«

Das gefiel ihm schon besser. Sie konnte jede seiner Regungen durchschauen. Sie wußte, daß er jetzt schwach war und es noch eine Weile bleiben würde.

Zögernd rechnete er ihr vor: »In Eddys Tresor liegen zwanzigtausend für mich . . . Dazu die zehntausend von Selim, das sind zusammen dreißigtausend . . .«

Sie schaute ihn fragend an.

»Ich meine, wenn wir zusammenlegen . . . Wenn du vielleicht noch zehn oder zwanzig bringen würdest . . .«

»Und dann?« fragte sie.

Er sagte: »Laß uns heiraten, Moni. Wir machen einen Laden zusammen auf. Mich kennen immer noch viele Leute. Es würde sich rumsprechen, daß Rudi Zimmermann eine Bar aufgemacht hat. Wir würden genug Gäste haben . . .«

Eine Weile sagte sie nichts. Sie schaute zu Boden und schien zu überlegen. Langsam schüttelte sie den Kopf. »Wir können nicht gegen die Großen anstinken. Ich habe etwas mehr als zwanzigtausend gespart. Dazu dein Geld . . .«

»Aber die Brauerei gibt doch auch etwas dazu!« rief er und wollte sich aufsetzen, aber ein fürchterlicher Schmerz im Brustkorb warf ihn aufs Bett zurück.

Sie hatte gesehen, wie sich sein Gesicht eine Sekunde lang verzerrt hatte. Sie wollte ihn schonen. »Rudi, laß uns nicht jetzt darüber sprechen. Es strengt dich noch zu sehr an. Du brauchst Ruhe und nochmals Ruhe. In drei Wochen können wir darüber reden. Dann bist du wieder fit. Aber eines will ich dir jetzt schon sagen: Eddy, Sewarikis, Selim und die anderen würden nicht zulassen, daß wir einen Laden im Revier aufmachen. Die haben so was wie ein Monopol! Und in einem anderen Stadtteil bringt eine Bar nicht viel.«

Er wollte widersprechen, aber sie legte ihm den Finger auf den Mund. Sie streichelte zärtlich seine Wange. Rudi nickte. Es war alles noch zu früh. Ich muß erst gesund werden, dachte er.

Moni hatte dann nicht mehr viel Zeit. Sie müsse sich noch zurechtmachen. »Heute muß ich auch früher als sonst an der Bar sein. Es sind zwei neue Tänzerinnen gekommen, die soll ich einweisen. Eddy hat zwei hinausgeworfen. Du kennst die beiden. Er hat gesagt, sie wären müde Tanten.«

Moni küßte ihn zart auf den Mund. Unter der Tür winkte sie noch einmal zurück. Er lag mit seltsam stillem Gesicht in seinem Kissen. Blaß sieht er aus, dachte sie. Er war der erste Mann in ihrem Leben, für den sie Mitleid empfand. Sie begriff es nicht sofort. Aber auf dem Weg zur Bar dachte sie, es käme wohl daher, daß er so unbeholfen war. Er war ein Starker, den seine Gegner jetzt schwach gemacht hatten. Seine Schwäche rührte sie.

12

In Eddys Bar half sie Mia beim Gläserputzen. Sie verstand sich gut mit der Barfrau, und während sie nebeneinander Gläser polierten, sagte sie: »Stell dir vor, Rudi möchte mich heiraten.«

»Das laß mal schön bleiben«, antwortete Mia. »Er ist ein guter Junge, aber nicht clever genug für dich. Du kannst hier noch eine Menge Kies machen.«

»Irgendwann geht es einem gegen den Strich, daß jeder, mit dem du eine Flasche trinkst, dir an den Hintern faßt . . .«

Mia lachte einmal hart auf: »Ist doch scheißegal, wenn du für jeden Griff einen Hunderter kassierst. Heute nacht hast du dich doch auch nicht gesträubt. Der Freier hat bei mir einen Tausender gewechselt und hat gesagt: Ich brauche noch ein bißchen Kleingeld für nachher . . .«

Moni antwortete nicht darauf. Sie zuckte nur mit den Achseln, als wolle sie sagen: Dann und wann muß es sein.

Die beiden neuen Tänzerinnen kamen kurz nach neun in die Bar. Sie waren laut, aufgeregt, fragten sofort, was man denn in dem Laden so nebenher anschaffen könne.

Mia und Moni warfen sich einen vielsagenden Blick zu.

Die beiden hatten sich vorgestellt. Die Blonde hieß Raja, die Dunkelhaarige nannte sich Gräfin Samantha.

Mia lachte laut, sie sagte: »Was ziehst du denn für eine Schau ab, Gräfin?«

Die Gräfin Samantha grinste überlegen: »Ich mach's mit der Kerze. Aber echt . . .«

Sie hatte nicht übertrieben. Eddy war um zehn Uhr gekommen und hatte gesagt: »Los, in einer halben Stunde will ich eure Schau sehen. Bis dahin sind die ersten Gäste hier.«

Samantha begann pünktlich. Sie tanzte zu Mambo-Rhythmen, warf dabei zuerst ihr langes pelzgeschmücktes Kleid ab, ließ ein Kleidungsstück nach dem anderen folgen, genau abgemessen im Rhythmus. Und dann kam die Sache mit der Kerze.

Es waren nur vier Männer in der Bar. Aber diese vier starrten sprachlos auf die kleine Tanzfläche. Eddy grinste und sagte: »Denen fallen fast die Augen aus dem Kopf. Das haut sie vom Hocker.« Dann wandte er sich an Moni und erklärte: »Moni, deine Nummer ist zu schlapp. Du mußt dich freimachen. Es geht nicht, wie du es bisher gemacht hast. Neben denen bist du doch eine lahme Ente. Laß dir was einfallen, sonst . . .«

»Nackt?« fragte sie. »Ich bin doch oben ohne . . .«

»Du mußt auch unten ohne auftreten. Du weißt doch, was die geilen Böcke sehen wollen.«

»Eddy«, sagte sie, »ich habe dir viele Freier hier an die Bar gezogen.« Sie tippte gegen ihre Stirn. »Aber du spinnst doch wohl, mir zuzumuten . . .«

Sie kam nicht weiter, denn Eddy gab ihr eine schallende Ohrfeige. »In diesem Lokal sagt keine Frau zu mir, ich würde spinnen. Merk dir das!«

Moni hielt sich mit der rechten Hand die Wange. Der Schlag war hart und schmerzhaft gewesen. Sie kämpfte mit den Tränen, wollte ihm aber keine Tränen zeigen. Sie haßte ihn in diesem Augenblick. Sie wußte jedoch, daß sie die Schwächere war, in jedem Fall die Schwächere. Sie suchte nach einer Entgegnung. Sie glaubte, die richtige gefunden zu haben, als sie sagte: »Das sage ich Rudi. Und wenn ich will, schlägt er dich kurz und klein. Kein Stück bleibt an dir ganz.« Sie schnippte mit Daumen und Mittelfinger.

Eddy schaute sie an. Er sagte leise: »Jetzt hast du einen großen Fehler gemacht . . .«

Moni begriff, daß sie zu weit gegangen war. Ein Mann wie Eddy ließ sich nicht von ihr einschüchtern.

Eddy war jetzt in seinem Büro. Moni ging hinter den Vorhang, der den Gang zu Eddys Privaträumen gegen die Bar hin abgrenzte.

Sie klopfte an, Eddy rief: »Herein!« Er musterte sie mit einem schrägen Blick und fragte: »Was willst du?«

Es war schwer, jetzt das richtige Wort zu finden. «Eddy«, sagte sie, »mach mir doch keinen Ärger, weil ich gesagt habe: Du spinnst wohl . . . So was geht einem doch hier leicht von den Lippen. Das war nicht böse gemeint . . .«

»Na schön, dann merk dir für die Zukunft, daß niemand ungestraft zu mir sagt, ich würde spinnen. Und wie ist es mit dem Auftritt?«

»Es ist gut. Ich ziehe mich aus.«

Er war hart, noch nicht versöhnt, und sie wußte, er hätte Ernst gemacht. Er sagte: »Du bist gerade noch rechtzeitig gekommen, um dich zu entschuldigen. In einer Viertelstunde hätte ich dich hinausgeworfen. Und wenn du Rudi gegen mich ausspielen willst, bist du sofort draußen. Ich denke, wir sind quitt: Du hast mich einen Spinner genannt, und ich habe dir eine Ohrfeige gegeben . . . Jetzt geh und laß deine Schau laufen, daß den Freiern die Luft wegbleibt.«

»Es ist gut«, antwortete sie. Dann ging sie hinaus mit dem elenden Gefühl, ihm ausgeliefert zu sein.

Sie tanzte seit mehreren Jahren, allerdings hatte sie Striptease erst angefangen, als der sogenannte Schönheitstanz nicht mehr lief. Sie war gezwungen gewesen, oben ohne aufzutreten. Die Konkurrenz war zu groß geworden.

Sie ging zu Mia an die Bar und verlangte einen doppelten Whisky.

Mia hatte den Streit mit angesehen. Sie meinte: »Du hast wirklich einen Fehler gemacht. Du kannst doch Eddy nicht damit drohen, dein Rudi würde ihm die Fresse polieren. Hier ist dein Whisky.«

Moni trank das Glas in einem Zug leer.

»He, he«, warnte Mia. »Da ist Alkohol drin!«

»Ich brauche das Zeug jetzt. Ich muß in ein paar Minuten nackt vor diesen geilen Böcken hier auftreten.«

Die Bar war fast voll besetzt – nur Männer. Gräfin Samantha und die blonde Raja saßen bereits an den Tischen und kochten die Kandidaten ab.

Die Barfrau Mia sagte zu Moni: »Die haben beide schon zwei Pullen gemacht . . .« Es lag eine gewisse Anerkennung in dieser Bemerkung. Die Flasche Champagner war sündhaft teuer. Eddy arbeitete da mit mehr als tausend Prozent Verdienst.

Moni wartete noch zwei Minuten. Sie sah, wie ein dicker Mann, dessen Gesicht rot angelaufen war, an Samantha herumfummelte. Raja mußte sich auch einiges gefallen lasser, aber sie war etwas zurückhaltender als diese Tänzerin, die sich Gräfin nannte.

Moni ging in die kleine Kabine hinter dem Vorhang und zog sich um.

Als sie in einem langen, eng anliegenden Kleid aus Silberlamé hinter dem Vorhang hervorkam, machten einige Männer laut: »Ahhh!«

Die Musik setzte ein. Mia bediente den Recorder mit der Stereoanlage. Und jetzt kamen die ersten Schritte. In den Hüften wiegend, ging sie einmal um die Tanzfläche herum. Es war Routine. Mit der lila Federboa, die ihr über die Schulter hing, strich sie ein paar Männern ums Kinn. Die

Männer grinsten, starrten sie an und warteten auf den Moment, in dem sie das Kleid ausziehen würde.

Sie zog sich aus, im Rhythmus der Musik, und dabei dachte sie: Wie blöd sie sind! Was für eine miese Bande. Sie sehen einen Hintern und schnappen über vor Geilheit . . .

Es war nicht so schwer, wie sie gedacht hatte. Erotische Bewegungen, ein bißchen mit den Hüften wackeln. Zum Schluß den Slip herunterstreifen. Ein paar Bewegungen auf dem Boden, die eindeutig waren. Jawohl, so wird es gemacht, so bewegt sich eine Frau beim Beischlaf . . . So viel Spaß hat sie am Beischlaf . . . Rein verrückt wird sie beim Beischlaf . . .

Und jetzt die Federboa, ihr Idioten. Sie huschte hinter den Vorhang. Es war vorüber. Sie verdrängte das Gefühl, gedemütigt worden zu sein, mit dem Gedanken, daß ja eigentlich sie bei diesem Spiel die Überlegene war. Sie gab nicht viel von sich preis, und dafür mußten die Männer schwer bluten. Wenn sie hier bezahlt hatten, würden ihre Brieftaschen dünn sein.

Nachdem sie sich wieder umgezogen hatte, ging sie zur Bar zurück. Eddy empfing sie mit den Worten: »Na also, für den Anfang war das schon ganz gut. Inzwischen hast du drei Einladungen gekriegt.«

Mia sagte: »Geh zu dem, der da allein am kleinen Ecktisch sitzt. Das ist der Beste. Er hat eine Menge Kohlen. Ich glaube, der hat eine Fabrik.«

Ehe sie zum Tisch ging, sagte Eddy noch: »Du mußt mehr lächeln. Wenn einer genau hinguckt, merkt er, was du dabei denkst. Sie sind nicht alle so dumm, wie du glaubst.«

»Es ist gut«, sagte sie. »Ich will es mir merken.«

Der Mann war um die fünfzig. Er sah aus wie ein Mensch, der sich daran gewöhnt hatte zu befehlen. Aber er war freundlich und hatte gute Manieren.

Er sagte: »Ich habe Sie beobachtet. Sie sind eine Klasse besser als Ihre Kolleginnen. Unverbrauchter . . . Wenn Sie wissen, was ich meine.«

Das gefiel ihr. Sie begann zu lächeln. Der Champagner lockerte sie. Der Ärger wurde allmählich weggespült. Die Gräfin Samantha und Raja schauten mißgünstig herüber. Sie hatten Männer, die aussahen, wie vollgefressene Metzgermeister. Dieser hier war anders.

Moni tanzte noch einmal. Es war zwei Stunden später. Zu diesem Zeitpunkt waren sie sich bereits einig.

Der Mann hatte gesagt: »Ich bin an dir interessiert. Du gefällst mir. Über die Preise bin ich informiert . . .«

Sie ging mit diesem Mann. Er legte ihr dezent sechshundert Mark unter die Nachttischlampe. Sie zählte das Geld nicht, sie wußte, daß es viel war. Erst als sie wieder allein in ihrem Bett lag, nahm sie die Geldscheine unter der Lampe hervor. Ja, er hatte sich nicht lumpen lassen. Trotzdem kam jetzt der Katzenjammer. Sie kannte dieses Gefühl der Depression.

Es schlich sich in die Gedanken und war nicht leicht zu vertreiben. Sie wußte, daß manche Frauen dann tranken. Sie redeten davon, wenn sie manchmal nachts an den Bars standen. Es war Einsamkeit. Trinken war jedenfalls kein Gegenmittel. Moni dachte: Ich werde Rudi besuchen. Morgen gehe ich zu ihm.

Aber sie schob diesen Besuch auf. Sie war sich noch nicht schlüssig, ob sie ihm von der Ohrfeige und von dem Krach mit Eddy erzählen sollte.

Am Telefon sagte sie nur: »Es gibt viel zu tun. Die Bar läuft wie die Feuerwehr. Erst morgens um sechs oder um sieben komme ich aus dem Laden raus. Dann bin ich todmüde . . .«

Rudi erzählte, es ginge ihm viel besser. Der Arzt hätte gesagt, seine Konstitution wäre wie die eines Ochsen. Darauf war Rudi stolz.

Moni lachte. »Du Kindskopf«, sagte sie.

Erst zehn Tage nach dem Streit mit Eddy besuchte sie Rudi. Er lag noch im Bett, aber er sah viel besser aus.

»Du hast wieder etwas Farbe im Gesicht«, sagte Moni.

»Wenn du so weitermachst, kannst du wohl bald hier raus?«

»Noch acht Tage. Der Arzt ist sehr zufrieden mit mir.« Er wollte wissen, wie es ihr ginge. Warum hatte sich Eddy nicht mehr blicken lassen? »Das ist merkwürdig«, sagte er. »Eddy hat auch nicht telefoniert . . .«

Sie zögerte. Er sah ihr an, daß es etwas gegeben hatte. Und dann sagte sie es doch.

»Eine Ohrfeige!« Rudi setzte sich im Bett auf und starrte sie an.

»Bitte, Rudi, reg dich nicht auf. Und tu nichts Unüberlegtes. Wir sind von Eddy abhängig. Was willst du denn machen, wenn er die Hand von dir abzieht? Dann bist du doch erledigt . . .«

»Erledigt?« rief er wütend. »Ich habe dreißigtausend Mark bares Geld. Du hast zwanzigtausend gespart. Damit können wir doch ein Lokal aufmachen!«

Jetzt erkannte sie, daß sie einen Fehler gemacht hatte. Ich hätte es ihm nicht sagen dürfen, dachte sie. Er war jetzt wütend auf Eddy, und das konnte gefährlich werden. Er legte sich ins Kissen zurück. »Du trittst also jetzt nackt auf?« murmelte er. »Das paßt mir nicht.«

Sie versuchte, ihm zu erklären, daß die Männer nicht viel sehen konnten in diesen zehn bis fünfzehn Sekunden. Aber er schüttelte nur den Kopf. »So etwas läuft nicht bei Rudi Zimmermann! Da kannst du ja gleich als Nutte gehen . . .«

»Tu mir einen Gefallen: Misch dich nicht ein. Ich bin gern mit dir befreundet, aber was ich mache, geht dich nichts an. Es ist meine Sache. Wenn du in diesem Geschäft bleiben willst, dann vergiß die Ohrfeige und auch, daß ich nackt auftrete. Sonst müßten wir uns trennen.«

Er sagte eine Weile nichts, schaute sie nur an. Dann sagte er: »Ich dachte, du magst mich. Ich glaubte, wir könnten zusammen etwas anfangen. Ich will dich heiraten . . .«

Ja, da war wieder dieser Vorschlag. Es war ihm ernst damit. Aber wie würde das sein? Sie lebte seit Jahren völlig ungebunden. Sie hatte sich an den nächtlichen Rhythmus gewöhnt. Eine Ehe konnte sie sich nicht vorstellen. Und außerdem: »Rudi, wir haben zu wenig Geld, um einen guten Laden aufzuziehen, selbst wenn die Brauerei noch mal mit fünfzigtausend einsteigen würde . . .«

Er schüttelte den Kopf: »Menschenskind, was hast du für eine Vorstellung von Geld? Hunderttausend sind für dich wohl gar nichts, wie? Mit hunderttausend mache ich einen Laden auf, daß die Leute staunen werden.«

Sie widersprach, versuchte zu erklären, daß eine Bar wie Eddys Bar oder etwas Ähnliches heute mindestens das Dreifache kosten würde. »Und nur in so einem Geschäft kannst du reich werden. Eine Bar im Revier, in der heißen Zone, wo abgesahnt wird . . . Nur mit dem Nepp, wie ihn Eddy betreibt, kannst du reich werden. Aber das ist nichts für dich.«

Sie verließ ihn eine Viertelstunde später. Es war jetzt eine Mißstimmung zwischen ihnen. Sie wußten es beide. Sie sagte noch einmal: »Vergiß die Ohrfeige, und fange keinen Krach mit Eddy an. Du würdest den kürzeren ziehen.«

Er sagte: »In acht Tagen bin ich wieder da. Wir werden sehen, wie es dann weitergeht. Ich lasse mich von niemandem ins Bockshorn jagen, auch nicht von Eddy.«

13

Als er allein war, begann er nachzudenken. Es war ganz klar, er konnte es nicht riskieren, sich Eddy zum Feind zu machen. Früher hätte er natürlich zu Selim oder zu Sewarikis, dem Griechen, überwechseln können. Aber die großen Bosse der Prostitution und des Barnepps hatten Frieden miteinander geschlossen. Es gab keinen Weg an Eddy vorbei.

Außerdem war er nicht der Typ, mit diesem Selim zusammenzuarbeiten. Der Marokkaner hatte Blut an den Fingern. Seine Leute hatten Nelly umgebracht. Da gab es keinen Zweifel.

Sewarikis, der Grieche, war weniger brutal als Selim, aber er war auch kein Mann nach Rudis Geschmack. Ich werde mit Eddy sprechen, dachte Rudi. Ich werde ihm alles erklären, er wird verstehen, daß ich mich selbständig machen will.

Eddy verstand gar nichts. Als Rudi mit ihm telefonierte, erklärte er sofort: »Das laß mal schön bleiben. Wir wollen keine neuen Bars im Revier. Es sind genug da. Du verdienst doch gut bei mir . . . Was willst du mehr?«

»Ich will Moni heiraten.«

Eddy lachte. Er sagte: »Du hast doch einen Floh im Gehirn. Kaum triffst du so eine Biene, schon willst du sie heiraten.«

»Sie ist keine Biene« rief Rudi wütend.

Eddy blieb ganz ruhig. »Nun hör mal gut zu, mein Junge. Wenn du bei mir den dicken Maxe spielen willst, dann bist du schief gewickelt. Du hast durch deine Dusseligkeit meinen Namen und mein Lokal in die Presse gebracht. Ich mußte neue Attraktionen bringen, um Gäste zu kriegen. Wenn du Ärger machst, dann fliegt ihr beide raus. Und jetzt erhol dich noch gut die paar Tage, dann trittst du hier wieder an – aber nüchtern, ohne einen Tropfen Alkohol.«

Eddy legte auf. Den Hörer in der Hand haltend, blieb Rudi noch mindestens zehn Sekunden liegen. Die Absage war klar und deutlich. Die großen Bosse würden jeden daran hindern, im Revier eine neue Bar zu eröffnen. Außerhalb dieser Zone, in der das meiste Geld verdient wurde, war es ihnen gleichgültig. Aber da hatte Moni recht: Außerhalb war nicht viel Geld zu machen.

Der Zorn nagte an Rudi. Was glaubte dieser Eddy eigentlich? Er dachte wohl, er könnte alles mit ihm machen, mit Rudi Zimmermann, der einmal ein bekannter und aussichtsreicher Boxer gewesen war. Er wird sich täuschen, dachte Rudi. Denn jetzt fiel ihm Kommissar Weissleider ein.

Ich werde Weissleder einschalten! Dieser Gedanke festigte sich in den nächsten acht Tagen zu einem Entschluß.

Rudi durfte schon aufstehen. Pflicht war nur noch ein langer Mittagsschlaf und frühes Zubettgehen.

Am Morgen des neunten Tages sagte er zum Arzt: »Herr Doktor, ich war jetzt zwanzig Tage hier. Ich möchte nach Hause. Es ist schon ein Tag länger als vorgesehen. Vor genau acht Tagen haben Sie gesagt: Noch acht Tage.«

Der Doktor zuckte die Achseln. »Jeder weitere Tag hier ist gut für Sie, Herr Zimmermann. Wenn sie jedoch nach Hause gehen wollen, kann ich Sie nicht halten. Nachuntersuchungen sind allerdings nötig. Ich warne Sie vor Alkoholgenuß. Sie hatten eine Leberquetschung. Alkohol ist Gift für die Leber . . .«

»Ich weiß, ich weiß.« Rudi ließ sich nicht halten. Er könne sich zu Hause pflegen, erklärte er. »Und zu den Nachuntersuchungen werde ich selbstverständlich kommen.«

Er gab dem Arzt die Hand: »Ich danke Ihnen für Ihre Mühe, Herr Doktor.«

»Gehen Sie vorsichtig mit sich um, Herr Zimmermann. Sie haben zwar eine gute Physis . . . Na, Sie wissen ja . . .«

Rudi holte seine Kleider aus dem Wandschrank. Er zog sich langsam an. Als er die Jacke zuknöpfte, merkte er, daß er abgenommen hatte. Es beunruhigte ihn noch nicht, doch er dachte: Ich werde aufpassen. Ich muß auch wieder trainieren. Langsam anfangen und dann steigern.

Er ging aus dem Krankenhaus hinaus, in das ihn die Unterwelt hineingeprügelt hatte. Er war jetzt wieder ein freier Mann, und das stärkte sein Selbstvertrauen. Wir werden sehen, dachte er. Sie müssen mit mir rechnen – auch Eddy.

Diesmal gab es keinen Empfang wie an dem Tag, als sie ihn vor dem Gefängnis abgeholt hatten.

Er ging zu Monis Wohnung, doch sie öffnete nicht. Er nahm an, sie sei nicht zu Hause. Doch das war ein Irrtum. Sie war zu Hause, aber sie war nicht allein. Sie ging zum Fenster des Wohnzimmers und schaute durch die Gardine. Sie sah ihn über die Straße gehen. Sie beobachtete ihn genau. Schon an seiner Haltung erkannte sie seine Verdrossenheit.

Sie dachte: Es wird Ärger geben. Irgendwie wird es Ärger geben.

Rudi ging in seine Wohnung, in dieses Apartment, das ihm Eddy zur Verfügung gestellt hatte. Hier werde ich noch einige Zeit bleiben, sagte er sich. Er wollte nichts überstürzen.

Er dachte daran, Eddy anzurufen, doch Eddy kam ihm zuvor. Er war kurz angebunden und sagte am Telefon: »Du trittst deinen Dienst heute abend nicht in der Bar an, sondern in unserem Spielclub.«

»Aber warum nicht in der Bar?« fragte Rudi.

»Weil ich nicht will, daß du dort den Geschäftsgang störst. Du kannst mit Moni verkehren, so lange du willst. Meinetwegen kannst du auch bei ihr wohnen, aber Geschäft ist Geschäft.«

Rudi wollte etwas entgegnen, Eddy hatte jedoch schon aufgelegt. Wütend ging er in der Wohnung auf und ab. Er behandelt mich wie ein Stück Dreck, dachte er. Ein Putzlumpen bin ich für ihn.

Sein Zorn war auch am Abend noch nicht verraucht, als er im Spielclub antrat. Was sollte er hier? Die Visagen der Spieler gefielen ihm nicht. Hier versammelten sich viele kleine Gauner: Taschendiebe, Zuhälter der untersten Klasse, Gelegenheitsdiebe . . . Alles Kroppzeug, dachte er.

Der Manager des Klubs hieß ›die Kugel‹, weil er einen Glatzkopf hatte, der rund war wie ein Fußball. Sie kannten sich, aber sie spürten beide, daß sie einander nicht viel Sympathie entgegenbrachten.

Die Kugel sagte zu ihm: »Rudi, du wirst schon im Büro erwartet. Eddy hat gesagt, du sollst gleich reinkommen.«

Eddy saß hinter einem großen Schreibtisch. Überall in seinen Läden hatte er einen großen Schreibtisch stehen. Das war eine Marotte. Rudi dachte: Er will den großen Boß spielen. Er will hinter dem Tisch sitzen – die anderen müssen davor stehen.

Eddy war kurz und präzise: »Du bist von jetzt ab hier.

Hier gibt es hin und wieder noch Stunk, wenn einer falsch spielt. ›Die Kugel‹ ist hier der Geschäftsführer. Du bist der Ordner.«

Rudi begriff, was das hieß. Er hatte die Falschspieler, die von draußen hereinkamen, hinauszuwerfen, denn sie störten Eddys Falschspieler, die für ihn auf Provision arbeiteten.

»Bisher ist es doch auch ohne mich gegangen«, sagte Rudi.

»Ja, bisher. Da brauchte ich dich auch als Begleiter. Aber seit ich mit den anderen endgültig Frieden geschlossen habe, ist in den Bars nichts mehr zu befürchten. ›Die Kugel‹ ist zu alt zum Schlagen . . .«

»Aber ich nicht, wie? Und was ist, wenn ich hier einen umpuste? Wenn mal wieder einer einen Kieferbruch hat? Dann gehe ich wieder in den Knast?«

Eddy grinste. »Quatsch nicht kariert. Wenn du hier einen umhaust und der tut sich weh dabei, dann kriegst du sofort drei Zeugen, die jeden Eid darauf schwören, daß du in Notwehr gehandelt hast. Ist das klar?«

Ja, das war klar. Rudi verstand. Er war jetzt angestellt als Rausschmeißer. Als Prügler vom Dienst. Er sprach es nicht aus, was er dachte. Aber eigentlich hätte es noch viel zu sagen gegeben . . .

Es war jetzt nicht der Zeitpunkt für ein solches Gespräch. Eddys Ton ihm gegenüber hatte sich entscheidend geändert. So hatte er früher nie mit ihm gesprochen. Er war sauer, und er ließ es ihn fühlen.

»Es ist gut, Eddy«, sagte Rudi nur. Dann ging er aus dem Büro.

In den drei Spielsälen war um kurz nach neun bereits Hochbetrieb. Die Spieler saßen und standen vor dem grünen Tisch. Sie sagten die Karten an. Die Croupiers nannten die Höhe der Bank. Ein ständiges Durcheinanderrufen, Geschiebe, Gedränge. Drüben im anderen Saal rollten die Würfel. Die Spieler waren nicht weniger laut. Sie beschimpften sich immer wieder im Spielerjargon.

Ein hagerer Kerl mit einer Gesichtsfarbe, der man den Knast noch ansah, rief: »Du hast doch die Seuche an den Pfoten! Ein Äffchen bist du!«

Der andere antwortete: »Halt die Fresse, du Anfänger!«

Rudi verstand nicht viel davon. Spielen interessierte ihn nicht. Er ging langsam durch die drei Säle, blieb dann und wann stehen, die Hände hinter dem Rücken verschränkt. Die Spieler schauten ein paarmal zu ihm hin. Sie wußten, wer er war, und sie wußten auch bereits, daß der ehemalige Berufsboxer, den alle fürchteten, jetzt in Ungnade gefallen war.

Am besten gefiel Rudi der Roulette-Saal, wo sie das kleine Roulette spielten. Hier war es am ruhigsten. Das Publikum war besser. Die Männer und Frauen am Tisch unterhielten sich leise. Sie verfolgten gebannt die Kugel, die über die Felder klapperte und dann mit einem lauten ›Klack‹ auf einer Zahl sitzenblieb.

Es wurde viel Geld umgesetzt. Das meiste davon fließt in Eddys Taschen, dachte Rudi. Ich aber muß hier aufpassen und muß meine Knochen hinhalten, wenn sie den großen Beschiß merken und danach Krach anfangen.

Gegen elf Uhr abends ging er zum Telefon. Er hielt es nicht mehr länger aus. Ich muß Moni sprechen. Ich muß sie sprechen.

Moni sagte am Telefon: »Eddy hat mir schon alles erzählt. Er sieht es nicht gern, wenn du hierher kommst. Ich habe bald meinen Auftritt . . .«

»Ich will dich sehen«, sagte er. »Ein paar Minuten.«

Sie flehte ihn an: »Bitte, komm nicht. Eddy ist noch immer geladen auf dich. Er behauptet, du hättest durch deine Achtlosigkeit sein Lokal wieder einmal in die Presse gebracht.«

Sie hatte tatsächlich keine Zeit. Er hörte Mias Stimme: »Moni, dein erster Auftritt . . .«

Er legte den Hörer auf. Wenn ich zu ihr gehe, gibt es Ärger mit Eddy. Wenn ich hierbleibe, läuft mir die Galle über.

Breitbeinig, die Hände auf dem Rücken, stand er im Foyer des Spielclubs. Sein Gesicht war hart, der verbissene Ausdruck um die Mundpartie nicht zu übersehen. Er sah jetzt aus wie ein Mann, der bereit ist loszuschlagen.

›Die Kugel‹ sah es sofort. Der Geschäftsführer musterte ihn mißtrauisch. Er hatte jedoch Angst vor ihm. Er wagte nicht, etwas zu sagen, aber er ging ans Telefon und telefonierte hinter Eddy her.

Eddy war in der Bar seines Bordells. Dort erreichte ihn ›die Kugel‹. »Da liegt was in der Luft. Der Kerl steht hier herum und glotzt und glotzt. Dabei bewegt er auch noch den Unterkiefer. Der hat eine Stinkwut im Bauch. Der explodiert heute noch. Ich habe einen Riecher für so was. Und wenn der losgeht, wer soll den halten?«

14

Kurz nach elf Uhr nachts kam Rudi mit dem Taxi vor Eddys Bar an. Er hatte zum Geschäftsführer des Spielclubs gesagt: »Ich bin in zwanzig Minuten wieder hier.«

Kaum war Rudi aus der Tür gewesen, hatte der Geschäftsführer noch einmal mit Eddy telefoniert. Aber das wußte Rudi nicht. Er konnte auch nicht ahnen, daß Eddy gesagt hatte: »Ich weiß, wo er hingeht.«

Rudi hatte sich plötzlich entschlossen. Er wollte Moni sehen. Er wollte ein paar Minuten mit ihr sprechen, und er wollte in dieser Nacht mit ihr zusammenbleiben.

Er öffnete die Tür, schob den schweren Plüschvorhang zur Seite. Die Bar war gut besucht. Auf den Tischen standen die blitzenden Sektkübel. Die Männer starrten alle auf die kleine Tanzfläche. Moni tanzte.

Ihre kleinen festen Brüste waren makellos. Sie bewegte sich im Rhythmus der Musik. Ihr Gesich war anders als sonst. Sie sah jetzt aus, als wäre sie völlig auf den Tanz konzentriert, als sehe sie nichts von ihrer Umgebung.

Als sie mit einer geschickten Handbewegung den Slip abstreifte, begann Rudi zu schlucken. Er spürte, wie etwas in ihm heiß hochstieg. Aber er beherrschte sich noch.

Er hatte an sie gedacht, während er zwanzig Tage im Krankenhaus gelegen hatte. Er hatte Pläne gemacht. Und eines Tages hatte er gefühlt: Ich liebe sie. Ich will bei ihr bleiben.

Ihre Schamhaare bildeten ein kleines schwarzes Dreieck. Rudi starrte auf den sich drehenden Körper. Jetzt kam die Szene am Boden. Sie imitierte Ekstase, Hingabe. Rudi dachte jetzt nicht mehr, er handelte. Entsetzt rief Mia: »Rudi!«

Sie sagte später, sie hätte in diesem Augenblick gedacht, er wolle Moni erschlagen.

Sie begriff nicht, wie er in diesen Sekunden gelitten hatte, daß das Maß voll gewesen war. Er hätte es keine Sekunde länger ausgehalten. Mit drei schnellen Schritten war er bei Moni. Er griff nach ihrem Handgelenk, riß sie zu sich hoch und brüllte sie an: »Hör auf damit! Zieh dich an!«

Moni floh erschreckt hinter den Vorhang. Ein paar Männer waren aufgesprungen, aber sie sahen diesen Riesenkerl, mit einem vor Wut schneeweißen Gesicht. Keiner wagte den Angriff. Und so blieb es zwei Sekunden still in der Bar. Danach begannen sie wieder zu murmeln, tuschelten über den Vorfall, begriffen, daß es sich um Eifersucht handelte. Aber sie fühlten sich geprellt, der Anblick des sich windenden Mädchenkörpers war ihnen zu plötzlich entzogen worden.

Ein Gast sagte laut: »Warum hält sie sich einen eifersüchtigen Gockel, wenn sie so auftritt?«

Rudi hörte es nicht. Er war auf den Vorhang zugegangen, wollte Moni folgen. Der Vorhang hatte sich geteilt – und vor ihm stand Eddy.

Eddy war gelassen. Er sagte nur: »Ich wußte, daß du kommen würdest. Ich war fünf Minuten vor dir hier. Komm mit in mein Büro.«

Rudi war verblüfft. Er lief hinter Eddy her wie ein Tölpel. Und so stand er dann auch vor ihm.

Seine Stimme klang heiser, als er sagte: »Ich kann das nicht mitansehen. Ich liebe sie.«

Eddy zündete langsam eine Zigarette an. Er blies den Rauch aus. Von draußen kam jetzt eine andere Melodie. Die Barfrau Mia hatte sich etwas einfallen lassen. Sie wollte die Lücke füllen. Über das Mikrophon machte sie die Ansage: »Sie sehen noch einmal Gräfin Samantha in ihrem Spiel mit der Kerze!«

»Du bist und bleibst ein Dummkopf«, sagte Eddy. »Es war falsch von mir, dich aus dem Dreck zu holen. Einen solchen Fehler habe ich schon lange nicht mehr gemacht. Ich will es dir erklären, du Hornochse. Du hast mir als Boxer gefallen. Du warst im Ring große Klasse. Damals, als du den Kerl wegen Margit verprügelt hast, wofür du dann in den Knast gingst, da hatte ich tatsächlich Mitleid mit dir. Du siehst, wie schlecht mir das bekommen ist . . .«

»Eddy«, sagte Rudi. Er fuchtelte mit den Händen. »Du mußt mich anhören. Ich kann nicht länger allein leben. Ich liebe Moni . . . Ich bin anders als du . . .«

Eddy lächelte. »Gott sei Dank bist du anders. Wir wollen es kurz machen. Du bist zu dämlich dazu, dir eine Freundin zu halten wie Moni. Du könntest Geld mit ihr verdienen und hättest trotzdem im Bett, was du brauchst. Du machst auf Liebe. Sie aber geht anschaffen, wann immer sie Lust dazu hat. Während du im Krankenhaus warst, um deinen dicken Kopf auszuheilen, hatte sie sieben Männer. Sie hat ungefähr dreitausendfünfhundert bis viertausend dabei verdient . . . Nur ein Döskopp wie du kann glauben, sie würde aufhören damit.«

»Sieben Männer?« fragte Rudi. Sein Gesicht wurde ratlos.

Eddy lachte laut. Er schlug sich vor Vergnügen mit der Hand auf den Oberschenkel und rief: »Es ist kaum zu glauben, wie dämlich du bist! Ich wußte, daß es Stunk geben würde. Du kannst es nicht ertragen, daß sie nackt vor anderen tanzt. In der Zeit, in der sie für mich arbeitet, gehört sie mir – mit Haut und Haar . . .«

»Sie wird nicht länger für dich arbeiten«, sagte Rudi.

»Wollen wir wetten, daß sie sich für mich entscheidet? Ich kann ihr in den Hintern treten. Ich kann sie ohrfeigen oder beschimpfen – sie wird sich dennoch für mich entscheiden . . .«

»Eddy«, grollte Rudi mit fast tonloser Stimme. »Treib es nicht zu weit. Ich kann mich nicht immer beherrschen. Ich habe keine Angst vor dir. Das weißt du. Es gibt überhaupt keinen Mann, vor dem ich Angst habe.«

Eddy grinste nur überlegen. Er stand auf, ging an Rudi vorbei, öffnete die Tür und rief nach hinten: »Moni, komm sofort in mein Büro!«

Sie war noch in der Umkleidekabine. »Noch einen Augenblick«, antwortete sie. »Ich bin gleich soweit.«

Eddy ging an seinen Platz zurück. Er musterte Rudi. Das Grinsen verschwand dabei nicht aus seinen Mundwinkeln. Sie warteten eine halbe Minute, in der sie nichts miteinander redeten.

Eddy trieb das Spiel bis an die Grenze. Als Moni hereinkam, sagte er: »Nun hör mal zu, du kleine Nutte. Dieser Dummkopf hier, den ich jetzt auf der Stelle entlasse, ist der Meinung, du würdest mit ihm gehen. Du bist doch die geborene Hure, wie fast alle Weiber, wenn man ihnen auf den Grund kommt. Ich kann dich schlagen, dich beschimpfen, du wirst bei Eddy bleiben, weil du bei mir verdienst und weil du anders nicht leben kannst. Ist das so?«

»Hör auf damit!« schrie Rudi und drohte mit der Faust.

Eddy betrachtete ihn amüsiert. Er winkte nur ab. »Laß sie reden, Rudi. Die kleine Nutte, der ich die Möglichkeit gebe, bis zu achttausend im Monat anzuschaffen, soll jetzt reden.«

Rudi biß die Zähne aufeinander. Er schaute Moni an.

Sie nagte an ihrer Unterlippe. Ihr Gesicht hatte sich verändert: Es war zuerst langsam rot angelaufen, dann war es schneeweiß geworden.

»Diesmal irrst du, Eddy. Du bist ein Schwein, wie ich es schlimmer in meinem ganzen Leben nie getroffen habe. In einem hast du recht . . . Rudi ist ein Dummkopf, aber ich gehe jetzt mit ihm hier hinaus, weil er ein Herz hat. Du hattest nie ein Herz. Du hast da einen Stein . . .«

Eddy schaute sie aufmerksam an. Er hatte die Augenbrauen hochgezogen, so daß sich auf seiner Stirn Querfalten bildeten. »Eine hübsche Schau«, sagte er. »Du trägst es ganz gut vor. Aber die Schau stimmt nicht. Du bist und bleibst eine kleine . . .«

Rudi machte einen schnellen Schritt auf Eddy zu. Er griff über den Schreibtisch und packte Eddy am Kragen. Er bebte vor Zorn und schrie ihm ins Gesicht: »Eddy, jetzt ist es genug!«

Eddy wehrte sich nicht. Er schaute Rudi mit einem kühlen abwägenden Blick an. Es war keine Angst in seinen Augen, nur eine bestimmte Aufmerksamkeit. Und daran erkannte Rudi den ehemaligen Kämpfer. Eddy war früher kein schlechter Boxer gewesen. Das war Jahre her. Rudi lockerte den Griff.

Aber jetzt war Moni unerbittlich. Sie brüllte Rudi an: »Schlag ihn zusammen, du feiger Hund! Du hast doch deine rechte Hand frei. Warum tust du es nicht? Hast du Angst vor ihm?«

Ihre Stimme hatte sich im Zorn überschlagen. Rudi schüttelte nur den Kopf. Eddy noch immer hart am Kragen haltend, sagte er: »Das tue ich nicht. Er hat mir geholfen, als es mir dreckig ging . . .«

Er öffnete die Hand und ließ Eddy los. Zu zweit standen sie vor dessen Schreibtisch. Eddy zeigte keine Spur von Aufregung. Er sagte: »Die Weiber und der Suff sind dein Untergang, Rudi. Denn du wirst untergehen. Ich sage es dir voraus. Schade, ich muß mich von dir trennen. So übel warst du eigentlich nicht, aber in meinem Geschäft kann ich mir keine weiche Stelle leisten. Ihr seid beide ab sofort entlassen. Außerdem habt ihr Lokalverbot.«

»Ich kriege noch dreißigtausend Mark von dir«, sagte Rudi.

»Die kriegst du. Du kommst morgen mittag kurz vor

zwölf Uhr in mein Hauptbüro. Zwanzigtausend hat dir Margit hinterlassen, zehntausend sind das Schmerzensgeld, das ich bei Selim für dich herausgeholt habe. Damit sind wir geschiedene Leute.«

Eddy stand auf, was soviel heißen sollte, wie: Verlaßt jetzt den Raum.

Rudi blieb noch stehen. »Noch etwas«, sagte er. »Ich werde mit Moni eine kleine Bar im Revier aufmachen. Du wirst mich nicht daran hindern.«

»Das wirst du nicht tun, Rudi. Du kannst es versuchen.«

»Ich werde es tun, und zwar mit ein bißchen Hilfe.« Und nun lächelte Rudi zum erstenmal an diesem Tag.

»Hilfe? Von wem?«

»Hilfe von Kommissar Weissleder.«

Eddy nickte. »Ganz beachtlich. So viel Gehirn hätte ich dir gar nicht zugetraut. Das macht die Sache schwieriger, aber auch für dich gefährlicher. Du kannst es versuchen. Und jetzt verschwindet aus meinem Büro.«

Moni holte ihre Kostüme aus der Umkleidekabine. Sie legte sie über den Arm. Nebeneinander gingen sie dann durch die Bar, auf den Ausgang zu. Mia, die Barfrau, sagte bedauernd: »Mach's gut, Moni, Schade, daß du gehst.«

Die Männer beobachteten das Paar schweigend. Sie waren gekommen, um Vergnügen zu finden. Der Boxer hatte ihr Vergnügen gestört. Sie wußten inzwischen alle, daß er der Schwergewichtsboxer Rudi Zimmermann war. Die unfreundlichen Blicke dieser zahlenden Gäste begleiteten die beiden bis zur Tür.

Als sie draußen waren, nahm Rudi Moni in die Arme. Er drückte sie an sich und wiederholte immer wieder: »Du hast zu mir gehalten, Moni. Du hast zu mir gehalten . . .«

»Wenn das nur gutgeht, Rudi«, antwortete sie. »Was sollen wir denn machen? War das nötig, mich von der Tanzfläche zu jagen? Dieses Theater hätten wir uns ersparen können. Du wirst es schwer haben gegen Eddy.«

Er wollte jetzt nichts wissen von Kleinmut, diese letzte

Viertelstunde wertete er als einen Sieg über den gerissenen Eddy. Er hatte ihm die Zähne gezeigt. Es war für ihn wie ein Kampf, in dem er nach Punkten gesiegt hatte.

»Verlaß dich auf mich«, sagte er ein paarmal. »Du kannst dich auf mich verlassen. Morgen hole ich meine dreißigtausend. Du hast zwanzig. Wir legen zusammen.«

Während sie die Straße entlang gingen, redete er auf sie ein. Er war jetzt siegesgewiß. Er hatte einen Trumpf in der Hand, der bei Eddy gewaltig gewirkt hatte: Kommissar Weissleder.

»Ich muß dir davon erzählen«, erklärte er Moni. »Der Kommissar war bei mir im Krankenhaus. Er hat mir seine Hilfe angeboten. Und das ist ein Mann, der ganz bestimmt hält, was er verspricht . . .«

Moni horchte auf. Das war eine Neuigkeit. Sie hatte nichts davon gewußt, daß der Kommissar Rudi besucht hatte. Mit Hilfe der Polizei? Sie begann zu überlegen, während sie an Rudis Seite ging. Aber gefährlich blieb es dennoch. Was wäre, wenn sie Rudi aus einem Hinterhalt umlegten? Und plötzlich dachte sie: Oder sie nehmen statt Rudi mich . . .

»Es wird verdammt hart sein«, sagte sie.

»Wir gehen jetzt zu mir«, schlug er vor. »Oder wollen wir in deine Wohnung gehen?«

Sie entschlossen sich für Rudis Wohnung. Wahrscheinlich war es sicherer dort. »Ich hab' da noch meinen Ballermann liegen«, sagte er. »Den werde ich jetzt wieder tragen müssen.«

Sie nahmen ein Taxi. Ein paar Minuten später standen sie im Lift, der sie zu Rudis Wohnung hinaufbrachte. Er schaute sie an. Sie ist schön, dachte er. Ihre blauen Augen bildeten einen attraktiven Gegensatz zu dem dunkelbraunen Haar. Er würde sie besitzen, würde mit ihr schlafen und sie lieben. Bei diesem Gedanken beschlich ihn Eifersucht. Er dachte noch einmal daran, daß sie sich nackt gezeigt hatte. Und wie war das mit den sieben Männer?

Er sagte jedoch nichts. Aus dem Kühlschrank holte er die

letzte Flasche Sekt. Er öffnete sie und schenkte zwei Gläser voll. Es war behaglich in diesem Zimmer. Sie waren endlich allein.

Als sie miteinander anstießen, gab es einen feinen Ton. Rudi dachte, daß er lange Zeit nicht so glücklich gewesen war wie in diesem Augenblick.

Sie bremste ihn. Er verstand genau, daß sie ihn ernüchtern wollte. Sie sagte: »Nun mach's nicht so feierlich, Rudi. Wir dürfen uns nicht zuviel Romantik leisten.«

Sie war eine Kämpferin. Wenn sie ein Mann geworden wäre, hätte sie es weit gebracht. Er dachte das ganz plötzlich, legte auch an sie den Maßstab des Kämpfers an. So hatte er von jeher alle Menschen beurteilt.

»Es ist das erstemal. Wir haben noch nicht miteinander geschlafen.« Dabei dachte er an den Versuch . . . Das war an dem Tag gewesen, an dem er aus dem Gefängnis gekommen war. Sein Körper hatte versagt. Aber jetzt war es anders.

Er hob sie auf und trug sie zum Bett. Langsam und vorsichtig entkleidete er sie mit seinen großen Händen. Sie ließ es geschehen, glitt allmählich in die Stimmung, in der sie sich nach Zärtlichkeit sehnte.

Als sie nackt beieinanderlagen, umschlang sie seinen Nacken mit beiden Armen. Sie wollte ihn haben, jetzt, in dieser Nacht. Und sie dachte nun auch daran, daß es möglich wäre, ihn zu lieben. Denn dieser Mann hatte ein Herz. Gewiß hatte er auch große Fehler und Nachteile . . .

»Du darfst nicht mehr so viel trinken«, flüsterte sie.

»Wenn du bei mir bist, werde ich nicht trinken«, antwortete er.

»Du mußt auf dich aufpassen, Rudi.«

»Ich werde auf dich und auf mich aufpassen, Moni.«

»Ich glaube dir«, sagte sie.

Er war behutsam und doch stark. Er liebte sie mit der Rücksichtnahme, die den Partner nicht vergißt. So hatten die anderen Männer nicht geliebt. Sie hatten sie benutzt. Mehr war es nicht gewesen.

Er lauschte auf ihre langgedehnten Seufzer, ihre Ekstase war echt.

Er stammelte an ihrem Ohr: »Ich liebe dich.«

Sie spürte, wie sein mächtiger Körper bebte. Es war eine Stunde, in der sie beide glücklich waren. Sie schliefen nebeneinander ein – und sie waren noch glücklich, als sie mehrere Stunden später erwachten.

Er gähnte laut, dann sagte er sofort: »Ich habe einen Riesenhunger.«

Es war neun Uhr morgens, eine Zeit, zu der sie meist noch schlief. Aber jetzt war sie hellwach, und sein Hunger hatte sie angesteckt.

»Hast du denn etwas hier im Haus?« fragte sie.

»Nein«, sagte er. »Ich war schließlich lange im Krankenhaus.«

»Weißt du was«, schlug sie vor. »Wir nehmen jetzt ein schönes Bad, dann bestellen wir uns ein Taxi und fahren zu mir. Ich mache ein kräftiges Frühstück, Eier mit Schinken und so . . .«

»Und einen heißen Kaffee!« rief er. Dabei rieb er seine Hände gegeneinander. Er sah fröhlich aus. Dann ging er ins Bad und ließ Wasser in die Wanne laufen.

Ja, dachte sie, das ist anders als sonst. Sie erinnerte sich an die vielen Morgen, an das Aufstehen: Sie hatte das Geld in ihrem Schrank verschlossen, dann allein gefrühstückt, nur sehr wenig, weil es ihr allein nicht schmeckte. Sie war überhaupt viel allein gewesen in den letzten Jahren, die Männer waren nicht nahe an sie herangekommen. Jedesmal, wenn sie danach ihr Bad genommen hatte, hatte sie sich gefühlt, als wäre nichts gewesen.

Sie planschten im Wasser. Rudi betrachtete sie einmal aufmerksam, als wolle er fragen: Machst du dir Sorgen? Aber er sagte es nicht.

Sie dachte: Ich werde ihm nicht die ganze Wahrheit sagen. Nur soviel, wie er vertragen kann.

Als sie sich wieder anzogen, sagte er: »Wir brauchen uns

keine Sorgen zu machen. Ganz bestimmt nicht. Zusammen haben wir jetzt fünfzigtausend Mark. Uns kann nichts passieren.«

»Weissleder«, sagte sie. »Vielleicht können wir es mit Kommissar Weissleder schaffen.«

Unten fuhr das Taxi vor. Sie nahmen den Lift, aber Rudi stoppte ihn unterwegs noch einmal. »Ich habe etwas vergessen«, erklärte er.

Sie wußte, was er vergessen hatte. »Deine Pistole.«

Er zuckte nur mit den Achseln. »Sicher ist sicher.«

Sie fuhren dann in Monis Wohnung, die ganz ähnlich aussah wie Rudis Apartment. Eddy hatte alle seine Häuser nach dem gleichen Muster bauen lassen.

Sie frühstückten lange und reichlich. Es war wie ein Morgen in den Flitterwochen. Rudi sagte: »Ich habe mir früher nie Gedanken ums Heiraten gemacht. Ich meine, als ich noch Boxer war. Erst später, nach dem großen Knall in Eddys Bar, da habe ich daran gedacht.«

»Margit«, sagte sie nur.

»Ja, sie war kein schlechter Mensch.«

»Sie hat dir zwanzigtausend Mark als Trostpflaster hinterlassen.«

War das ein Vorwurf? Er sagte: »Hätte ich das Geld nicht nehmen sollen? Sie ist mit einem Multimillionär verheiratet. Ich weiß nicht einmal genau, wo sie ist. Irgendwo in Südfrankreich.«

»Du hast das Geld noch nicht«, sagte Moni.

Wie? Was? Glaubte sie etwa, Eddy würde ihn nicht auszahlen? »Er wird mir die zwanzigtausend und die zehntausend in bar hinblättern.«

Sie traute Eddy durchaus eine Schweinerei zu, irgendeinen faulen Trick. Er widersprach ihr. Dieser Eddy war ein eiskalter Hund, aber in Geschäftsdingen war er korrekt, zumindest wenn es um seine Mitarbeiter ging. Und das war Rudi ja immerhin gewesen, ein Mitarbeiter.

Sie machten einen Plan für den Tag. »Wir gehen zu Eddy und holen mein Geld. Ich will nicht mit dreißigtausend

Mark in der Tasche herumlaufen. Wir bringen den größten Teil zur Bank und dann . . .«

»Dann mußt du Weissleder besuchen«, ergänzte sie. »Wir müssen von Anfang an unter seinem Schutz stehen.«

Unterwegs, im Taxi, fragte sie: »Ich verstehe es nicht ganz . . . Warum hast du ihn gestern nicht fertiggemacht? Du hattest die bessere Ausgangsposition.«

»Ich kann so etwas nicht. Überhaupt schlage ich mich nur ungern. Im Ring ist das etwas ganz anderes.«

Eddy hatte sie bereits erwartet. Er war freundlich, jedoch ziemlich kurz angebunden.

»Das Geld ist abgezählt. Es sind dreißigtausend in Hundertmarkscheinen. Moni, dir schulde ich noch fünfzehnhundert Mark.«

Es war ein mächtig dickes Bündel, das Eddy auf seinen Schreibtisch gelegt hatte. Er schob es zu Rudi hinüber. Rudi hielt es in der Hand. Er betrachtete das Geld, zählte es jedoch nicht nach. Moni strich den Rest ihres Lohnes ein. Dann standen sie beide vor dem Tisch. Es war eine Trennung. Rudi wußte nicht, ob er Eddy die Hand geben sollte. Er war fast verlegen und sagte: »Eddy, lieber wäre es mir, wir kämen gut miteinander aus . . .«

»Das liegt an dir. Laß die Finger von einer Bar im Revier.«

»Ich bin kein Konkurrent für dich. Außer ein bißchen Nepp und Striptease haben wir nichts vor.«

Eddy schüttelte den Kopf: »Auch ein bißchen ist zuviel.« Er drückte auf einen Knopf. Ein Mann kam herein und sagte: »Ich bringe Sie zum Lift.«

Das war deutlich genug. Rudi sagte nur noch: »Dann mach's gut, Eddy.«

Moni sagte kein Wort.

Als sie schon bei der Tür waren, rief Eddy ihnen nach: »Und grüße Kommissar Weissleder von mir.«

Auf der Straße sagte Rudi: »Das wär's dann also.«

In seiner Tasche trug er jetzt viel Geld. Er dachte daran, daß er noch nie in seinem Leben eine solche Summe besessen hatte. Geld beruhigt. Wenn man es hat, beruhigen sich auch die Wünsche. Er dachte jetzt nicht daran, sich irgend etwas zu kaufen. Er hatte alles, was er brauchte: Genug Anzüge, erstklassige Hemden, Schuhe, Mäntel. Dafür hatte Eddy gesorgt. Eddy hatte überhaupt für alles gesorgt. Rudi konnte diesen Gedanken nicht gleich abschütteln. Moni erkannte es genau.

Sie sagte: »Du machst jetzt deine ersten Gehversuche. Wir dürfen keine Fehler machen. Eddy macht nämlich auch keine. Daran mußt du denken.«

»Ja, ja«, sagte er. Und dann fiel ihm seine Mutter ein. »Hör mal . . . Ich gehe da mal schnell vorbei und gebe meiner Mutter einen Tausender. Ich glaube, sie braucht es.«

»Dann sind es keine dreißigtausend mehr!« sagte sie hart.

Darauf gab er keine Antwort. Er ging nicht zu seiner Mutter. Sie suchte eine Bank, und dort zog er das Geldbündel hervor und sagte: »Ich möchte ein Konto anlegen, auf den Namen Rudi Zimmermann.«

Der Bankbeamte schaute ihn aufmerksam an. »Sind Sie Rudi Zimmermann, der Boxer?«

»Ja, der bin ich«, antwortete Rudi. Er sah zu, wie die dreißigtausend Mark gezählt wurden. Sie wollten in der nächsten Zeit von Monis Geld leben. Diese dreißigtausend sollten unangetastet bleiben, sie waren das Startkapital.

Schein um Schein ging durch die Finger des Bankbeamten. Er sagte: »Stimmt, Herr Zimmermann. Es sind genau dreißigtausend.«

15

Vier Tage lang unternahmen sie nichts, obwohl Moni mehrmals gesagt hatte: »Wir müßten jetzt etwas tun. Wenn wir unsere Bar aufmachen wollen, dann müssen wir uns rühren, Rudi.«

»Morgen«, hatte er geantwortet. »Morgen gehe ich zu

Kommissar Weissleder und schildere ihm alles. Ich werde ihm sagen: Die großen Bosse wollen mich keine Bar aufmachen lassen. Eddy hat mir gedroht . . . Das wird Kommissar Weissleder verstehen. Er wird mir helfen.«

Aber am nächsten Tag ging Rudi auch nicht zu Kommissar Weissleder. Sie lagen im Bett, die ganze Nacht und auch noch den größten Teil des Tages.

Es war das erstemal in Rudis Leben, daß er mit einer Frau zusammenwohnte. Er schlief neben ihr ein und wachte neben ihr auf. Das war ein schönes Gefühl. Das war wie Geborgenheit, und vor allem war das Erwachen freundlich. Er begriff, daß er viel versäumt hatte in den vierundzwanzig Jahren seines Lebens. Die Jugend hätte besser sein können, vor allem freundlicher. Und das hatte ihm von jeher gefehlt: Ein Lächeln, das nur ihm galt, ein Streicheln, eine Liebkosung.

Manchmal, wenn er in diesen Tagen neben ihr lag, sprach er von seiner Kindheit. Sie hörte ihm zu. Ihre Jugend war nicht ganz so trostlos gewesen, doch es gab Ähnlichkeiten.

Er sagte: »Mein Alter hat sich totgesoffen. Freitags, wenn er mit der Lohntüte nach Hause kam, hat er meine Mutter oft geschlagen . . .«

Sie sagte: »Mein Vater hat nicht getrunken, aber er ging mit anderen Frauen. Fast immer hatte er eine andere noch nebenher. Dann haben sie sich scheiden lassen. Ich war nicht ganz vierzehn Jahre alt.«

Und von seiner Mutter erzählte er, wie sie langsam bitter geworden war. Das harte Leben an der Seite des Säufers hatte sie klein gemacht. Schließlich war sie relativ frühzeitig eine keifende Alte geworden.

»Wir waren verdammt arm«, meinte er.

»Reich waren wir auch nicht. Aber es ging einigermaßen. Ich habe immerhin die Handelsschule machen können. Sekretärin oder kaufmännische Angestellte wollte ich aber nicht werden. Ich könnte nicht den ganzen Tag in einem Büro hocken.«

Sie hatte einen Tanzkurs mitgemacht. Ja, so hatte es angefangen. Mehr sagte sie nicht. Was ging es ihn an, daß sie mit vielen Männern geschlafen hatte? Es würde ihn nur belasten. Sie gab ihm jetzt eine Chance. Wenn er es fertigbringen würde, mit Hilfe des Kommissars eine Bar aufzumachen, wollte sie ihren bisherigen Lebensstil ändern. Sie würde nicht mehr mit anderen Männern gehen.

Als sie im Bett neben ihm lag, wiederholte sie ihre Aufforderung. »Du mußt mit Kommissar Weissleder sprechen.«

»Ja«, sagte er, »morgen gehe ich ganz bestimmt.« Dann nahm er sie in die Arme und liebte sie. Am nächsten Tag ging er wieder nicht zum Kommissar.

Abends wollte er mit ihr ausgehen. Sie hatte nichts dagegen, daß sie in teure Restaurants essen und in noch teurere Striptease-Lokale große Sex-Shows anschauen gingen. Die paar Tage waren wie Urlaub. Sie waren jetzt frei von Eddys Befehlen. Sie hatte ihre Wohnung aufgegeben und war zu Rudi gezogen. Aber diese Wohnung war zum nächsten Ersten gekündigt. Typisch Eddy. Er wollte nur seine Kreaturen in seinen Häusern haben.

Für sie war es eine große Umstellung gewesen, in einem Ehebett, mit ein und demselben Mann jede Nacht zu schlafen. Er schnarchte. Sie sagte: »Wenn wir später tatsächlich mal eine eigene Wohnung haben sollten, dann wäre ich für getrennte Schlafzimmer . . .«

»Aber warum denn?« hatte er erstaunt gefragt. Er begriff nicht, daß sie seit Jahren selbständig war, daß sie sich nie einem Mann angepaßt hatte. Sie dachte: Ich werde es ihm jetzt nicht erklären – noch nicht.

Als er endlich sagte: »Heute nachmittag gehe ich zu Kommissar Weissleder«, fragte sie: »Soll ich nicht mitkommen? Ich verstehe schließlich auch etwas vom Geschäft.«

Kommissar Weissleder war überrascht, ihn zu sehen. »Ich habe bereits alles gehört, Rudi. Sie haben den Kram hingeschmissen. Das war ganz vernünftig. Gab es eine Schlägerei dabei?«

»Nein, wir haben uns getrennt. So halb und halb in Frieden.«

»Nachdem Sie Ihre Freundin Moni von der Tanzfläche gejagt hatten?«

»Ja, so war es. Ich konnte nicht mit ansehen, wie sie da nackt herumhüpfte.«

Der Kommissar meinte, so etwas verzeihe Eddy nie. »Sie haben jetzt einen Feind, einen gefährlichen Feind.«

Rudi nickte. »Deshalb bin ich zu Ihnen gekommen. Ich will eine Bar aufmachen, im Revier. Aber Eddy hat mir gedroht . . . Sie wissen da ja Bescheid. Die Großen haben sich zusammengeschlossen und wollen keine Bar mehr in ihrem Revier haben.«

»Ich weiß, ich weiß. Und Sie wollen jetzt auch so einen Schuppen eröffnen. Mein Gott, fällt Ihnen denn nichts Besseres ein? Vielleicht können Sie irgendwann wieder boxen.«

»Ich bin lebenslänglich gesperrt.«

Der Kommissar dachte nach. »Es hat Fälle gegeben, in denen die lebenslängliche Sperre nach drei, vier Jahren wieder aufgehoben wurde. Bei guter Führung . . .«

»Ich kann nicht drei oder vier Jahre warten. Ich will heiraten. Moni sitzt übrigens draußen auf der Bank.«

Der Kommissar verstand. Die beiden wollten zusammenlegen. »Wieviel Geld habt ihr denn?«

»Fünfzigtausend. Ich bringe dreißig, Moni hat zwanzig.«

Kommissar Weissleder war beeindruckt. »Das ist schon eine ganze Menge. Dafür mußten Sie sicherlich einiges tun. Und Sie wissen wohl auch eine ganze Menge . . .«

Rudi verstand, worauf der Kommissar hinauswollte. Aber so etwas war nicht nach seinem Geschmack. »Ich weiß nicht mehr als Sie«, sagte er.

»Ja, geklaute Autos werden verschoben, gestohlene Brillanten werden nach Antwerpen gebracht. Es gibt auch ein paar große Hasch-Dealer und was da sonst noch gehandelt wird . . . Aber das interessiert uns nicht so sehr . . .«

Der Kommissar beugte sich über den Tisch und schaute

Rudi eindringlich an: »Mir geht es um den Mord an der Striptease-Tänzerin und Hure. Sie erinnern sich an Eddys Freundin?«

Ja, Rudi erinnerte sich genau. Er war auf dem Begräbnis gewesen. Eddy hatte Rache geschworen. Aber dann hatten sich die Großen zusammengesetzt und sich geeinigt. Alles war unter den Tisch gefegt worden. Ein neuer Anfang . . .

»Ich kann Ihnen nur sagen, Eddy und ich sind davon überzeugt, daß es Selims Leute getan haben. Deshalb haben wir ja auch in Selims Bar Kleinholz gemacht.«

»Und dann haben Selims Leute Sie vor Eddys Bar fertiggemacht?«

»Ja, so war es. Wissen Sie, ich bin nicht der Typ, der gern den Spitzel macht, aber wenn ich helfen kann, einen Mord aufzuklären, dann bin ich dabei.«

Der Kommissar nickte. »Selim . . . Ich habe es mir gedacht. Da kommen ein paar Typen in Frage. Auch Boxer . . . Die Italiener Franco und Paloma, dann noch so ein paar Figuren. Die Handlanger. Es sind mehrere Boxer dabei. Ich meine . . . ehemalige Boxer. Aber es ist keiner so gut wie Sie gewesen.«

Das gefiel Rudi. Er schaute vor sich auf den Boden, ließ die Worte des Kommissars in sich nachklingen. Aber es war zu spät. Seine Laufbahn als Boxer war endgültig beendet. Er mußte diesen Traum begraben. Eine Bar . . .

»Es ist gut, ich werde versuchen, Ihnen zu helfen. Ich werde persönlich mit den Bossen reden und ihnen sagen, sie würden Ärger mit mir kriegen, wenn sie Ihnen das Bein stellen . . . Aber haben Sie denn überhaupt schon ein Lokal?«

Rudi schüttelte den Kopf. »Das ist ziemlich schwierig. Ich will mit verschiedenen Brauereien reden. Vielleicht kann ich auch ein eingeführtes Geschäft übernehmen . . .«

Und dann fiel dem Kommissar etwas ein, woran Rudi noch nie gedacht hatte. »Rudi, Sie sind vorbestraft wegen Körperverletzung. Sie kriegen vom Ordnungsamt keine Genehmigung.«

»Aber man kann mir doch nicht meine Existenz verbauen, nur weil ich damals im Rausch einen zusammengeschlagen habe!«

Der Kommissar wußte es besser. Körperverletzung war ein Delikt, das nicht gut zu einem Wirt paßte. »Die reagieren sauer auf so was, Rudi. Aber Moni kann die Genehmigung bekommen. Sie lassen das Geschäft einfach auf Moni laufen.«

»Ja«, sagte Rudi, »das ist gut. Das geht.« Er strahlte jetzt. Es war ein kurzer, heftiger Schreck gewesen: vorbestraft! Daran hatte er noch nie gedacht. Das war ein Makel, der einem das Leben schwermachen konnte.

Der Kommissar stand auf. Er hatte zu tun, aber er versicherte: »Rudi, wenn es soweit ist, werde ich mit den Bossen ein Wort reden.«

Als Rudi aus der Tür kam, sah Moni sein zufriedenes Gesicht. Er zwinkerte ihr zu. »Alles prima«, sagte er. »Er hat versprochen, mir zu helfen. Ich hab's gewußt. Habe ich dir nicht gesagt, daß man sich auf den verlassen kann?«

Noch auf der Treppe redete er davon. Sie ließ sich von seiner Freude anstecken, aber sie mahnte: »Jetzt müssen wir uns auf die Socken machen. Wir müssen mit Brauereien reden. Vielleicht auch mit Maklern. Wir dürfen jetzt keine Zeit mehr verlieren, Rudi.«

Damit war er einverstanden. Er war voller Tatendrang. Jetzt wollte er zeigen, daß er etwas auf die Beine stellen konnte.

»Das wird eine Bombensache«, sagte er stolz.

Am nächsten Tag telefonierte er mit vier großen Brauereien. Er sagte, daß er nicht irgendein Rudi Zimmermann sei. »Ich bin der Boxer Rudi Zimmermann. Mich kennen bestimmt viele Leute hier in der Stadt. Meine Frau . . . Meine Verlobte«, verbesserte er sich, »kommt aus der Branche. Wir wollen das Geschäft gemeinsam führen . . .«

Die Herren interessierten sich für Rudi Zimmermanns Pläne. Sie fragten nach Bargeld. Sie waren nicht ganz zufrieden mit der Summe, die er nannte. Aber immerhin könnte ja die Brauerei noch ein wenig hinzuschießen. Allerdings hatte die Sache dann doch einen Haken: Es gab keine Bars im Revier, die zu verkaufen waren. Es gab auch kein Geschäft, keinen Laden, der umgebaut werden könnte. Jedenfalls wußten die Herren nichts davon.

Der erste machte den Vorschlag, in der Innenstadt dann doch vielleicht ein Speiserestaurant zu übernehmen – eingeführt, mit guter Rendite. Die Besitzer seien zu alt. Sie wollten abgeben.

Es gab Lokale mit und ohne Essen. Moni sagte: »Das ist nichts für uns.«

»Wir haben ein Tanzlokal«, erklärte der Vertreter der vierten Brauerei. »Das wäre für hunderttausend zu haben. Samstag und Sonntag ist Tanz. Da geht eine Menge Bier . . .«

Moni schüttelte den Kopf.

Rudi sah nach diesen Gesprächen etwas hilflos aus. »Wollen wir uns nicht die Sachen mal anschauen?«

»Soll ich in der Küche stehen und kochen? Oder soll ich hinter dem Tresen Bier abfüllen? Wir wollen doch Geld verdienen. Oder etwa nicht?«

»Ja, ja«, sagte Rudi.

Das war ein verlorener Tag. Er war müde, mußte auch noch einmal zur Nachuntersuchung gehen, wegen der Leberquetschung.

»Da fährst du aber allein hin«, sagte Moni. »Was soll ich im Krankenhaus?«

Sie war unfreundlich gewesen, etwas deprimiert. Und das war Rudi auch. Da gab es doch diesen Spruch: Rom wurde auch nicht an einem Tag erbaut . . . So was brauchte eben Zeit.

Auf dem Weg zum Krankenhaus dachte er darüber nach. Er hatte die Straßenbahn genommen, um Geld zu sparen. Als er noch für Eddy gearbeitet hatte, war er stets mit dem Taxi gefahren.

Im Krankenhaus mußte er lange warten. Die da im Vorzimmer saßen, waren alles Kassenpatienten. Sie sahen aus wie arme Schlucker. Gesichter, die von der Krankheit gezeichnet waren, Männer, die ihr Leben in Fabriken zugebracht hatten, Frauen, die verbraucht waren.

Rudi sah diese Menschen, und sie stachelten seinen Ehrgeiz an. Er wollte nicht werden wie diese da. Armut – das war so schlimm wie Krankheit.

Der Arzt untersuchte ihn gründlich. Er war zufrieden mit dem Ergebnis. Die gebrochenen Rippen würden noch eine Weile schmerzen. Das war alles. Ich bin gesund, dachte Rudi. Der Arzt nickte und entließ ihn. Er brauchte nicht wiederzukommen.

Rudi ging ein Stück zu Fuß, und dann hatte er plötzlich Durst. Er sagte sich: Ich habe mich gut gehalten, seit ich aus dem Krankenhaus bin. Ich kann mir ein Glas Bier erlauben.

Es war jetzt dunkel, die Neonreklamen priesen die Biersorten an. Er ging ein Stück weiter, bis er die Worte ›Bier-Bar‹ sah. Dort ging er hinein.

Es war ein schmales langes Lokal. Vor der Bar standen mindestens zwanzig Hocker. Das Bier lief, die Schnäpse gingen. Die Männer hatten die Hüte auf dem Kopf, als wollten sie gleich wieder gehen, aber sie tranken viel.

Der Gast rechts neben ihm hatte ihn erkannt. Sie prosteten sich zu, zuerst mit Bier, später mit Schnaps und Bier.

Der Wirt hörte ihr Gespräch. Ja, er erinnerte sich an Rudi Zimmermann. »Aber da war doch so eine Sache . . .«

»Ja, da war eine Sache«, sagte Rudi bitter.

Eine Stunde später war er betrunken. Er wurde laut, fuchtelte mit den Händen, während er redete. Dann rief er: »Eine Lokalrunde!«

Er begann, vom Boxen zu erzählen, fünf, sechs Männer hörten ihm zu. Der Wirt ließ sich nicht lumpen: Er spendierte einen Doppelten und ein Pils.

Zwei Stunden später lallte Rudi. Er redete noch immer vom Boxen, aber niemand hörte ihm mehr zu.

16

Moni brauchte ihn nur einmal anzusehen, dann wußte sie alles.

»Der Arzt hat gesagt . . . Er hat gesagt . . . Ganz gesund wäre ich, hat er gesagt . . . Die Freude, verstehst du, die Freude . . .«

Sie schüttelte einmal den Kopf und sagte dann: »Du Idiot!«

Ihre Wut war kalt und ruhig, sie sah ihn nachdenklich an, als er auf der Couch lag und zu schnarchen begann. Überlegungen tauchten in ihr auf, Erwägungen. Sie wog ihn ab, diesen Riesenkerl – und in dieser Stunde bereute sie zum erstenmal ihren Entschluß, für ihn alles aufgegeben zu haben. Er hatte nicht die Geschmeidigkeit, nicht den sicheren geschäftlichen Instinkt, wie ihn Eddy besaß.

Was soll nur werden? dachte sie.

Er erwachte am Morgen voller Reue. Er wußte nicht einmal, wie er ins Bett gekommen war. Er konnte sich nur daran erinnern, daß der Arzt ihn für gesund erklärt hatte und daß er danach in die Bierbar gegangen war.

Moni sagte: »Wenn das noch einmal passiert, packe ich meine Sachen, dann hast du mich gesehen. Ich werde mir übrigens einen Job als Tänzerin suchen, solange wir nichts Passendes gefunden haben. Einer von uns muß ja schließlich arbeiten . . .«

Das war niederschmetternd. Er mußte sich eingestehen, daß sie völlig im Recht war. »Moni«, sagte er, »es war das erstemal, seit wir zusammen sind. Ich nehme jetzt ein Bad, dann ziehe ich mich an, und dann klappere ich alle Brauereien ab, die ich hier am Platz finden kann . . .«

Er wollte die Scharte auswetzen, wollte ihr beweisen, daß sein Eifer nicht erlahmt war. Sie konnte sich auf ihn verlassen: »Ganz bestimmt, Moni . . .«

Er hatte einen schweren Kopf, aber er schaffte sechs Brauereien an diesem Tag. Drei davon lagen in Vororten. Mehr Brauereien gab es nicht. Jetzt hatte er mit jeder Brauerei Kontakt aufgenommen. Er ließ seine Telefonnummer und seine Adresse in den Büros zurück.

Ja, das Interesse war groß an Rudi Zimmermann. Der Mann stellte was vor. Er hatte einen Namen, ein wenig angekratzt, aber immerhin einen Namen . . .

Als er in die Wohnung zurückkam, sagte er: »Ich habe den ganzen Tag nichts gegessen. Mir ist fast schlecht vor Hunger.«

Sie war nicht unfreundlich, doch sie zweifelte. Er hatte sich bemüht, gewiß. Aber die Angebote taugten nichts.

»Ich werde mir Arbeit suchen!«

Trübsinnig nickte er vor sich hin. Er saß auf der Couch und ließ seine großen Hände zwischen den Knien herunterbaumeln.

Und dann ging alles sehr schnell. Eine Woche nach seinen Besuchen bei den Brauereien kam der Anruf. Es war eine Woche gewesen, in der sich Monis Stimmung immer mehr verschlechtert hatte. Es war keine der ganz großen Brauereien, aber sie hatte doch einen guten Namen. Es wurde auch keine Bar geboten, sondern ein großer Imbißladen, der nicht gut lief, der zu wenig Bier umsetzte und den die bisherigen Besitzer abstoßen wollten.

Das Geschäft lag im Revier.

»Und es wird umgebaut zu einer Bar!« rief Rudi. »Die Brauerei geht mit fünfzig Mille hinein. Wir machen noch fünfzig Schulden auf Wechsel, hat er gesagt! Und das Ding liegt dreihundert Meter neben Eddys Bar . . .«

Er ging im Zimmer auf und ab, er schlug seine Hände zusammen und lachte laut. Dann machte er plötzlich ein paar Boxschritte, lachte wieder. Sie sah ihm zu und dachte: Es darf nicht wahr sein.

So fing es an.

Und nun konnte Rudi zeigen, daß er beweglich war, daß er arbeiten konnte. Das Geschäft war bereits seit sieben Tagen geschlossen gewesen. Niemand wollte in dieser Gegend einen Imbiß, der Besitzer war verschuldet. Bitter sagte er: »Die Nutten und die Gangster haben mich kaputtgemacht. Noch vor drei Jahren kamen abends die Leute zu mir und haben sich für billiges Geld satt gegessen.«

Der Brauereivertreter stimmte zu. »Ja, es ist ein heißes Pflaster geworden, Herr Zimmermann. Wir haben Ihnen dieses Geschäft auch nur angeboten, weil wir wissen, daß Sie sich hier Respekt verschaffen können.«

Rudi schaute Moni einmal vielsagend an. Sie lächelte und nickte zustimmend.

Sie standen zu viert in dem Lokal, das jetzt öde und heruntergekommen aussah. Der Vertreter der Brauerei hieß Müller, ein dicker Mann mit wachsamen, schnellen Augen in seinem Biergesicht. Er erklärte: »Hier, in dem großen Raum, kriegen Sie zehn Tische unter. An jedem Tisch vier Sessel, dazu ein Hocker. Das sind fünfzig Gäste . . .« Er deutete: »Hier, wo die Eßbar steht, kommt die neue Bar hin. Das sind zehn, zwölf Plätze. Alles in allem kriegen sie achtzig Personen unter.«

Es gab eine kleine Küche mit großer Vorratskammer und noch einen mittelgroßen Nebenraum. Es war alles da, nur die Toiletten waren in schlechtem Zustand.

Die nächsten Tage brachten Arbeit. Von morgens bis abends waren sie unterwegs. Moni bekam die Genehmigung vom Ordnungsamt. Sie mußte unterschreiben. Die Brauerei stellte die fünfzigtausend Mark. Rudi sah zu, wie Moni unterschrieb. Die Brauerei besorgte den Wechsel über fünfzigtausend. Und wieder setzte Moni ihren Namen darunter, aber er mußte als Bürge mit unterschreiben.

Ein Aufriß wurde gemacht, die genaue Tischordnung festgelegt. Die Bar war acht Meter lang. Tapeten wurden ausgesucht: dunkelrot. Der Bodenbelag: dunkelrote Kokosfaser. In der Mitte kreisrund die Tanzfläche – aus Bruchmarmor.

Und so ging das weiter. »Menschenskind«, stöhnte Rudi am Abend. »Mir raucht der Kopf.«

Als die Handwerker kamen, arbeitete er mit. Er hatte sein Hemd ausgezogen, das Lokal wurde ausgeräumt, leergefegt, die Wände gereinigt. Rudi schuftete im Unterhemd. Ein Handwerker schaute ihn von der Seite her an und sagte: »Donnerwetter, von dir möchte ich keine einfangen.«

Rudi war jeden Tag dort. Moni kam hin und wieder vorbei und schaute zu, wie aus diesem Loch langsam eine Bar wurde.

Am zehnten Tag kam Besuch. Rudi saß auf einem Stapel Bretter. Er hatte eine Bierflasche vor sich stehen und aß eine Wurst.

Sie kamen zu dritt herein: Eddy, der Grieche Sewarikis und Selim, der Marokkaner.

Rudi hörte auf zu kauen. Er beugte sich ein wenig vor. Er sah jetzt aus, als wäre er bereit aufzuspringen.

Sie beachteten ihn nicht. Eddy ging einmal durch den Raum. Dann sagte er: »Und das hier wäre nun unser neues Lokal.«

»Wir brauchen einen guten Angestellten, der es für uns führt«, sagte Sewarikis. Der Grieche lächelte.

Selim sagte nichts. Er nickte nur.

Und nun kam die Aufforderung. »Der Mann, der dieses Lokal führt, kann sich in den nächsten Tagen bei uns bewerben. Er hat zwanzig Prozent vom Umsatz, der Rest geht an uns . . . Ich hoffe, du hast uns gut verstanden, Rudi.« Eddy blieb dicht vor ihm stehen.

Rudi holte tief Luft. Und dann brüllte er los, brüllte, daß die Handwerker zusammenzuckten: »Hinaus! Wenn ihr in drei Sekunden nicht hier draußen seid, schlage ich einen mit dem anderen tot!«

Eddy ging langsam zur Tür, die beiden anderen folgten.

Rudi bebte vor Zorn. Er schaute sich um, sah den großen Kleisterpinsel im Eimer stecken, nahm ihn heraus. Er warf den Pinsel mit aller Wucht in Richtung der Dreiergruppe.

Der Pinsel klatschte gegen die Wand, verspritzte Kleister über die teuren Anzüge der drei.

Sie blieben kühl. Mit lässigen Bewegungen strichen sie den Kleister vom Stoff. Eddy sagte im Hinausgehen nur: »Das wird sehr teuer.«

Selim drohte einmal mit der Faust. Seine Augen glühten dabei vor Haß. Niemand hatte es je gewagt, so mit ihm umzuspringen.

Rudi rief: »Hinaus! Hinaus, du Mörder!«

Kommissar Weissleder sagte zu seinem Assistenten: »Wir werden heute nacht mal die drei großen Bosse aufsuchen und ein paar Takte mit ihnen reden. Rudi Zimmermann macht übermorgen seine Bar auf.«

Schmitt, der gerne in ein anderes Dezernat gegangen wäre, weil er sich ständig über den Reichtum der Unterweltsbosse ärgerte, antwortete: »Dieser Rudi Zimmermann hätte auch was anderes anfangen können. Man weiß doch im voraus, wie so was ausgeht: Jetzt macht er auf, dann kommen die Weiber, dann nimmt er Prozente, und schließlich hat er selber ein paar Pferdchen laufen.«

Der Kommissar hatte es Rudi versprochen, mit Eddy, Sewarikis und Selim zu sprechen. Er hatte sofort die Gefahr erkannt, denn Rudis Bar lag nicht weit von den Bars der drei Hauptfiguren entfernt, alle hübsch nebeneinander in diesem heißen Quadratkilometer.

Rudi hatte angerufen. »Herr Kommissar, es ist soweit.« Moni hatte ihm zugeflüstert: »Du mußt ihn einladen . . .«

»Mal sehen«, hatte Kommissar Weissleder geantwortet. »Ich gucke sicher mal rein.«

Rudi hatte nichts gesagt von dem eindeutigen Besuch der großen drei. Erst als der Kommissar abends einmal ins Lokal gekommen war, erzählte er es ihm. »Sie waren hier, zu dritt. Eddy hat gesagt, der Mann, der dieses Lokal führt, könnte zwanzig Prozent für sich behalten, den Rest müßte er abliefern. Das ist doch ganz klar, was gemeint war . . .«

Der Kommissar nickte: »Ja, das ist ziemlich klar.«

Während Weissleder mit Schmitt in seinem Wagen saß, überlegte er. Wie war diesen drei Burschen beizukommen? Es würde nicht genügen, einfach zu sagen: Laßt den Rudi Zimmermann in Frieden, sonst kriegt ihr es mit mir zu tun . . . Da mußte er schon Handfestes bringen. Er hatte eine Idee.

Als er am späten Abend Eddy in seiner Bar traf, sagte er: »Eddy, da ist etwas aufgetaucht aus früheren Zeiten . . . Es hängt mit Erpressung zusammen und auch ein bißchen mit gestohlenen Autos . . . Sicher weißt du, was ich meine?«

Eddy lächelte überlegen. Er schaute auf seine frisch manikürten Fingernägel und sagte langsam: »Du willst doch irgend etwas – irgend etwas Bestimmtes?« Er hatte seine Erfahrungen mit Kommissar Weissleder. Die dunklen Abenteuer seiner Anfängerzeit lagen viele Jahre zurück. Da war jetzt nicht mehr viel zu machen. Was also wollte der Kommissar?

Eddy sagte es ihm ins Gesicht. »Du kommst wegen Rudi Zimmermann, der macht nämlich am Samstagabend seinen Laden auf, mit seiner Moni, die ich hier rausgeschmissen habe.«

Weissleder gab es zu. »Ja, deshalb komme ich auch. Laßt mir den Jungen in Ruhe, sonst ist es mit meiner Friedfertigkeit vorbei. Er kann euch nur ein paar Brotkrumen wegnehmen, gemessen an dem, was ihr verdient.«

»Aber, aber«, beschwichtigte Eddy, »wir lassen ihn völlig in Frieden.«

»Und deshalb wart ihr auch dort und habt ihm schon gesagt, daß ihr achtzig Prozent bei ihm kassieren wollt, nicht wahr?«

Eddy winkte nur ab. »Ach was, das war doch nur so ein kleiner Schreckschuß. Wir wollten ihm seine Grenzen zeigen.«

Schmitt stand dabei und musterte Eddy mißbilligend. Er dachte wieder an seine Familie, an seine kleine Wohnung und sein niedriges Gehalt. So wie dieser Eddy da vor ihm stand, angefangen mit den Krokoschuhen, Maßanzug,

Maßhemd, Seidenkrawatte, Brillantring am Finger, war er mindestens das Doppelte von Schmitts Monatsgehalt wert.

Der Kommissar schaute Eddy eindringlich an. »Eddy, diese Sache ist verdammt heiß, der Boxer kämpft um seine Existenz. Das ist ein harter Schädel, er ist zwar nicht so helle wie du, aber wenn ihr versucht, ihn fertigzumachen, bleibt irgendwer auf der Strecke. Ich rieche das: Da ist Mord und Totschlag drin.«

Eddy wiegte den Kopf hin und her, als wolle er sagen: So schlimm ist das auch wieder nicht. Aber er sprach es nicht aus. Er fragte: »Nehmt ihr ein Glas Sekt oder ein schönes Bier?«

Die beiden Beamten schüttelten den Kopf. Die Bar war gut besucht, jetzt sollte die erste Nummer der Show beginnen.

Weissleder dachte: Es hängt einem zum Hals heraus, dieser elende Nepp. Er sagte noch: »Du kannst Selim und Sewarikis einen Gruß von mir bestellen. Du weißt, wie es gemeint ist. Ich spaße nicht.«

»Hör mal«, sagte Eddy, »eines darfst du natürlich nicht vergessen: Rudi hat sich viele Feinde gemacht. Wenn da mal etwas passieren sollte, dann schließe nicht sofort auf uns, sondern prüfe erst, ehe du urteilst.«

»Das tue ich immer, Eddy, und das würde ich auch diesmal tun.«

Er nickte Eddy zu und verließ mit Schmitt die Bar. Gräfin Samantha kam gerade hinter dem Vorhang hervor. In der Hand hielt sie die brennende Kerze.

Im Wagen prüfte Weissleder in Gedanken, ob er etwas falsch gemacht hatte. Gewiß, Eddy hatte ihn schnell durchschaut, aber er war eindringlich genug gewesen – Eddy hatte begriffen, daß es ihm ernst war.

»Wir fahren zu Rudi Zimmermann«, sagte Weissleder.

Von weitem sahen sie schon die Neonreklame. In einer schön geschwungenen Schrift leuchtete über dem Eingang der Name. Der Kommissar las langsam: »Bei Rudi . . .«

Die Bar war noch geschlossen, aber Rudi ließ die Reklame während der Nacht eingeschaltet. Drinnen wurde gearbeitet. Weissleder klopfte dreimal hart gegen die Tür, Schmitt war im Wagen sitzen geblieben.

»Nur auf einen Moment, Rudi«, sagte er, als Rudi öffnete.

»Kommen Sie doch rein. Es ist fast alles fertig. Trinken Sie eine Flasche Bier mit mir.«

»Na schön, mit Ihnen trinke ich eine Flasche Bier.«

Er ging zum Wagen zurück und holte Schmitt. »Kommen Sie nur, hier drin können wir ein Bier trinken. Da schauen nicht fünfzig Mann zu.«

Rudi war stolz. Er lief in seinem Lokal auf und ab und wollte alles erklären: »Fix und fertig, nur noch ein paar Lampen . . . Wie gefällt Ihnen die Bar? Die Sessel . . . Sind sie nicht prima? Ich habe gearbeitet wie ein Verrückter . . .«

Moni stand hinter der Bar und lächelte. Er war wie ein Kind, dieser Rudi.

Aber Kommissar Weissleder dämpfte seine Begeisterung. »Irgendwie habe ich ein unangenehmes Gefühl. Das ist wirklich ein schöner Laden geworden.« Er nickte: »Sieht aus wie eine richtige Bar. Das wird den anderen stinken. Wieviel Schulden haben Sie jetzt eigentlich?«

Rudi zuckte mit den Achseln: »So um die Hunderttausend. Fünfzig die Brauerei, fünfzig auf Wechsel bei der Bank. Aber wir werden verdienen! Sie werden es erleben!«

»Tja, ich habe mit Eddy gesprochen. Ich glaube, Eddy wird stillhalten, die beiden anderen machen mir Sorgen. Dann mal Prost!« Er hob das Bierglas, das Moni für ihn gefüllt hatte. Sie tranken sich zu, und während er das Glas hob, dachte er: Sieht gut aus, das Mädchen, diese Moni. Vielleicht werden sie es zusammen schaffen.

Er ersparte sich den Weg zu Selim und Sewarikis. Ganz gewiß würde Eddy schon in der nächsten halben Stunde mit den beiden telefonieren. »Die Minen sind gelegt«, sagte Schmitt, »hoffentlich wirkt's. Bis zum Samstag kann noch allerlei geschehen.«

Sie saßen wieder im Wagen und waren auf dem Weg zum

Präsidium. Kommissar Weissleder überlegte: Wenn die Großen etwas unternehmen wollten, dann würden sie sich Zeit lassen, sie würden nicht sofort losschlagen. Zu irgendeinem unerwarteten Zeitpunkt würde die Bombe platzen. Er machte sich Sorgen, und er hatte fast Mitleid mit dem Boxer.

17

Rudi war in bester Laune. Nachdem Weissleder und Schmitt gegangen waren, sagte er stolz zu Moni: »Siehst du, er hat Wort gehalten. Ich habe es gewußt. Die drei werden sich hüten, etwas gegen mich zu unternehmen.«

Moni war beruhigt. Er sah das Lächeln auf ihrem Gesicht, ein Lächeln, das von innen kam. Ja, sie war zufrieden. Sie sah, daß es voran ging, und das machte ihre Zuneigung stabil. Sie war jetzt zärtlicher zu Rudi als früher. Ihre Liebe hatte sich entwickelt. Es war, als wäre von Zeit zu Zeit immer wieder eine Steigerung eingetreten, von Woche zu Woche. »Und ich habe mich gut gehalten, Moni«, sagte Rudi. Ich habe nicht mehr getrunken.«

»Das fehlte gerade noch, bei all unseren Problemen.«

Es gab jetzt nicht mehr viel Arbeit. Die Bar stand, so konnte sie vorgeführt werden: rotseidene Tapeten, die eine intime Atmosphäre schafften – und alles war neu, es glänzte, es blitzte, der Geruch nach Sauberkeit lag über diesem ganzen Raum.

Am Samstagabend waren sie schon früh im Lokal. Sie hatten Einladungen verschickt, auch eine an Kommissar Weissleder. Rudi hatte darauf bestanden, daß er seinen ehemaligen Manager Frank, dazu noch Fritz, seinen Trainer, zur Eröffnung laden würde. Auch die Herren der Brauerei erhielten eine Karte. Moni hatte noch ein paar Freundinnen, die würden auch kommen. Insgesamt waren es achtzehn Personen.

»Nur achtzehn«, hatte Rudi gesagt, und dabei war ihm gedämmert, daß sie eigentlich kaum Freunde hatten. Aber das war klar, in diesem Geschäft gab es keine Freundschaft, sondern nur geschäftliche Verbindungen.

Rudi trug einen dunklen Anzug. Er hatte sich das Haar schneiden lassen, sogar die Fingernägel waren manikürt. Er stand in seiner Bar, riesig, ein wenig einschüchternd von der Statur her – aber sein Gesicht war freundlich.

Moni trug ein eng anliegendes, langes schwarzes Kleid. Sie sah blendend aus. Wenn sie ging, betonte die hautnahe Seidenhülle jede ihrer Bewegungen. Ihr dunkelbraunes Haar war hinten zu einem Knoten gebunden.

Rudi sah sie von Zeit zu Zeit an, und dabei dachte er: Menschenskind, Menschenskind. Das war für ihn wie die Feststellung, daß er nie zu hoffen gewagt hätte, eine solche Frau zu besitzen.

Sie hatte drei Frauen engagiert, die hinter der Bar und auch im Lokal bedienen sollten. Es waren hübsche Mädchen, noch nicht verbraucht. Moni hatte da ein sicheres Auge. Mit einer Show wollte sie erst in etwa vierzehn Tagen beginnen.

Zu der Eröffnung kamen außer den geladenen Gästen noch mindestens dreißig Neugierige, das Lokal war plötzlich voller Leute. Rudi flüsterte Moni zu: »Siehst du, wie es läuft? Es fängt gut an!«

Moni beherrschte ihr Fach. Sie sah alles, rügte leise und unauffällig jede kleine Nachlässigkeit ihrer Angestellten. Sie sagte: »Sie müssen die Champagnerflasche so halten . . .«, dann führte sie es vor. Sie würde die Sache in den Griff bekommen, davon war sie überzeugt.

Frank, der Manager und Fritz, der Trainer, kamen kurz vor Mitternacht. Sie staunten, und Frank sagte: »Donnerwetter, Rudi. Ich sehe, du bist auf die Füße gefallen. Jetzt halte das fest, laß es nicht verschlampen.«

Fritz nickte beifällig: »Ich wußte, er ist ein guter Junge. Zu dem paßt nichts Krummes.«

»Ihr seid meine Gäste«, sagte Rudi stolz. »Und wenn ihr

später wieder einmal hereinkommt, dann habt ihr bevorzugte Preise.«

Das gefiel ihm: Er konnte sich großzügig zeigen, es war etwas aus ihm geworden, und das konnte er anderen mitteilen. Sie tranken sich zu. Danach rief Rudi: »Noch eine Flasche für die beiden Herren!«

Er ging in seiner Bar, die ihm zur Hälfte gehörte, herum, dabei streckte er die Brust heraus. Sein Schritt war federnd, er steckte voller Unternehmungslust. Moni beobachtete ihn. Er benahm sich gut, aber sie dachte: Ein bißchen spielt er Eddy.

Damit hatte sie sich nicht getäuscht. Er hatte viel von Eddy gelernt. Es war in seinem Unterbewußtsein. Wenn in ihm irgendwelche Zweifel auftauchten, wie er einen Gast behandeln oder anreden sollte, dann stellte er sich Eddy in der gleiche Situation vor und fragte sich: Was hätte Eddy in diesem Fall gemacht?

Kommissar Weissleder kam auf einen Sprung herein. Er hatte Schmitt mitgebracht. Sie nickten anerkennend und tranken auf das Wohl der neuen Barbesitzer.

»Ja, das habt ihr gut hingekriegt«, lobte Weissleder. »Jetzt heißt es nur noch: Aufpassen . . .«

Als sie gegen vier Uhr morgens zum erstenmal Kasse machten, waren sie verblüfft. Moni schob ihm einen Zettel zu und flüsterte: »Wir sind bei fünfzehnhundert Mark.«

Es waren doch noch viele Gäste gekommen, hauptsächlich Männer, die neugierig waren und sich das neue Lokal anschauen wollten.

»Es läppert sich«, sagte Rudi. Seine Zunge war jetzt schon etwas schwer. Moni sah es mit Besorgnis, aber sie dachte: Er hat mit vielen Gästen ein Glas trinken müssen. Da konnte er nicht ablehnen.

Um fünf Uhr morgens war er volltrunken. Es standen nur noch drei Gäste an der Bar. Sie würfelten um Champagner. Das waren die richtigen Leute. So etwas brachte Geld. Moni beteiligte sich. Das sah Rudi nicht gern. Der erste Mißton kam auf. Sie warnte ihn mit Blicken. Er schien es nicht zu bemerken.

Um sechs Uhr morgens lallte er: »Schluß! Jetzt ist Feierabend!«

»Wer ist denn dieser Bär?« fragte einer der drei späten Gäste.

»Mein Teilhaber«, sagte Moni.

Und das hatte Rudi gehört. Schon ein wenig torkelnd, kam er heran, stützte sich schwer auf die Bartheke und fragte: »Was bin ich? Was hast du gesagt?« Er glotzte mit stieren Augen auf die kleine Gruppe.

Moni beschwichtigte: »Ist schon gut, Rudi. Ist schon gut. Wir trinken jetzt unsere Gläser aus, und dann ist Feierabend . . .«

Von den drei Herren wollte keiner mehr einen Witz machen. Sie hörten auf mit ihrem Flirt, den sie dezent mit Moni gehabt hatten: Ein Küßchen auf die Wange, ein kurzes Streicheln über die Hand oder den Arm, vielsagende Blicke und Versprechungen, daß man ganz gewiß wiederkommen würde . . . Schlagartig hörte das auf.

Als die Bar leer war, zählte Moni das Geld. Sie knallte die Geldscheine auf die Theke und rief: »Du täppischer Idiot! Wenn du dich in Zukunft nicht anders benimmst, steige ich aus! Du bist so dumm, daß du brummst!«

»Was?« fragte er. »Was?« Und dann fiel ihm der Kopf auf die Brust. Er schlief ein.

Dieser erste Mißklang hielt nicht an. Das Geschäft lief. Es gab einfach nur die eine Möglichkeit: Es lag im Revier, deshalb mußte es laufen. Die Männer, die hierher kamen, wußten, daß man sie neppen würde. Sie kamen mit Mädchen oder sie suchten Mädchen. Und die drei, die Moni engagiert hatte, begriffen sehr schnell. Sie wollten Geld machen. Sie waren jetzt noch trinkfest und konnten bei vier, fünf Flaschen Champagner gut mithalten. Moni wußte, daß sie das nur zwei, drei Jahre durchhalten würden. Dann mußten sie ausgetauscht werden.

Sie sah, daß sie auch gewisse Abschlüsse machten . . .

»Warte auf mich, gleich ist Feierabend . . .« Die Freier standen draußen und schleppten ab.

»Das geht uns nichts an«, sagte Moni zu Rudi.

»Nein, nein«, stimmte er zu, »das geht uns nichts an.«

Zehn Tage später war Rudi wieder volltrunken. Sie erkannte, daß er seine Phasen haben würde: Er konnte acht bis zehn Tage ohne Alkohol auskommen, dann aber soff er sich voll bis zur Besinnungslosigkeit. So würde das immer sein.

Inzwischen hatte sie alle geschäftlichen Abwicklungen allein regeln müssen. Das Geschäftliche war ihr ganz automatisch zugefallen. Rudi taugte nicht für so etwas.

Manchmal lächelte sie nachsichtig, wenn sie ihn rechnen sah. Er malte große, ungelenke Zahlen, und Schreiben war auch nicht seine Stärke. Es sah jedesmal aus, als leiste er eine schwere Arbeit, wenn er rechnete oder schrieb. Er verzog dabei das Gesicht, über seiner Nasenwurzel bildete sich eine tiefe Falte. Ein paarmal hatte sie gesagt: »Komm, gib her. Das mache ich dreimal so schnell wie du.«

Er war jetzt nur noch so etwas wie die Galionsfigur des Unternehmens. Der Mann, der die Szene beherrschte, ein Riese, dessen Anwesenheit genügte, um Betrunkene oder Halbbetrunkene in ihre Schranken zu weisen. Außerdem machte er die Botengänge. Sie sagte zu ihm: »Bring das Geld zur Bank. Nimm die Schecks und laß sie auf der Bank prüfen . . . Geh zum Metzger und bestelle eine andere Wurstsorte . . .«

Das alles tat er willig. Sie schaute ihm wohlwollend zu. Sie liebte ihn, auf ihre Weise, mit ein wenig Verachtung und mit dem Anflug von mütterlichen Gefühlen. Ja, dieser Rudi Zimmermann, das war schon ein Kerl. In einen guten Maßanzug gesteckt, stellte er etwas vor. Im Bett war er zärtlich und irgendwie ein wenig unbeholfen. Er war verspielt und doch ausdauernd.

Manchmal trinkt er eben, dachte sie. Er geht nicht mit anderen Frauen . . . Das ist ja schon was. Alle acht bis zehn Tage ist er besoffen, das muß ich eben in Kauf nehmen.

Stutzig wurde sie nur einmal, als ein Gast ihn nach seinem Namen fragte. Rudi war angetrunken. Der Gast hatte gesagt: »Ich kenne Sie doch? Sie sind . . .« Und Rudi hatte geantwortet: »Ich bin Eddy Zimmermann . . .«

Sie hatte nur den Kopf geschüttelt, aber dabei sofort begriffen, was tief in ihm vorging. Ja, er spielte Eddy Zimmermann.

Das Geschäft war nicht mehr gefährdet. Die drei großen Bosse verhielten sich still. Nach zwei Monaten sagte Weissleder: »Es scheint zu klappen.«

Rudi hörte das gern. Er dachte: Vielleicht könnte ich Eddy einmal einladen. Sie hatten jetzt zwei Tänzerinnen, die Striptease vorführten, nicht zu heiß, aber doch heiß genug, um die Gäste zu animieren.

»Ich werde ihn mal anrufen«, sagte Rudi zu Moni.

Sie wußte, was er wollte. Er wollte vorführen. Er wollte sagen: Schau dir das an, Eddy. Das habe ich hingestellt. Und dann wollte er ein Lob hören von Eddy.

»Meinetwegen«, sagte sie. »Aber denke nicht, daß Eddy dir verziehen hat. Eddy vergißt nie.«

Eddy war freundlich am Telefon. Er sagte: »Na klar, ich komme in den nächsten Tagen mal vorbei.«

Und Eddy kam tatsächlich. Er roch nach seinem typischen herben Männerparfum. Er trug wieder einen Anzug, der mindestens tausendfünfhundert gekostet hatte, an den Ärmeln waren besondere Aufschläge, die mit einem Goldknopf gehalten waren. Er sah aus wie aus dem Ei gepellt, und Rudi dachte: Man kann sagen, was man will, der Eddy kann's . . .

»Schön«, sagte Eddy. »Sehr schön. Da kann ich nur gratulieren.« Er schaute sich um, ging durch die Räume, beifällig mit dem Kopf nickend. »Jawohl, bravo, Rudi.«

Rudi ließ sofort eine Flasche bringen. Er fühlte sich jetzt ebenbürtig, nur mit dem letzten Schnick, das wußte er, mit diesem letzten Schnick konnte er nicht mitkommen. Da würde Eddy ihm immer um einige Nasenlängen vorausbleiben.

Als Eddy gegangen war, stellte sich Rudi an die Bar. Er stützte beide Hände auf und sagte laut: »So, das wäre jetzt auch geklärt.«

Aus Freude betrank er sich. Moni sagte ein paarmal: »Nun hör schon auf zu saufen. Du bist ja wie ein Hund, kaum wirst du einmal gestreichelt, schon wedelst du und gibst Pfötchen. Ich sage dir, dieser Eddy ist ein ausgekochter Gauner.«

Aber das wirkte schon nicht mehr. Rudi schwamm auf einer Woge der Glückseligkeit. Er, der gefeuerte Boxer, dem man auf Lebenszeit die Lizenz entzogen hatte, war nun doch etwas geworden. Sie hatten ein Bankkonto, sie wohnten jetzt in einer geräumigen Vierzimmerwohnung. Jedenfalls läuft alles, dachte Rudi.

Und dann wurden sie an einem Morgen gegen sieben Uhr aus dem Schlaf gerissen. Das Telefon hatte pausenlos geklingelt. Müde und mißlaunig griff Rudi nach dem Hörer. Er hörte fünf Sekunden zu. Dann schrie er auf: »Es brennt!«

Der Anruf war von der Polizei gekommen. Keine näheren Details, nur: »Ihr Lokal brennt.«

Rudi zog sich hastig an. Seine Hände zitterten, denn es war ihm etwas eingefallen, etwas Fürchterliches war ihm eingefallen.

Moni wollte unbedingt mitkommen, aber es dauerte ihm zu lange, bis sie angezogen war. Er schrie: »Komm mit dem Taxi nach. Ich habe schon einen Wagen bestellt!«

Er kam bis zur Absperrung. Dort wollten ihn Polizei und Feuerwehr aufhalten. »Lassen Sie mich durch!« rief er. »Ich bin der Besitzer der Bar! Lassen Sie mich durch!« Dabei ruderte er mit seinen kräftigen Armen, daß die Feuerwehrleute nur so zur Seite flogen.

Er sah es von weitem, aus einer Entfernung von hundert Metern. Die Flammen fuhren zischend aus der gesamten Front, die wie geschmolzen schien. Er hörte das bösartige Fauchen. »Mein Gott«, sagte er vor sich hin. »Mein Gott . . .«

Sie arbeiteten mit drei Schläuchen und Löschschaum.

Der Brandmeister stand zwanzig Meter neben der Bar. Rudi erkannte ihn an der goldenen Kordel seiner Mütze. Er ging zu ihm hin und sagte: »Ich bin Rudi Zimmermann . . . Ich bin der Besitzer . . .« Er deutete mit einer Hand. »Sagen Sie mir . . . Was ist . . . Was . . .«

Der Schweiß stand ihm auf der Stirn. Sein Gesicht war wie aufgerissen vor Schreck, das Haar noch wirr, so stand er vor dem Brandmeister. Der Mann sagte nur: »Tut mir leid. Es ist alles zu spät . . .«

18

Die Bar brannte, und er wußte, daß er die Brandversicherung für das Mobiliar nicht abgeschlossen hatte. Er erinnerte sich genau daran. Das war an einem der Tage gewesen, an dem er viel getrunken hatte. Das Formular mußte noch in seinem Anzug stecken. Er hatte es vergessen.

Das ist das Ende, dachte er. Das ist ein Verlust von hunderttausend Mark, den können wir nicht auffangen.

Er stand breitbeinig, ohne sich zu rühren, und starrte in die Flammen.

Aus den oberen Wohnungen wurden bereits die Mieter evakuiert. Sie konnten jedoch nicht mehr durch das Haus. Deshalb schlug die Feuerwehr vom Nachbarhaus Durchgänge in die Wände. Er hörte, wie der Brandmeister es erzählte. »Das Treppenhaus brennt bis zum ersten Stock.«

Es war eine Katastrophe. Vier Löschzüge standen jetzt in der Straße. Aber der Löschschaum und die Wasserrohre schienen wenig auszurichten. Rudi sah die Feuerwehrmänner in ihren Asbestanzügen. Sie gingen nahe an die Flammen heran, und er begriff, daß sie ihr Leben riskierten. Eine ungeheure Menschenmenge drängte sich vor den Absperrungen.

Jetzt bin ich erledigt, sagte sich Rudi Zimmermann. Aus

der Traum vom erfolgreichen Geschäftsmann! Ein Nichts war er jetzt wieder – eine Null.

Es war Brandstiftung! Das konnte nur Brandstiftung gewesen sein. Er versuchte, sich zu erinnern. War in der Küche eine Herdplatte nicht abgestellt worden? Konnte ein Kurzschluß in den elektrischen Leitungen gewesen sein? Nein, das kam nicht in Frage. Ein solcher Brand, so gefährlich und kaum zu bezwingen, hätte nicht aus einer der üblichen kleinen Nachlässigkeiten entstehen können.

Er ging zum Brandmeister, der mit einem Megaphon die Löscharbeiten leitete. Der Mann bestätigte, was Rudi gedacht hatte. »Ja, ohne Zweifel Brandstiftung. Wenn Sie nahe herangehen könnten, würden Sie das Benzin riechen. Meine vordersten Leute haben es mir gesagt.«

»Sie haben mich also doch geschafft . . .«

»Wie meinen Sie das?« fragte der Brandmeister und schaute Rudi mißtrauisch an.

»Die Gangster waren es, aus der Branche. Sie wollten mich nicht haben. Sie dulden keine Konkurrenz. Ich bin nicht einmal versichert . . .«

»Nicht versichert? Mann, das wird Sie teuer zu stehen kommen.«

Rudi nickte nur. Er konnte jetzt nicht mehr reden. Das alles war wie ein Traum – aber es war doch Wirklichkeit. Er war jetzt unfähig, irgend etwas zu unternehmen. Er stand auf der Straße und starrte hinüber auf diese Stelle, wo man sein kleines Glück vernichtet hatte. Er war wie betäubt.

Er drehte sich langsam um, und da sah er Moni. Sie stand bei einem Polizeiinspektor in Uniform und redete heftig auf ihn ein. Sie winkte Rudi zu. Offensichtlich ließ die Polizeikette Moni nicht passieren. Es war ein Zufall gewesen, daß er sie zwischen all diesen Menschen entdeckt hatte.

Er ging zu ihr. In ihren Augen konnte er das Entsetzen noch erkennen. Sie war schneeweiß im Gesicht.

Er sagte: »Es war Brandstiftung. Sie haben uns fertiggemacht . . .«

»Aber das muß doch geklärt werden!« rief sie. »Kommissar Weissleder kennt doch die Zusammenhänge!«

»Ja, Weissleder«, wiederholte er.

»Wir sind doch versichert! Die Versicherung muß uns doch gegen so etwas schützen!« Tränen liefen über ihre Wangen, es waren Tränen des Zorns.

Er schüttelte den Kopf: »Wir sind nicht versichert, Moni. Ich habe vergessen, das Formular einzureichen . . .«

Sie starrte ihn an, wollte etwas sagen, bewegte aber nur tonlos die Lippen.

Das Haus war versichert mit der gesetzlichen Brandversicherung, aber nicht die Inneneinrichtung der Bar. Der Polizeimeister, mit dem sie sprachen, klärte sie darüber auf. »Jedes Haus ist versichert, vom Dach bis zum Keller, aber Ihre Sachen fallen da nicht drunter.«

»Unsere Sachen . . . Ja, ich weiß.« Rudi starrte auf irgendeinen Punkt, er sah auch Moni nicht an. Seine Augen waren wie leer. Als er zu gehen begann, sagte er noch einmal: »Kommissar Weissleder . . .«

Moni folgte ihm. Sie wollte ihn am Arm halten, aber er zog sie mit. Sie hatte das Gefühl, er bemerkte nicht einmal, daß sie ihn zurückhalten wollte.

Es war fast unmöglich, dieses Gedränge zu durchqueren. Sie hielt sich dicht hinter ihm. Er war wie ein Rammbock. Die Menschen schimpften über ihn. Es störte ihn nicht. Die rechte Schulter vorgeschoben, so zwängte er sich durch.

Als sie die Linie erreicht hatten, wo die Menge anfing, sich zu zerstreuen, schrie sie ihn an: »Du Dummkopf! Willst du dich nicht um mich kümmern? Die Leute hätten mich beinahe totgedrückt!«

Ganz plötzlich begann sie, mit den Fäusten auf seine linke Schulter zu trommeln. Das genügte, er wachte aus seiner Erstarrung auf.

»Ich muß zu Weissleder.«

»Der ist jetzt zu Hause, der arbeitet bis vier Uhr morgens.« Sie überlegte: »Und was soll Weissleder ausrichten? Die Bar ist abgebrannt.«

Sie gingen nebeneinander, wußten noch nicht, wohin sie gehen würden. Sie sagte: »Wenn du die Versicherung vergessen hast, sind wir für alle Zeiten erledigt. Fünfzigtausend hat das Geschäft gekostet und hunderttausend die Einrichtung . . .« Ihr Gesicht war hart, als sie sagte: »Mit einem Dummkopf soll man kein Geschäft anfangen.«

»Ich habe es vergessen«, murmelte er.

Er war völlig niedergeschlagen, konnte auch nicht schnell antworten, als Weissleder am Telefon sagte: »Mensch, einmal wollte ich mich ausschlafen. Es ist erst acht Uhr . . .«

»Es war Brandstiftung«, sagte Rudi. »Ich wollte, daß Sie es wissen.« »Brennt die Bar noch?« »Ja«, sagte Rudi, »sie brennt noch.«

»Diese verdammten Schweine«, sagte Weissleder. »Die werden mich kennenlernen. Aber erst will ich noch eine Stunde schlafen. Ich bin auch nur ein Mensch und keine Maschine. Rudi, machen Sie jetzt keinen Blödsinn. Verhalten Sie sich ruhig, machen Sie nichts auf eigene Faust. Ich werde zuerst mit Eddy sprechen.«

»Ich glaube nicht, daß Eddy was mit der Sache zu tun hat. Er hat mich ja schließlich in der Bar einmal besucht. Wir hatten Frieden miteinander geschlossen. Aber Selim und Sewarikis – denen habe ich nie getraut.«

Das war alles. Mehr konnte jetzt nicht besprochen werden. Rudi kam bleich und verstört aus der Telefonzelle heraus. Es war ein grauer Tag, mit Nieselregen. Er schlug den Mantelkragen hoch, stellte sich neben Moni und sagte nichts. So blieben sie eine Weile nebeneinander stehen, als wären sie sich völlig fremd. Sie spürten beide die tiefe Kluft, die jetzt zwischen ihnen war. Es war ein Unglück, das sie nicht etwa zusammengeschmiedet, sondern das sie auseinandergebracht hatte.

»Du hast unsere Existenz versoffen«, sagte sie leise. Es war keine Wut, kein Zorn in ihrer Stimme, aber er begriff, daß sie ein endgültiges Urteil über ihn gefällt hatte. Eine Existenz versoffen . . . Sie hatte recht. Und das wog schwer, das war nicht zu widerlegen.

Noch immer neben der Telefonzelle stehend, erklärte sie ihm: »Das bedeutet für uns die Trennung. Ich übernehme fünfzigtausend, denn darin bin ich fair. Was ich unterschrieben habe, das halte ich ein. Ich gehe wieder als Tänzerin. Ich werde nackt auftreten müssen, um viel Geld zu verdienen. Ich werde abzahlen . . . Sieh du zu, wie du abzahlen kannst . . .«

Es war ein Schmerz, der sich tief in ihn hineinbohrte. Er machte ihn wortlos, verteidigungsunfähig. Er murmelte vor sich hin: »Ich liebe dich, das weißt du . . .«

»Ja«, sagte sie, »das weiß ich, aber was nutzt uns das? Wir kommen hier nicht mehr auf die Füße. Ein zweitesmal kriegen wir nirgendwo Kredit. Und selbst wenn wir ihn bekämen, würden uns die Großen aus der Unterwelt irgendwie wieder fertigmachen. Es geht nicht, Rudi. Unsere Sache läuft schief!«

Sie war heftig geworden, die ganze Härte ihrer Entschlossenheit hatte in diesen Worten gelegen. Alles, was er jetzt sagen konnte, klang schwach. Es kam ihm selber läppisch vor, als er meinte: »Ich könnte eine ordentliche Arbeit annehmen . . . Du könntest als kaufmännische Angestellte arbeiten. Zu zweit würden wir gar nicht so schlecht verdienen . . .«

»Und dann abbezahlen, wie? Von deinem Gehalt als Hilfsarbeiter und meinem Gehalt als kaufmännische Hilfskraft zwanzig Jahre abbezahlen?« Sie lachte laut auf, aber es war ein böses Lachen, das sie nicht befreite, das sie im Gegenteil noch mehr gegen ihn und die ausweglose Situation aufbrachte. Es war Verachtung, Haß, Bitterkeit.

Er sagte nichts, verstand, daß sie niemals das Leben in kleinen Verhältnissen akzeptieren würde. Sie hatte jahrelang auf schnelle Weise viel Geld verdient. Jetzt war es zu spät für sie, noch einmal umzulernen. Es war auch zu spät für ihn.

Zwischen zusammengebissenen Zähnen stieß er hervor: »Ich werde mich fürchterlich rächen!«

Sie lachte. »Mit deinen Fäusten, wie? Schlagen, wie?

Damit du wieder im Knast landest! Das läuft nicht mehr! Du mußt jetzt zu Kreuze kriechen, Boxer! Tu, was du willst, aber laß mich in Frieden. Wir trennen uns – und zwar hier, in dieser Minute!«

Sie drehte sich um und ging von ihm weg.

Zuerst sperrte er nur den Mund auf. Während er hinter ihr herstarrte, suchte er nach einem Wort. Aber er fand das Wort nicht, keinen vernünftigen Satz, der sie hätte überzeugen können.

»Moni!« rief er. »Moni!« Seine Stimme war heiser, ohne Kraft. Und das war das vorherrschende Gefühl, das ihn jetzt lähmte: Kraftlosigkeit. So schwach wie jetzt war er nie gewesen. Selbst, wenn er im Ring k. o. geschlagen worden war, es war noch immer ein Rest Kraft in ihm geblieben, etwas wie die Gewißheit, daß er sich wieder erholen würde. Aber dieser Augenblick war anders: Er war zerstört.

Er lief hinter ihr her. Sie war jetzt schon fünfzig Meter von ihm entfernt. »Moni!« rief er. »So warte doch, Moni!« Er winkte mit der Hand, hob den Arm immer wieder. Dann blieb er plötzlich stehen, denn sie stieg in ein Taxi. Er hätte jetzt rennen müssen, um sie noch zu erreichen, aber er blieb stehen, starrte dem davonfahrenden Wagen nach, bis er merkte, daß er nichts mehr sehen konnte. Die Tränen waren ihm in die Augen geschossen. Sie liefen ihm über das Gesicht, tropften am Kinn herunter.

Zwei Schuljungen gingen an ihm vorbei. Sie trugen Ranzen auf dem Rücken, hatten fröhlich miteinander geschnattert. Als sie ihn sahen, waren sie still geworden. Im Weitergehen sagte einer der Jungen: »Hast du gesehen, der große Mann weint!«

Er hatte es gehört. Es war noch einmal ein Hieb gewesen, ein unnötiger Schlag. Wie ein Kämpfer, der längst ausgezählt ist, hatte es ihn noch einmal getroffen.

Und jetzt kam der Zorn. Er brach aus ihm auf, vertrieb die Tränen, die Verzweiflung. Ohne daran zu denken, daß er sich auf einer Straße befand, wo ihn jeder sehen konnte, hob er die geballte Faust und schrie: »Ich und weinen! Ich weine nicht! Ich werde mich rächen!«

Passanten blieben auf der Straße stehen, schauten ihn mißtrauisch an, wagten aber keine Bemerkung, sondern gingen in einem weiten Bogen um ihn herum, denn dieser Mann sah furchterregend aus.

Das Gehen tat ihm wohl. Im Gehen kam so etwas wie ein Gleichgewicht. Er konnte denken. Mit lang ausgreifenden Schritten ging er zu der Bar zurück. Er wußte, daß er dort nichts mehr ausrichten konnte. Aber er wollte die Bar sehen – die Reste seines Unternehmens.

Es war ein grauenvolles, rauchgeschwärztes Loch in der Hauswand, aus dem noch Rauch aufstieg. Davor lag ein Haufen Scherben. Und auch die waren schwarz vom Ruß.

Ein Löschwagen stand noch am Straßenrand. Die Feuerwehr hatte drei Leute als Brandwache zurückgelassen. Sie lehnten sich gegen den Wagen, rauchten Zigaretten, lachten. Sie schienen glücklich darüber, den Brand gelöscht zu haben. Rudi hatte keine Lust, mit ihnen zu reden.

Zehn Sekunden blieb er vor der zerstörten Hausfront stehen. Drinnen sah es aus wie in einer schwarzen Höhle, es war nichts mehr zu erkennen. Die Vernichtung war perfekt.

Er ging langsam davon, ließ das alles hinter sich zurück. Er wußte nicht, wohin er gehen würde, er setzte einfach einen Fuß vor den anderen. Wenn an einer Straßenkreuzung die Fußgängerampel auf rot stand, wartete er auf grün, überquerte dann die Straße mit all den anderen, die wie er gewartet hatten. Die Hände in den Manteltaschen, blieb er vor einer Bierschwemme stehen. Er wußte, daß er hineingehen würde. Er hatte noch Geld in der Tasche, ein paar hundert Mark.

Um diese Zeit war die Kneipe noch leer, der Wirt putzte mißmutig am Chrom der Zapfhähne. Eine zerzauste Kellnerin musterte ihn unfreundlich.

Rudi setzte sich an einen runden Tisch. Er rief, ohne den

Kopf zur Theke zu wenden: »Ein großes Bier und einen doppelten Korn!«

In den vier Stunden, die er dort saß, ohne auch nur ein einziges Mal aufzustehen, wiederholte er diese Bestellung zehnmal. Das Gesicht des Wirtes war freundlicher geworden, und als die Kellnerin eine Zwischenrechnung vorlegte, die er mit einem reichlichen Trinkgeld bezahlte, versuchte sie ein zaghaftes Gespräch mit ihm. Sie hatte Geld gesehen: Etliche Hundertmarkscheine, die er achtlos in seiner großen Faust zerknittert hatte.

Der Wirt hatte leise zur Kellnerin gesagt: »Der Kerl verträgt aber einen Riesenstiefel . . .« Sie hatte ebenso leise geantwortet: »Das ist ja auch ein Riesenkerl . . .«

Und dann war es wie immer: Ein Gast hatte ihn erkannt. Ein Gespräch hatte sich angebahnt, von Tisch zu Tisch. Er war wieder einmal Rudi Zimmermann, der gewesene Boxer, der ein großer Boxer geworden wäre, wenn sie ihm nicht die Lizenz entzogen hätten – auf Lebenszeit.

»Jawohl!« rief er durchs Lokal. »Ich wäre jetzt drüben in Amerika . . . Die Welt würde mich kennen.« Er zuckte die Achseln und machte eine müde Handbewegung: »Aber so . . .«

Ein Mann, der ziemlich heruntergekommen aussah und schon den dritten Schnaps auf seine Rechnung trank, sagte: »Na, so schlecht scheint es dir ja nicht zu gehen . . . Der Anzug, den du da anhast, also den schätze ich auf mindestens . . .«

Da begann Rudi zum erstenmal an diesem Tag zu lächeln. Er strich über den linken Jackenärmel: »Ja, der Anzug ist gut.«

Als er aufstand, schwankte er, einmal nach links, dann nach rechts. Er stützte sich auf den Tisch und befahl sich laut: »Aufpassen, Rudi Zimmermann!«

Darüber lachten der Wirt, die Kellnerin und alle Gäste. Das Lachen alarmierte ihn. Er sammelte seine Kräfte und sagte: »Was habt ihr zu lachen? Über mich habt ihr nicht zu lachen!«

Das genügte: Das Lachen verschwand blitzschnell aus den Gesichtern.

Er ging steif, aber ohne zu schwanken, aus der Kneipe hinaus. Vor der Tür überlegte er, wohin er gehen würde. Er murmelte: »Nach Hause, nach Hause . . .«

Er stieg in ein Taxi. Während er dem Fahrer die Adresse angab, wußte er bereits, was er zu Hause vorfinden würde. Er stellte sich darauf ein, wie jemand, der genau weiß, daß ihm in der nächsten Stunde Schweres bevorsteht.

Aber dann traf es ihn doch noch hart. Ihr Schrank war ausgeräumt. Im Badezimmer sah er die leeren Stellen, wo die vielen Kleinigkeiten gestanden hatten, die sie für ihr Make-up brauchte. Die Wohnung kam ihm jetzt vor, als wäre sie unbewohnt. Er schaute umher, ob sie vielleicht einen Zettel für ihn hinterlassen hatte. Nichts. Sie war einfach fortgegangen.

»Ja, sie ist fort!« rief er durch das Zimmer, als wäre da jemand, der ihn hören könnte.

Er ging in der Wohnung hin und her. Es war keine Spur von Müdigkeit in ihm, er hatte auch keinen Hunger. Als er in der Küche den Kühlschrank öffnete, sah er verschiedene Delikatessen. Er ließ sie unbeachtet liegen, er griff nach einer Flasche Sekt, nahm auch noch eine Flasche Bier.

Im Sessel sitzend, die Beine weit von sich gestreckt, trank er die beiden Flaschen aus. Dabei redete er mit sich selbst. Er fand es seltsam, daß er plötzlich angefangen hatte, Selbstgespräche zu führen. Das habe ich doch früher nie getan. Er begriff nicht, daß er einen hohen Grad der Vereinsamung erreicht hatte, daß er jetzt ohne ein Gegenüber war.

Das Telefon klingelte mehrmals, er nahm jedoch den Hörer nicht ab. Er sagte in Richtung des Telefons: »Was wollt ihr von mir? Laßt mich in Ruhe, ihr verdammten Schweine!«

Und vielleicht war es das Telefon, das ihn gereizt hatte. Es hatte einen Entschluß in ihm entstehen lassen. Ich werde jetzt gehen. Ich werde die Herren besuchen . . . Dabei ballte er die rechte Faust und schlug sie dreimal in die geöffnete linke Hand.

19

Aber ehe er sich aufraffte, um zu gehen, trank er noch drei Flaschen Bier. Er war jetzt volltrunken, sagte sich jedoch: Ich bin nüchtern. Ich bin ganz groß in Form.

Als er in Eddys Bar hineingehen wollte, standen dort bereits drei Mann Wache, die ihn nicht hineinließen. Sie hatten Gummiknüppel in den Händen, der Wortführer sagte: »Rudi, du kommst hier nicht rein!«

»Ich will zu Eddy!« rief er. »Sag Eddy, daß ich hier bin! Er wird euch Scheißkerlen befehlen, mich reinzulassen!«

»Wir haben von Eddy ausdrücklich die Anweisung, dich nicht reinzulassen.«

»So«, sagte er, »so. Er glaubt wohl, ich bin am Ende? Mit einem, der fertig ist, will er nichts mehr zu tun haben . . .«

»Wir wissen alle, was vorgefallen ist. Aber Eddy hat nichts damit zu tun!«

Er ging davon, rief, ohne sich umzudrehen: »Ich werde es euch zeigen!«

Sie schauten ihm nach, bis er um die Ecke verschwunden war. Und dann sagte einer von ihnen: »Gott sei Dank, er hat nicht gewußt, daß Moni hier ist. Er weiß auch nicht, daß sie wieder für Eddy arbeitet.«

Er wußte es nicht, hatte keine Ahnung, daß sie nackt tanzte, am selben Tag. Er konnte auch nicht wissen, daß sie den Preis für die Wiedereinstellung bereits am Nachmittag gezahlt hatte. Eddy hatte nur gegrinst, während Moni vor ihm stand.

»Na, du kleine Nutte, dafür wirst du dich mal langlegen müssen . . .«

Und das hatte sie getan, am selben Nachmittag.

Und Rudi ging und ging. Vor sich hinmurmelnd lief er durch die Straßen. Er suchte Selims Nachtbar, war aber zu betrunken, um sie gleich zu finden. Es war mehr ein Zufall, daß er plötzlich vor dem hellerleuchteten Eingang stand. Und auch dort gab es eine Wache: ein Mann mehr als bei Eddy.

Als Rudi die schwere Portiere beiseite schob, schlugen sie zu. Er brüllte auf wie ein Stier, war bereits zweimal am Kopf getroffen, aber er konnte noch zuschlagen. Er traf, und jedesmal, wenn er getroffen hatte, fiel ein Mann um. Er blutete über dem linken Auge. Blut schoß ihm aus dem Mund. Und als er so mitten in Selims Bar stand, schrien die Frauen vor Schreck auf. Die Männer flüchteten vor ihm.

Sie brauchten sechs Mann, um ihn niederzuschlagen. Als er am Boden lag, trampelten sie auf ihm herum. Sie waren alle verletzt, und sie tobten ihre Rache an ihm aus, bis Kommissar Weissleder mit drei Mann hereinkam.

Die Schläger standen in einer Reihe vor der Bar. Sie rückten ihre Krawatten und ihre Anzüge zurecht, hielten sich Taschentücher vor die blutigen Nasen oder die blau geschlagenen Augen. »Er hat angefangen!« riefen sie. »Er hat vier Mann von uns groggy gehauen!«

Kommissar Weissleder musterte sie mit schweigendem Zorn. Zu seinen beiden Beamten sagte er leise: »Ich habe es gewußt, aber wir kamen zu spät. Sie haben ihn noch einmal fertiggemacht . . .« Dann rief er laut: »Los, die Rettungswache!«

In diesem Augenblick kam Selim, der Marokkaner, aus dem hinteren Eingang auf Kommissar Weissleder zu und sagte: »Die Rettungswache ist schon bestellt. Außerdem mache ich Anzeige . . . Es ist gut, daß Sie gekommen sind.«

Weissleder lachte einmal grimmig auf. »Sie meinen, es ist gut, daß ich zu spät gekommen bin? Wer hat denn mindestens achtzig bis hundert Liter Benzin in seine Bar gegossen, wie? Von euch ist nie einer an etwas schuld gewesen, wie? Und bei der Gerichtsverhandlung werdet ihr schwören, daß er, der Schläger, euch schrecklich verprügelt hat . . .«

Weissleder nickte vor sich hin, er schaute auf Rudi, der bewegungslos am Boden lag. Leise sagte er: »Verdammte Scheißbande . . . Eddy hat ihn auf dem Gewissen.«

Weissleder wartete, bis der Krankenwagen Rudi abholte. Er hatte nach seinem Puls gefühlt, er war schwach gewesen. Diesmal hatte er mehr eingesteckt als je vorher. Aber auch die bezahlten Schläger hatten ihr Teil bekommen. Ein paar von ihnen sahen schlimm aus.

Als der Kommissar mit seinen beiden Männern wieder im Wagen saß, fragte einer: »Und was denken Sie, wie wird es weitergehen?«

»Schlimm wird es weitergehen. Sie werden ihn im Krankenhaus auskurieren. Inzwischen wird Selim mit seinen Leuten Anzeige erstatten. Natürlich werden die sich ganz dicke Atteste ausstellen lassen über die Prügel, die sie bekommen haben. Er wird vor Gericht verurteilt, wegen schwerer Körperverletzung im Rückfall. Die Burschen werden schwören. Und er wird in den Knast marschieren. Wenn er Pech hat, vielleicht zwei Jahre . . .«

Der Kommissar telefonierte in den nächsten Wochen ein paarmal mit dem Krankenhaus. Rudi Zimmermann hatte einen Schädelbruch. Auch die Nase war zweimal gebrochen. Der Arzt rechnete mit drei Monaten bis zur Wiederherstellung.

Der Arzt hatte fast auf den Tag genau recht behalten. Und auch Kommissar Weissleder hatte sich mit seiner düsteren Prognose nicht getäuscht: Der zerschlagene ehemalige Boxer stand vor Gericht, alle Zeugen waren gegen ihn. Das Gericht fand ihn schuldig.

Es war die uralte Formel: »Im Namen des Volkes . . . Zwei Jahre Gefängnis ohne Bewährung . . .«

Und dann wurde das Urteil begründet: Ein gefährlicher, bärenstarker Faustkämpfer habe im Rückfall wieder zugeschlagen. Die früheren Vergehen wurden aufgezählt: Schwere Körperverletzung und Widerstand gegen die Staatsgewalt. Von Gnade war nicht die Rede. Rudi Zimmermann wurde im Gerichtssaal verhaftet, da der Arzt auf seinem Krankenblatt vermerkt hatte, es bestände nunmehr die Möglichkeit, daß der schwer angeschlagene Boxer nicht mehr ganz zurechnungsfähig sei . . .

Die Presse, die nach seiner ersten schweren Schlägerei in Eddys Bar gegen ihn geschrieben hatte, kritisierte diesmal den Staatsanwalt und den Richter. »Eine drakonische Strafe für Ex-Boxer Zimmermann . . .« Das stand fettgedruckt über einem Artikel. Die anderen Zeitungen waren ähnlicher Meinung. Aber das half Rudi Zimmermann nicht mehr.

Auch Kommissar Weissleder hatte nach der Gerichtsverhandlung mit dem Staatsanwalt gesprochen. Er hatte den Kopf geschüttelt und gesagt: »Herr Staatsanwalt, das scheint mir zu hart . . . Wir wissen genau, daß diese Burschen Selim und Sewarikis und wahrscheinlich auch Eddy von hinten in die Bar eingedrungen sind. Sie haben gegen fünf Uhr morgens etwa hundert Liter Benzin in die Bar geschüttet und das Ganze mit einem raffinierten Trick angezündet . . .«

»Können Sie das beweisen?« fragte der Staatsanwalt.

»Die Tatausführung können wir beweisen, denn wir haben Spuren gesichert. Im Hinterhof . . . Die Täter konnten wir allerdings nicht ermitteln, doch es ist klar, wo sie zu suchen sind.«

Der Herr Staatsanwalt war der Meinung, der Brand habe mit der schweren Körperverletzung nichts zu tun. Er hielt zwei Jahre Gefängnis für angemessen.

»Und bedenken Sie, wie gefährlich dieser Mann ist, er kann ja mit einem einzigen Fausthieb einen Menschen töten . . .«

»Ja, ja«, Kommissar Weissleder nickte. »Ich meinte nur, es hätte der Tatsache Rechnung getragen werden müssen, daß sich Rudi Zimmermann nach der Brandstiftung in einer besonderen Erregung befand . . .«

Aber das sagte er bereits im Weggehen. Es klang resigniert. Da war nichts mehr zu machen: Rudi Zimmermann war auf dem Weg in die Strafanstalt, wo er zwei Jahre verbüßen würde. Er war ein erledigter Mann. Die anderen aber, die großen Bosse, Boxer-Eddy, Selim und Sewarikis, würden weiterhin Millionen scheffeln.

Am selben Mittag traf Weissleder den Staatsanwalt noch einmal in der Kantine, wo sie eine Bohnensuppe aßen. Bei dieser Gelegenheit sagte der Staatsanwalt: »Übrigens, Ihr Sorgenkind Zimmermann . . . Warum ist er überhaupt in dieses Milieu abgerutscht? Er hat es doch gesucht. Er wollte doch zwischen Huren, Zuhältern, Schlägern und all diesem Gesindel leben. Hätte er nicht einer anständigen Arbeit nachgehen können?«

Weissleder winkte nur mit der Hand ab und sagte schroff: »Das verstehen Sie nicht, Herr Staatsanwalt.«

Er löffelte dann mißmutig seine Bohnensuppe, aß gedankenverloren die kleine Knackwurst. Der Fall Zimmermann ging ihm nicht aus dem Kopf.

Was habe ich nur an dem Kerl gefressen? dachte er. Er ist ein Kind, ein naiver Riese mit gewaltigen Kräften, der ständig über seine eigenen Füße stolpert. Wahrscheinlich ist er gutartig. Und diese Moni hat ihn schön auflaufen lassen. Im Grunde genommen eine miese Hure, aber er hing an ihr. Na ja, nichts zu machen.

Es gab außer Kommissar Weissleder noch einige Personen, die dann und wann von Rudi Zimmermann sprachen.

Da war Franz, Eddys ständiger Fahrer. Er sagte zu seiner Frau: »Rudi war in Ordnung.«

Rudis Manager und sein früherer Trainer sagten manchmal: »Wieviel hat er jetzt rum?« Dann rechneten sie, während sie irgendwo an der Theke standen und ein Bier tranken. Da war auch noch seine Mutter, die immer noch in der alten Wohnung lebte und mit dem Leben haderte.

Ein paar Huren sagten auch: »Wenn der Rudi rauskommt, dann müssen hier ein paar aufpassen im Revier. Dem haben sie böse mitgespielt . . .«

Rudi Zimmermann, der gewesene Boxer, der aber immer noch vom Boxen träumte, wußte von diesen positiven Stimmen nichts. Er glaubte, völlig vergessen zu sein, dennoch dachte er an Moni. Vielleicht wird sie mir eines Tages schreiben, dachte er, während er in der Zelle Tüten klebte.

Die Anstaltsleitung hatte angeordnet, daß der Gefangene Zimmermann in Einzelhaft zu halten sei. Es war nämlich zu befürchten, daß die schweren Schläge seinem Gehirn geschadet hatten. Zumindest gab es da einen Hinweis der Klinik, er müsse möglichst unter Beobachtung gehalten werden.

Für Beobachtung war in der Strafanstalt gesorgt. Die Aufseher hatten besondere Anweisungen, bei der geringsten gefährlich aussehenden Regung des Boxers Alarm zu geben.

Aber der Mann saß still in seiner Zelle. Er faltete mit seinen großen Händen Papiertüten. Die Aufseher sagten, er mache einen nachdenklichen Eindruck. Und darin hatten sie sich nicht getäuscht: Er dachte tatsächlich nach. Allerdings merkte er, daß es ihm schwerfiel, sich zu konzentrieren, seine Gedanken zerfaserten.

Seine Wunden waren verheilt. Es schmerzte nichts mehr. Doch sein Gesicht hatte sich verändert. Die zweimal gebrochene Nase gab ihm einen Ausdruck von abstoßender Brutalität. Nur die Augen waren unverändert, aber es hätte des Scharfblicks eines Psychiaters bedurft, um zu erkennen, daß es milde Augen waren.

Beim Hofgang redete er wenig, er lief seine Runden mit all den anderen ab. Die Gefängnisleitung hatte einen besonderen Gefangenenanzug für ihn schneidern lassen müssen, denn die normalen Größen paßten ihm nicht. Die Gefangenen suchten keinen Kontakt zu ihm. Es gab welche, die von ihm behaupteten: »Er spinnt . . .« Andere sagten: »Er träumt.«

20

Rudi Zimmermann hatte sich tatsächlich in Träume zurückgezogen. Er sah sich als erfolgreichen Boxer, er hörte die Menschen in den großen Hallen rufen: »Rudi! Rudi! Rudi!« Er wurde gefeiert, wenn er in den Ring stieg, oder als Sieger durch die Seile kletterte. Und unten, in der ersten Reihe, saß immer wieder Moni . . .

So träumte er zwei Jahre lang, denn er mußte die volle Strafe absitzen. Der Staatsanwalt hatte sich geweigert, ein Gnadengesuch zu befürworten.

An dem Tag, an dem er entlassen wurde, zitterten seine Hände ein wenig. Er hatte Mühe, seine Krawatte zu binden. Aber eigentlich war er doch ruhig, es war mehr eine äußere Nervosität, eine Umstellung auf andere Umstände, die ihn erregte.

Er ging durch das Tor hinaus und dachte: Zwei Jahre. Und jetzt? Wohin gehe ich jetzt?

Nach zwei Jahren war alles anders.

Kommissar Weissleder sagte es, denn er war gekommen, um Rudi abzuholen. »Ich habe mir drei Stunden freigenommen für Sie. Eine Stunde her und eine zurück, und eine Stunde müssen wir uns mal ausquatschen. Rudi, seien Sie vernünftig, gehen Sie nicht ins Revier zurück. Das ist das erste, was ich auf dem Herzen habe . . . Es hat sich alles geändert. Es ist in den zwei Jahren noch härter geworden. Jetzt sind internationale Rauschgifthändler mit im Spiel, mit harten Drogen. Die Morde haben sich verdreifacht. Das ist kein Platz mehr für Sie.«

Rudi war verblüfft: Kommissar Weissleder war gekommen, um ihn abzuholen. Er mußte triftige Gründe haben. Und die hatte Weissleder in der Tat. Er fürchtete um Rudi Zimmermanns Leben. Wenn der Boxer zurückginge, um sich zu rächen, würden sie ihn umlegen. Das war ganz klar.

»Es ist nett von Ihnen, daß Sie mich abholen«, sagte Rudi. »Wissen Sie, was Moni macht?«

Genau diese Frage hatte Weissleder befürchtet. Er entschloß sich, den harten Weg zu gehen: die brutale Wahrheit. »Rudi«, sagte er, »vergessen Sie dieses Weib. Sie ist in Ihrer ehemaligen Bar als Tänzerin und Animiermädchen . . . Und damit Sie es gleich wissen, sie bumst mit einem Mulatten auf offener Bühne. Es gibt den zahmen Trip nicht mehr. Jetzt ziehen nur noch knallharte Shows . . .«

Sie bogen zur Autobahn ab. Rudi sah nichts von der Landschaft, den Wäldern, den Wiesen. Er hatte zwei Jahre nichts anderes gesehen als die Zelle und den häßlichen Gefängnishof. Jetzt interessierte ihn plötzlich nicht mehr, was da draußen war.

Mit tonloser Stimme sagte er: »Auf offener Bühne . . . mit einem Mulatten . . .«

»Ja, das ist die Wahrheit, sie sollten es wissen. Lassen Sie die Finger von der Nutte.«

Der Kommissar erkannte, wie sehr Rudi unter dieser Nachricht litt. Er hing also doch noch an Moni. Es war sicher kein Fehler gewesen, ihm gleich reinen Wein einzuschenken.

Jetzt erst ging Rudi auf die Bar ein, die ihm einmal gehört hatte. »Die Bar ist wieder eröffnet? Wer führt sie? Und wer hat das Ding wieder ausgebaut? Es war doch alles verbrannt.«

»Tja, die Bar gehört jetzt drei Leuten: Eddy, Selim und Sewarikis.«

Und da machte Moni jetzt mit. Er schüttelte den Kopf. Sie gehörte zu seinen Feinden. Aber sie war einmal anders gewesen, und das wollte er sagen.

»Früher . . . Da war sie . . .«

»Ich weiß, was Sie meinen, aber Sie täuschen sich. Diese Moni hat es einmal mit Ihnen versucht. Sie hat dabei an ihren Vorteil gedacht, denn immerhin zog der Name Rudi Zimmermann doch noch, obwohl man Ihnen die Boxlizenz genommen hatte. Euer Geschäft hätte klappen können. Ihr hättet viel Geld verdient.«

Ja, das hätten wir, dachte Rudi. Wir wären glücklich gewesen. Vielleicht hätten wir geheiratet. Es wäre alles anders gekommen. Diese Schweine haben mich um alles gebracht.

»Haben Sie rausgefunden, wer die Bar angezündet hatte?«

»Nein, Rudi. Es ist nur erwiesen, daß es eine Brandstiftung war. Und es ist so gut wie sicher, daß die drei Großen dahinterstecken.«

»Auch Eddy?«

»Er muß mit im Spiel gewesen sein. Sein Interesse an der Bar war ja immerhin recht groß, von Anfang an.«

»Ja, ja«, sagte Rudi. Dann schwieg er. Wohin soll ich gehen? dachte er. Jetzt war er ein Heimatloser. Und was soll ich anfangen? Zur Fürsorge?

»Passen Sie auf«, begann der Kommissar, »gehen Sie zu Ihrer Mutter zurück, bis Sie festen Boden unter den Füßen haben. Ihre Sachen, Kleidung und so weiter, wurden ja damals zu Ihrer Mutter gebracht, als Ihre Wohnung aufgelöst wurde.« »Zu meiner Mutter?«

»Im Augenblick wäre es das Beste. Überlegen Sie sich gut, was Sie anfangen, aber gehen Sie um Himmels willen nicht ins Revier zurück. Ich sage Ihnen, die Bräuche sind dort noch härter geworden. Vor drei Wochen hat man wieder eine Nutte gefunden – erdrosselt. Sie war eine von Eddys Frauen. Eddy weiß natürlich von nichts . . .«

»Eddy . . .«, sagte Rudi langsam.

»Ja, das ist der Schlimmste von allen.«

Sie erreichten die Stadt. Der Kommissar fragte, ob er Rudi bis zum Haus seiner Mutter fahren solle. Rudi lehnte dankend ab: »Ich gehe heute nachmittag zu ihr.«

Als Rudi ausstieg, sagte der Kommissar noch einmal eindringlich: »Denken Sie dran, Rudi: Meiden Sie das Revier!«

Er hatte begriffen. Während er langsam die Straße entlangging, dachte er darüber nach. Ja, es wäre gefährlich, dort noch einmal zu erscheinen. Er mußte das alles vergessen – auch Moni.

Er wurde hungrig, dachte daran, in ein Lokal zu gehen und etwas Kräftiges zu essen. Er hatte dreihundert Mark in der Tasche. Damit mußte er einige Zeit auskommen. Er erinnerte sich an das Frühlokal, das Eddy zur Hälfte gehörte. Dort war es billig. Schinken mit Eiern, dazu eine Kanne Kaffee. Das würde ihm guttun.

Aber es gehörte Eddy, dachte er. Er war nicht mehr weit von dem Lokal entfernt. Es lag am Rande des Reviers. Jetzt ist es elf Uhr morgens, dachte er, die Nutten sind nicht mehr da, und auch Eddy würde nicht dort sein.

Zehn Minuten später saß er auf einem Eckplatz, ziemlich weit hinten im Lokal. Es war jetzt leer hier, solide aussehende Menschen saßen an den Tischen. Morgens um sechs wimmelte es von Ganoven, Zuhältern und Nutten. Sie tranken dann Sekt und bestellten die teuersten Speisen.

»Eier mit Schinken«, sagte Rudi zu der Kellnerin, die ihm bekannt vorkam. »Und dazu ein Kännchen Kaffee.«

Die Kellnerin schaute ihn an. Auch als er die Bestellung aufgegeben hatte, blieb sie noch stehen. Zaghaft fragte sie: »Rudi, bist du es?«

Erstaunt fragte er: »Sie kennen mich?«

»Ich bin die Frau von Franz. Der Fahrer von Eddy. Mit Eddy warst du doch ein paarmal hier.«

Er erinnerte sich: »Ja, jetzt weiß ich Bescheid. Franz . . . wie geht es ihm?«

»Er fährt noch immer für Eddy, aber er will aussteigen. Weißt du, es ist alles anders geworden. Das sind nicht mehr die gleichen Leute wie früher. Es wird immer gefährlicher, immer härter. Franz hat die Schnauze voll. Wir haben gespart. Wir machen ein Lokal auf. In vierzehn Tagen fangen wir an. Aber nicht im Revier. Es ist ein gut eingeführtes Speiserestaurant.«

»Wir hatten auch gespart«, sagte er langsam.

»Moni? Wenn du sie noch nicht vergessen hast, dann hol das schleunigst nach. Die bumst doch heute mit jedem.«

»Ja, sie ist heruntergekommen.«

Sie winkte ab: »Alle sind sie heruntergekommen, alle!«

Sie bediente ihn, kam noch zweimal an den Tisch und sagte: »Franz kommt in einer Viertelstunde vorbei. Ich habe eben mit ihm telefoniert. Er würde sich freuen, dich zu sehen. Du sollst auf ihn warten. Er hat oft von dir gesprochen. Er hat gesagt: Rudi war in Ordnung. Vielleicht kann er dir helfen.«

Von mir gesprochen . . . Ja, Franz war schon ein ordentlicher Kerl. Man konnte sich auf ihn verlassen. Damals, als sie zu dritt Selims Bar auseinandergenommen hatten, da war er mächtig mit eingestiegen. Rudi erinnerte sich: Franz hatte ihm einen Kerl vom Leib gehalten, der gefährlich gewesen war.

Franz kam genau nach einer Viertelstunde. Er klopfte Rudi auf die Schulter: »Mann, das freut mich, daß du wieder da bist. Ich gebe einen aus. Du hast dich etwas verändert . . .«

»Die Nase«, sagte Rudi. »Sie war zweimal gebrochen. Aber das weißt du ja.«

Die Getränke kamen. »Hella, bring auch noch zwei doppelte Korn zum Bier«, sagte Franz zu seiner Frau.

»Eigentlich wollte ich ja nicht . . .«

Aber schließlich war es der erste Tag in Freiheit. Ich werde wenig trinken, nahm sich Rudi vor.

Franz hatte einiges zu erzählen. Vor allem, daß ihm das Pflaster zu heiß geworden war. »Es ist nur noch Dreck«, sagte er. »Du wirst es nicht glauben, aber auch Eddy will bald aussteigen. Er wird immerhin auf zehn Millionen geschätzt. Das genügt ihm. Er will als Makler anfangen, Grundstücke, Häuser und so . . .«

Und dann wieder Moni. Franz schüttelte nur den Kopf. »Kannst du vergessen . . . Scheiße. Sie verdient eine Menge Kohlen, aber auf was für eine Tour!«

Rudi nickte trübsinnig. Ja, es war kaum zu glauben.

»Sie ist auf Drogen umgestiegen. Sie hascht, und dann und wann macht sie sich auch ein Spritzchen.« Franz deutete auf seinen Arm: »Zack, zack, und dann sieht die Welt rosig aus, auch wenn so ein Nigger auf ihr herumbumst. Auf offener Bühne . . .«

Sie tranken mehrere Schnäpse und Biere. Rudi spürte, daß er nicht viel vertrug. Ich muß aufhören, dachte er. Es ist nicht gut für mich. Er sagte: »Ich bin es nicht mehr gewöhnt. Vielleicht ist es auch . . .«

»Ich verstehe schon«, sagte Franz, »es ist der erste Tag. Was wirst du denn jetzt anfangen?«

»Ich werde bei meiner Mutter wohnen. Was ich anfange . . . Ich weiß es noch nicht.«

Franz hatte eine Idee. »Du könntest bei uns den Kellner machen. Dabei wirst du nicht reich, aber es ist besser, als in die Fabrik zu gehen. Es ist ein solides Restaurant, gute Gäste, das Bier läuft sehr gut. Ich würde mir das mal überlegen . . .«

Kellner? Davon hatte Rudi keine Ahnung. Aber Franz erklärte: »Das hast du in drei Tagen begriffen. Das zeigt dir Hella ganz genau, sie versteht ja schließlich eine Menge davon.«

Und dann tranken sie noch zwei Schnäpse und zwei Biere. Jetzt wird es höchste Zeit, dachte Rudi. Er kannte dieses seltsame Gefühl, wenn die Unterlippe taub wurde. Er wollte zu seiner Mutter gehen. Sie würde herumkrakeelen, wenn er betrunken ankäme.

Franz sagte: »Überlege es dir. Ich weiß, daß man mit dir zusammenarbeiten kann. Bleib da weg . . .«

Er deutete mit dem Daumen in die Richtung des Reviers.

Rudi versprach es. »Ich will nichts mehr davon sehen. Und Moni erst recht nicht.«

Es war gut, Freunde zu haben. Franz, das war ganz sicher, war ein Freund. Der Junge hatte viel hinter sich, aber er war sauber geblieben. Und das konnte man von den wenigsten sagen, die über Jahre mit dem Revier zu tun hatten. Kellner bei Franz und Hella? Das war vielleicht gar nicht so schlecht. Er hatte jetzt die Vorstellung, so etwas wie eine Wahl zu haben, das hob seine Stimmung. Allerdings fürchtete er das Zusammentreffen mit seiner Mutter.

Ich werde sagen: Ich bin wieder zurück, eine Stelle habe ich schon. Jetzt wird alles anders . . .

21

Er ging zu Fuß bis zu dem Haus, in dem sie wohnte. Die Straße hatte sich nicht verändert, sie war armselig wie eh und je. Von den Häusern blätterte der Verputz. Aber ein paar Kinder spielten auf der Straße. Sie warfen sich einen Ball zu, waren fröhlich.

Fröhlich war er hier auch manchmal gewesen, daran konnte er sich gut erinnern. Er hatte Fußball gespielt, war über Mauern geklettert – das war lange her. Von hier war er fortgegangen in der Hoffnung, ein großer Boxer zu werden, und hierher kehrte er zurück, aus dem Gefängnis.

Sie empfing ihn unfreundlich. »Ich habe es gewußt, daß du ins Gefängnis kommen würdest!«

»Ich habe dir geschrieben, wie alles kam«, sagte er. Und dann: »Jetzt wird alles anders . . .« Es war der Spruch, den er sich überlegt hatte. Während er es sagte, fühlte er sich gedemütigt. Er bettelte um Aufnahme, um ein Dach über dem Kopf. Menschenskind, dachte er. Ich bin verdammt weit unten. In diesem Augenblick war er fest entschlossen, die Stelle anzunehmen, die Franz ihm angeboten hatte.

»Schlafen kannst du hier, aber Essen mache ich dir nicht«, sagte seine Mutter. »Ich weiß doch, was du für Riesenportionen ißt! Die Haare würdest du mir vom Kopf fressen!«

»Hör schon auf«, sagte er. »Ich will nicht bei dir essen. Ich bleibe auch nicht lange hier, es ist nur für den Übergang . . .«

Er legte sich auf das alte Sofa im Wohnzimmer. Er war müde, es waren viele Eindrücke an diesem ersten Tag auf ihn eingestürmt. Man verträgt das nicht gleich. Es war so ähnlich wie damals, als er zum erstenmal aus dem Gefängnis gekommen war: eine seltsame Müdigkeit, die Unfähigkeit, einen Entschluß zu fassen.

Alle zehn Minuten kam seine Mutter ins Zimmer. Es war ihr dann jedesmal etwas eingefallen, was sie loswerden mußte. Sie sagte ein paarmal: »Du riechst nach Schnaps, genau wie dein Alter! Du wirst dich totsaufen wie er. Schämen muß ich mich für euch, für ihn und für dich!«

Sie trug eine alte Kittelschürze, mit Flicken besetzt. Die Füße steckten in ausgelatschten Pantoffeln. Darin schlurfte sie im Zimmer hin und her, während sie auf ihn einredete.

Nach vier Stunden stand er auf, zog seine Jacke an. »Gib mir einen Hausschlüssel«, sagte er.

Er hielt es nicht länger aus in ihrer Wohnung. Langsam ging er durch die Straßen. Er stand vor den Schaufenstern teurer Geschäfte. Jetzt hatte er nicht mehr den Wunsch, sich elegant zu kleiden. Damals, nach der ersten Strafe, da war das anders gewesen. Anzüge für tausend Mark, teure Schuhe, Mäntel aus feinem Kaschmirstoff – das hatte er haben wollen. Genau das, was Eddy trug. Jetzt dachte er, daß es darauf nicht ankäme. Er wollte ein bißchen Sicherheit, eine Arbeit, die ihn gut ernähren würde.

Ich könnte in ein Kino gehen, überlegte er. Oder zu einer Frau? Er hatte Verlangen nach einer Frau, aber er sagte sich: Ich muß dafür bezahlen. Ich kann nicht einfach eine Frau ansprechen, das konnte ich noch nie.

Nachdem er zwei Stunden in der Stadt herumgelaufen war, ging er in eine Bierbar. Er wollte unter Menschen sein. Ich könnte ein Bier trinken und ein bißchen quatschen, mit irgend jemandem. Es gab da eine Stimme tief in ihm, die ihn warnte. Er hörte nicht darauf, beschwichtigte sie mit der Feststellung, daß ein Mensch nach zwei Jahren Gefängnis mit Menschen reden muß.

Es begann wie immer, und es endete wie immer. Er war zwei Stunden später total betrunken. Da niemand mit ihm gesprochen hatte, war er gereizt. Der Wirt, ein frostiger Mann mit bleichem, hartem Gesicht, sagte plötzlich: »Sie kriegen jetzt nichts mehr von mir!«

Das war schlimm für ihn. Er nahm es als eine persönliche

Beleidigung. Es war wie die Fortsetzung aller Demütigungen, die er seit langem erlitt. Niemand hatte ihn erkannt. Sein Gesicht war entstellt, die gebrochene Nase war es, der Ausdruck von Brutalität – die Nase war an allem schuld. Das hatte er begriffen. Es würde ihn in Zukunft auch niemand mehr als Rudi Zimmermann erkennen.

Er sagte zum Wirt: »Ich bin Rudi Zimmermann, der Boxer. Geben Sie mir noch einen Korn und ein Bier.«

Der Wirt schüttelte den Kopf: »Keinen Schluck mehr! Zahlen Sie ihre Rechnung und machen Sie, daß Sie hinauskommen!«

Und jetzt war er zum erstenmal in seinem Leben beinahe unterwürfig. Er fragte: »Aber warum? Was habe ich denn getan?«

Er wußte nicht, daß er angefangen hatte, nach dem zehnten Bier und Schnaps, vor sich hin zu murmeln. Im Gefängnis waren Selbstgespräche zu seiner Gewohnheit geworden. Volltrunken hatte er diese Gewohnheit fortgesetzt.

Er bezahlte und ging hinaus, ohne noch etwas zu sagen.

Draußen holte er tief Luft. Er blieb einen Augenblick stehen. Dann sagte er laut: »Ich bin fertig. Ich bin endgültig fertig!«

Er wußte nicht, was er tat. Er ging plötzlich schneller, als hätte er eine dringende Verabredung, die er einhalten mußte. Es war ein fremder Wille in ihm, der ihn jetzt lenkte. Und dann stand er vor der Bar, über der einmal ›Bei Rudi‹ gestanden hatte. Die Neonreklame leuchtete rot, grün und blau. Teuer sah das aus. Und rechts und links vom Eingang hingen zwei Schaukästen. Er stand davor, rechts neben dem Eingang, vor ihrem Bild.

Er starrte auf Moni. Sie lächelte, und sie war nackt. In der Hand hielt sie eine kurze Peitsche. Ja, das war Moni. Er hatte das Gefühl, als greife eine Hand nach seinem Herzen und presse es zusammen. Ein paar Sekunden konnte er es ertragen. Dann hob er die Hand und schlug mit der Faust in die Glasscheibe. Er riß ihr Foto heraus. Er hörte Stimmen, Rufe. Er lief davon.

Sie jagten ihn. Zuerst waren es drei, vier Männer, die gehört hatten, wie die Scheiben klirrend zu Boden gefallen waren. Rudi rannte. Das Bild Monis in der rechten Hand, rannte Rudi und konnte sie abschütteln – bis auf einen.

Der Mann war etwa dreißig. Er war groß und kräftig und hatte ein energisches Gesicht. Als Rudi stehenblieb, weil er völlig außer Atem war, kam der Mann heran.

Sie standen in einer stillen Straße, hier gab es keine Neonreklamen von Nachtbars und Spielclubs. Hier wohnten noch Menschen in normalen Wohnungen. Sie waren aus dem Revier hinausgelaufen.

Der Mann sagte: »Was haben Sie da gemacht? Was wollten Sie stehlen?«

Rudi hob statt einer Antwort nur die Hand mit dem Bild. Der Mann verstand nicht.

Seine Stimme war heiser. »Sie war meine . . . Sie war so gut wie meine Frau. Jetzt macht sie es auf offener Bühne . . .«

»Ach so«, sagte der Mann. »Sie wollten nur ihr Bild haben . . .« Er schüttelte verwundert den Kopf. »Konnten Sie nicht danach fragen?«

»Wir reden nicht mehr miteinander. Und wenn ich in das Lokal gehe, werde ich angegriffen und muß mich schlagen.«

Der Mann überlegte. So etwas war ihm noch nie vorgekommen. »So ist das«, sagte er. »Eigentlich geht es mich ja nichts an. Ich bin nur da vorbeigekommen.«

»Ich will mich nicht mit Ihnen schlagen«, sagte Rudi. »Das wäre schlecht für uns beide . . .«

Und da sagte der Mann: »Entschuldigen Sie. Ich fange an zu begreifen.« Er drehte sich um und ging davon.

Rudi war noch immer betrunken. Die Erregung vor seiner ehemaligen Bar und das Laufen durch die Straßen hatten ihn ein wenig ernüchtert. Jetzt kam die Trunkenheit zurück. Er spürte es und befahl sich: »Jetzt nach Hause.«

Er ging durch die dunklen Straßen, hielt das Bild noch immer in der Hand. Am rechten Knöchel blutete er ein bißchen. Er sah es erst, als er in der Wohnung seiner Mutter angekommen war.

Sie hatte ihm auf dem Sofa ein Bett gerichtet. Obwohl es zu kurz für ihn war, schlief er mit angezogenen Beinen, auf der Seite liegend, fast augenblicklich ein. Das Bild war zu Boden gefallen, zerknittert lag es neben seinen Kleidern.

Spät am Morgen erwachte er. Ein Geräusch hatte ihn geweckt. Als er die Augen aufschlug, sah er seine Mutter im Zimmer stehen. Sie hatte das Bild in der Hand und starrte mit böse zusammengekniffenen Lippen auf die nackte Moni. Als sie sah, daß er wach war, hob sie das Bild hoch. Es war, als würde sie damit drohen. Sie sagte nur: »Pfui!«

Er setzte sich im Bett auf und rief: »Gib das Bild her! Es geht dich nichts an!«

»Eine Dirne! Saufen und Huren, das war dein Untergang!«

»Gib mir das Bild!« rief er.

Sie ließ es zu Boden fallen und schlurfte aus dem Zimmer hinaus.

Er stand auf, nahm das Bild und legte sich wieder auf das Sofa. Während er Moni anstarrte, kam die Erinnerung langsam zurück. Ein Wahnsinn! dachte er. Was hätte dabei alles passieren können – wegen eines Bildes.

Er betrachtete das Bild genau. Ihr Gesicht war noch schön, aber ihr Lächeln war anders als früher, es schien ihm verderbt, gemein. Der Körper war makellos. Schlank war sie wie eine Gerte. Er stöhnte einmal leise auf: »Oh, mein Gott . . .«

Er wollte das Bild zerreißen. Er hielt es bereits zwischen beiden Händen. Er wollte . . . Aber dann ließ er die Hände sinken. Ich kann es nicht, sagte er sich.

Er wußte jetzt nicht, welches Gefühl in ihm am mächtigsten war. Da war Haß auf sie, denn sie hatte ihm böse mitgespielt: Sie hatte ihn und sich selbst verraten. Und da war noch ein Rest Liebe, den er nicht aus sich vertreiben konnte.

Er war glücklich gewesen mit ihr. Daran dachte er. Er wußte, daß er immer daran denken würde.

»Aber das ist doch sinnlos«, sagte er laut zu sich selbst. »Ich muß dich vergessen! Ich will nichts mehr von dir sehen und nichts mehr von dir hören!« Eine ganze Weile redete er mit dem Bild, als könne das Bild ihm Antwort geben. »Wie konnte es nur so weit mit dir kommen? Wir hätten doch noch etwas unternehmen können . . . Für dich hätte ich gearbeitet . . .«

Es war, als wäre sie gestorben, und was er jetzt fühlte, war eine bittere Traurigkeit. Er hatte Tränen in den Augen, haderte mit sich, die Tränen ärgerten ihn. »Scheiße!« rief er. »Bin ich ein Waschlappen?«

Und da ging die Tür auf, seine Mutter rief ins Zimmer: »Jawohl, du bist ein Waschlappen! Du taugst nichts, genau wie dein Vater!« Die erste Regung war, sie anzubrüllen, sie aus dem Zimmer zu jagen. Aber dann machte er nur eine müde Handbewegung. »Geh raus. Tu mir den Gefallen und geh raus . . .«

Er stand auf, ging zu dem Badezimmer, in dem allerlei Gerümpel stand. Er sah den alten Badeofen, der noch mit Holz und Kohle geheizt werden mußte. In den Häusern dieser Gegend floß nur kaltes Wasser. Er ließ die Wanne halb voll laufen, dann legte er sich in das kalte Wasser, seifte sich ab von Kopf bis Fuß. Als er sich abtrocknete, fühlte er sich besser.

Eines war ihm klargeworden: Hier konnte er nicht bleiben. Seine Mutter schien ihm nicht mehr normal. Die Jahre, die sie neben dem Säufer zugebracht hatte, waren ihr nicht gut bekommen. Sie hatten sich gestritten und geschlagen. Daran war sein Vater schuld gewesen. Dann hatte sie viele Jahre in fast völliger Einsamkeit zugebracht. Kein Zweifel, sie war jetzt verschroben und verbittert.

Als er in der Küche eine Tasse Kaffee trank, zu dem sie ihm doch zwei Brötchen hinlegte, sagte er es zu ihr: »Es sieht so aus, als würdest du eines Tages überschnappen . . .« Er sagte es feststellend, ohne Vorwurf.

Sie lachte schrill auf. »Ich! Überschnappen? Ich will dir mal was sagen . . . Ich habe dich beobachtet . . . Du bist nicht mehr ganz richtig im Kopf. Zuviel Schläge hast du gekriegt. Du bist ein bißchen hier . . .« Sie tippte mit dem Zeigefinger gegen ihre Stirn.

Er antwortete nicht, kaute das dünn mit Käse belegte Brötchen, dann trank er die Tasse Kaffee.

»Ich werde nicht lange hierbleiben. Höchstens vierzehn Tage. Ich werde es dir bezahlen. Hier sind schon mal fünfzig Mark. Ich habe jetzt nicht viel Geld.«

Sie steckte wortlos den Fünfzigmarkschein in die Tasche ihrer Kittelschürze.

Als er aus der Wohnung gehen wollte, sagte sie in völlig verändertem Ton, aus dem er ein wenig Sorge heraushörte: »Geh zum Arzt und laß dich untersuchen. In deinem Kopf ist was nicht mehr ganz richtig . . .«

Darüber dachte er nach, als er die Treppen hinunterging. Er wehrte sich gegen den Gedanken, dumm geschlagen worden zu sein. Es gab Boxer, denen das passiert war. Sie hatten es nicht selber bemerkt, es war allmählich ihrer Umgebung aufgefallen, daß sie unter nervlichen Belastungen anders reagierten als normale Menschen.

Ich bin schwer geschlagen worden, aber ich kann genau bestimmen, was ich tue, dachte er. Nur das Konzentrieren auf eine Sache fiel ihm schwerer als früher. Soviel hatte er an sich beobachtet, das mußte er sich eingestehen.

Er trug Monis Bild in der Brusttasche. Und plötzlich dachte er: Sie werden wissen, wer es genommen hat. Es wird sich herumgesprochen haben, daß ich im Frühlokal gewesen bin. Ja, sie werden es wissen. Was soll ich machen?

Er ging in das Frühlokal, um Hella zu treffen. Er wollte mit ihrem Mann sprechen. Vielleicht konnte ihm Franz einen Rat geben. Und außerdem wollte er ihm sagen, daß er die Stelle als Kellner bei ihm annehmen würde.

Es war jetzt neun Uhr morgens, ein paar Huren und ihre

Zuhälter saßen noch an einem großen Tisch. Sie tranken Sekt und grölten. Das gefiel Rudi nicht. Er suchte sich einen Tisch weit entfernt von der lärmenden Gruppe.

Hella hatte ihn gesehen. Sie hatte ihm ein Zeichen gegeben, sie würde gleich kommen. Er sah, daß sie hastig zur Telefonzelle ging. Etwas alarmierte ihn an ihrem Verhalten. Sie war nervös, anders als sonst. Er brauchte nicht lange auf eine Erklärung zu warten.

Hella kam an seinen Tisch und begann sofort: »Menschenskind, Rudi, du bist doch ein Verrückter! Das ganze Revier weiß, daß du heute nacht Monis Bild aus dem Schaukasten geklaut hast. Es konnten dich mindestens drei, vier Leute beschreiben . . . Ein Kerl von etwa einem Meter neunzig, mit einem Kreuz wie ein Kleiderschrank, rennt die Straße hinunter . . .«

Er schämte sich, kniff die Lippen zusammen und schaute zu Boden.

»Paß auf, Franz kommt sofort hierher. Ihr könnt miteinander darüber reden. Noch etwas: Eddy hat angerufen. Er hat gesagt: Wenn Rudi hier auftaucht, soll er mich anrufen. Er war nicht böse. Er hat gesagt: Das ist ein armer Hund . . .«

Er schwieg noch immer, aber das Wort brannte in ihm: Ein armer Hund . . .

Er telefonierte noch nicht, erst wollte er mit Franz reden. Franz kam erst nach einer halben Stunde. Er war verärgert. »Du spinnst doch, Rudi! Willst du denn, daß alle über dich lachen? Sie sagen: Er ist ein Verrückter, er hat nicht mehr alle Tassen im Schrank!«

»Ich war betrunken«, antwortete Rudi leise.

»Wenn ich gewußt hätte, wie das ausgeht, hätte ich dir nicht einen einzigen Schnaps spendiert. Wie bist du nur auf die Idee gekommen, den Schaukasten zu demolieren? Du hast sie da auf dem Bild nackt gesehen, und dann hast du durchgedreht?«

»Ja, so war es.«

Franz meinte es gut. Eindringlich sagte er: »Mensch,

brenn sie dir mit Salzsäure aus dem Kopf! Sie kreischt in Eddys Bar herum: Ihr müßt mich beschützen vor diesem Orang-Utan! Er wird mich umbringen.«

Orang-Utan . . . Umbringen . . . Sie ist eine billige Hure . . . Er hatte den Kopf schwer auf die Hand gestützt und starrte vor sich hin.

»Du mußt jetzt etwas unternehmen«, sagte Franz. »Ich habe mit Eddy gesprochen. Er will dir eine kleine Chance geben, aber nur unter der Bedingung, daß du nicht mehr im Revier auftauchst und auch sonst keinen Ärger machst.«

Eine Chance? Was für eine Chance würde dieser eiskalte Fisch ihm noch geben?

»Du weißt doch, wie das ist, hier unter uns, ewige Feindschaft können wir uns nicht leisten. Wir sind doch eine ständige Bedrohung füreinander. Wenn einer den Krieg verloren hat, kommt es zur Friedensverhandlung . . .«

Ja, das begriff Rudi. Es war das Gesetz der Unterwelt: Der Geschlagene mußte sich ganz geschlagen geben. Dann wurde ihm wieder eine kleine Chance eingeräumt.

»Ist doch ganz klar, Rudi, du rennst da rum wie ein Gorilla. Es gibt noch immer viele, die Angst vor dir haben . . . Du kannst eine Menge Ärger anrichten. Also hat Eddy nur zwei Möglichkeiten mit dir: Entweder er läßt dich umlegen oder er gibt dir ein Gnadenbrot. Ich rate dir, nimm das Gnadenbrot an. Du bist jetzt wirklich geschlagen . . .«

»Wie ist es mit der Stelle als Kellner?« fragte Rudi.

»Du kannst sie haben, Rudi, aber es dauert noch etwas länger. Ich habe heute morgen mit der Brauerei gesprochen . . . Hella und ich sind knapp an Geld. Es muß ein bißchen was umgebaut werden im Lokal. Sechs Wochen dauert das Ganze mindestens noch.«

Das verstand Rudi. »Ich werde also mit ihm telefonieren«, sagte er und stand auf.

Eddys Stimme kam glasklar durch den Hörer. »Wir wollen es kurz machen, Rudi. Du hast dich benommen wie ein Narr. Du wolltest selber Boß sein, hast aber nie das Zeug zum Boß gehabt. Du hast nie verwinden können, daß aus dir nicht der Boxer geworden ist, der du hättest werden können . . . Jetzt schlägst du nachts meine Schaukästen ein und klaust ein Bild von Moni. Aber lassen wir das. Ich will keinen Ärger, deshalb biete ich dir eine Möglichkeit: Ich habe unter einem meiner neuen Häuser eine große Waschanlage gebaut. Wir können dort zweihundert Autos am Tag machen. Du kannst dort als Wagenwäscher anfangen. Wenn die Wagen durch die Anlage gelaufen sind, werden die nassen Stellen mit der Hand nachgetrocknet . . .«

Wagenwäscher? Nachpolieren, mit einem Fensterleder . . . Rudi hatte verstanden.

»Du kannst fünfzig bis sechzig Mark am Tag verdienen. Das ist deine letzte Chance. Laß dir einen Tag Zeit, überlege gut. Wenn du in einem unserer Lokale auftauchst, wird es dir schlecht ergehen. Es täte mir leid, Rudi.«

Die Leitung war tot. Ein paar Sekunden hielt Rudi noch den Hörer ans Ohr, dann legte er auf. Er ging an den Tisch zurück. Franz fragte sofort: »Was hat er dir angeboten?«

»Wagenwäscher«, sagte Rudi nur.

Franz wußte Bescheid. »Das ist die neue Anlage, die er gebaut hat. Du, das ist gar nicht so schlecht. Dabei würdest du mehr verdienen als bei mir. Und außerdem bist du ja kein richtiger Wagenwäscher, du machst die Wagen nur noch fertig. Dabei machst du eine Menge Trinkgeld . . .«

»Ich will kein Trinkgeldempfänger sein«, antwortete Rudi schroff.

Franz seufzte. »Rudi, ich glaube, dir ist nicht zu helfen.«

»Mir wäre zu helfen gewesen, wenn die Menschen anders gewesen wären, die ich getroffen habe. Es waren zu viele Schweine darunter.«

»Brauchst du Geld? Soll ich dir fünfhundert leihen?«

Rudi schüttelte den Kopf: »Nein, laß nur gut sein. Ich danke dir.«

Franz warnte ihn noch einmal. »Sie sind auf dich eingestellt. Du weißt ja, daß Eddy eine ganze Schlägertruppe hat . . . Mach keinen Blödsinn.«

Sie gingen zusammen hinaus. Franz drängte ihm dann doch noch zweihundert Mark auf. »Nimm wenigstens das. Du kannst es mir zurückgeben, wann du willst.«

Franz stieg in seinen Wagen, Rudi stand am Randstein, hielt die zweihundert Mark noch in der Hand.

22

In den nächsten Tagen verhielt sich Rudi Zimmermann ruhig. Er ging nicht aus, schlief bis weit in den Vormittag hinein, saß dann am Fenster und schaute hinaus. Und in diesen Tagen dachte er zum erstenmal an Selbstmord.

Der Gedanke kam sachte, nicht mit einem plötzlichen Ansturm. Er bot sich jetzt an als eine gute, fast freundliche Lösung. Er verschwand jedoch wieder, weil er die Ausführung ablehnte.

Rudi hatte gedacht: Mit einem Strick? Nein. Erschießen? Er hatte jetzt keine Pistole mehr. Von irgendwo hinunterspringen? Eine schreckliche Vorstellung. Bei Tabletten gab es auch Schwierigkeiten: Er wußte nicht, welche Tabletten dafür geeignet waren, konnte sich auch nicht vorstellen, daß jedermann einfach in eine Apotheke hineingehen könne, um sich dort eine tödliche Dosis zu kaufen. Menschen, die es auf diese Weise erledigen, hatten sicherlich ein Rezpt, das konnten sie in der Apotheke vorlegen.

Er begann, darüber nachzudenken, ob es nicht am besten wäre, die Stelle als Wagenwäscher anzunehmen. Ich muß mich aufrappeln. Ich muß mich wieder bewegen!

Er ging aus dem Haus, ging jeden Nachmittag spazieren. Das war gut für ihn, er konnte nachts wieder durchschlafen.

Als schon beinahe feststand, daß er Eddy anrufen und ihm erklären würde, er wäre bereit, den Posten als Wagenwäscher anzunehmen, ging er trinken. Und das gab den Ausschlag in Rudi Zimmermanns Leben.

Bei Korn und Bier saß er allein an einem Tisch. Er achtete nicht auf die Menschen in seiner Nähe. Er war wie eingehüllt, eingeschlossen in sich selbst, und eine große Zufriedenheit überkam ihn, als er den endgültigen Entschluß gefaßt hatte. Volltrunken grinste er ein wenig vor sich hin. Ja, da würden sie staunen. Seinen Namen würden sie nicht vergessen. Einen letzten, gewaltigen Denkzettel wollte er ihnen verpassen.

Als er an diesem Abend nach Hause kam, lag auf dem Küchentisch ein Pfändungs- und Überweisungsbeschluß über fünfundfünzigtausend Mark. Das war die Rechnung für die Bar, die ihm die großen Bosse angezündet hatten. Dieses Papier bedeutete, daß er auf jeder Arbeitsstelle nur einen Bruchteil seines Lohnes empfangen konnte, der Rest war gepfändet. Er fing an zu lachen und warf das Aktenstück in den Mülleimer. Seine Mutter rief. »Das darfst du nicht wegwerfen!«

Er lachte sie aus: »Und ob ich das darf!« Er stand vor ihr und schaute sie an. Ganz plötzlich tat sie ihm leid. Sie hockte hier herum, schlurfte durch die Zimmer . . . »Ach Gott, was führst du für ein Leben«, sagte er.

Verwundert und mißtrauisch sah sie ihn an.

»Sag mal, willst du nicht einen Fernseher haben?«, fragte er. »Dann hättest du was zu tun. Abends könntest du dir das Programm anschauen. Ich meine . . . Du wärst dann nicht so allein.«

»Einen Fernseher? Das kann ich mir nicht leisten mit meiner winzigen Rente.«

Er nickte, sagte nichts.

Am nächsten Morgen stand er früher auf als sonst. Er nahm seine Anzüge und seine Mäntel, seine Hemden und Krawatten aus dem Schrank. Maßarbeit, jawohl. Erstklassige Hemden, mit den dazu passenden Krawatten. Und zwei Kaschmirmäntel. Das alles hatte er sich angeschafft, als er noch in Eddys Gunst gestanden hatte. Teuer, sehr teuer.

Er ging zu einem Pfandleiher, legte die Sachen auf den Tisch und sagte: »Schauen Sie sich das Zeug gut an, das ist das Beste vom Besten . . .«

Der alte Mann musterte ihn mißtrauisch durch seine dicke Brille, dann begann er zu prüfen. Er bot tausend Mark.

»Zu wenig«, sagte Rudi. »Ich will vierzehnhundert dafür haben.«

Sie einigten sich auf zwölfhundert. Rudi steckte das Geld ein. An Kleidung besaß er jetzt nur noch, was er auf dem Leib trug. Er dachte: Mehr brauche ich nicht.

Am selben Morgen kaufte er einen Fernsehapparat. Er trug ihn nach Hause und stellte ihn seiner Mutter auf den Tisch. Dabei sagte er: »So, das wär's.« Er klopfte ihr einmal auf die Schulter. Sie sagte nichts. Aber ihre Augen wurden plötzlich ängstlich. Er sah, daß sie etwas ahnte. Er ging schnell hinaus.

Er begann systematisch. Zuerst aß er in einem Lokal ein kräftiges Frühstück, dann begann er mit Bier. Er wußte genau, wie er sich steigern mußte, um in die richtige Form zu kommen.

Als er die ersten Schnäpse bestellte, dachte er ein paar Minuten darüber nach, ob er einen Abschiedsbrief hinterlassen sollte. Aber an wen sollte er schreiben? Das Fernsehgerät war so etwas wie ein Abschiedsbrief an seine Mutter gewesen.

Gegen sieben Uhr abends merkte er, daß sich die richtige Form einstellte. Er war jetzt fast heiter. Langsam trinken, sagte er sich. Ich habe noch drei, vier Stunden Zeit.

Er plante seinen letzten Kampf, wie er früher als Boxer geplant hatte, genau wissend, auf welchen Gegner er treffen würde.

Um zehn Uhr abends ging er zu seiner früheren Bar. Er fühlte sich leicht, fast, als wäre er völlig austrainiert. Die Idee, in die er sich verrannt hatte, gab ihm Kraft, eine große Elastizität.

In einem Hausflur wartete er, bis Eddy bei der Bar vorfuhr.

Noch zwei Minuten, noch drei Minuten. Dann sagte er leise zu sich selbst: »Es ist soweit!«

Und genau, wie er früher aus seiner Ecke hervorgekommen war, kalt und konzentriert, sich selber richtig einschätzend und um jede Möglichkeit des Gegners wissend – genauso ging er in die Bar hinein.

Er sah sie zusammenstehen: Eddy, daneben vier, fünf Schlägertypen in eleganten Anzügen. Moni stand an der Schmalseite der Bar. Sie sah ihn zuerst und schrie vor Schreck laut auf.

Die Männer fuhren herum. Sie brauchten keine Erklärung. An seinem Gesicht war abzulesen, was er wollte.

Er schlug einen linken Aufwärtshaken an Eddys Kinn. Er setzte rechts nach, traf ganz genau. Er wußte jetzt, daß Eddy genug erwischt hatte. Er nahm den nächsten mit einem Leberhaken. Er traf exakt.

Sie waren zu sechst, und sie waren kräftige Männer, die zwar zu Boden gingen, aber nach ein paar Sekunden wieder hochkamen. Wenn drei Mann lagen, standen jeweils drei wieder auf. Auch Eddy war wieder da, wenn auch schwer gezeichnet.

Sie wußten, was er vorhatte: Er war einer von denen, die sich nicht geschlagen gaben. Er hatte sie herausgefordert zu einem Kampf auf Leben und Tod. So verstanden sie es.

Er hatte vorher gewußt, daß er nicht gewinnen konnte und zwang sie, schmutzige Arbeit zu tun. Als er nach einer Viertelstunde bewegungslos am Boden lag, schleppte sich Eddy mühsam zu einem Sessel. Er zog sich an der Lehne hoch, sackte im Sessel zusammen, sagte nur noch: »Anrufen . . . Polizei und Rettungswache.«

Rudi Zimmermann lebte noch drei Tage. Es kamen nur wenige Besucher, die ihn aber nicht sehen durften. Die Ärzte schüttelten den Kopf: »Keine Hoffnung . . .«

Auf dem Flur trafen sich Kommissar Weissleder, Franz,

sein früherer Manager Frank und Fritz, der sein Trainer gewesen war.

Franz sagte: »Er hat es gewußt. Ich habe ihm gesagt, daß sie ihn erwarten . . .«

»Und er ist trotzdem hingegangen?« fragte Frank.

»Ja, er ist trotzdem hingegangen.«

»Er hat es so gewollt«, sagte Kommissar Weissleder.

Dieselben Männer trafen sich bei dem unauffälligen Begräbnis ein paar Tage später. Eine alte Frau ging dicht hinter dem Sarg her – seine Mutter. Auf dem Sarg lagen drei Kränze. Den größten hatte Eddy geschickt. Auf die breite schwarze Kranzschleife hatte er in Silber drucken lassen: »Du warst ein großer Kämpfer.«